学而书系·皖籍评论家辑

何向阳 刘 琼◎主编

刘 琼◎著
偏见与趣味

时代出版传媒股份有限公司
安徽文艺出版社

刘琼，安徽芜湖人。艺术学博士，高级编辑。中国作家协会小说委员会委员，中国文艺评论家协会理事，《人民日报》文艺部副主任，《文艺评论概要》编写组成员。出版有《花间词外》《徽州道上》《格桑花姿姿势势》《通往查济的路上》《议论风生》《聂耳：匆匆却又永恒》等散文随笔集以及理论批评专著。曾获《文学报·新批评》优秀评论奖、《当代作家评论》优秀论文奖、中国报人散文奖、汪曾祺文学奖、《雨花》文学奖等奖项。

学而书系·皖籍评论家辑

何向阳 刘 琼◎主编

偏见与趣味

Xue Er Shuxi · Wanji Pinglunjia Ji
Pianjian Yu Quwei

刘 琼◎著

时代出版传媒股份有限公司
安徽文艺出版社

图书在版编目（ＣＩＰ）数据

偏见与趣味 / 刘琼著. -- 合肥：安徽文艺出版社，2024.9
（学而书系. 皖籍评论家辑）
ISBN 978-7-5396-7877-1

Ⅰ.①偏… Ⅱ.①刘… Ⅲ.①中国文学－当代文学－文学评论－文集 Ⅳ.①I206.7-53

中国国家版本馆CIP数据核字(2023)第216348号

"十四五"安徽省重点出版规划项目

出 版 人：姚 巍
策　　划：朱寒冬　姚　巍　　　统　筹：张妍妍　柯　谐
责任编辑：张妍妍　段　婧　　　装帧设计：张诚鑫

出版发行：安徽文艺出版社　　www.awpub.com
地　　址：合肥市翡翠路1118号　邮政编码：230071
营 销 部：(0551)63533889
印　　制：安徽新华印刷股份有限公司　(0551)65859551

开本：880×1230　1/32　印张：12.375　字数：200千字
版次：2024年9月第1版
印次：2024年9月第1次印刷
定价：68.00元(精装)

(如发现印装质量问题，影响阅读，请与出版社联系调换)

版权所有，侵权必究

总　　序

又到收获之际,"学而书系·皖籍评论家辑"散发着油墨书香,要与读者见面了。

这套书目前一共八部,由八位在当今文艺评论实践活动中相对活跃的皖籍评论家的著作组成。

每部著作均以理论、评论及学术随笔为主体,力图充分显现八位皖籍评论家视野的开阔性与学术的自由度。

"学而书系"是开放的书系,此前,对评论家的分野多在代际,而以地理方位来分类,"皖籍评论家"只是一种尝试。"皖籍评论家"这个概念是否成立?它的队伍与组成的大致根基在哪里?证明有待时日。而这八部著作组成的书系,可以说是一种自证的开始。

这套书是当今理想的评论文本吗?这一点,留待读者评判。但可以负责任地说,从评论家自选到主编遴选,整个编选过程严格有序,原因只有一个:这套书呈现的是安徽悠久厚重的文化脉络的一个重要部分。身处这样的一个历史链条,我们始终保有虔敬之心。

一方水土养一方人。历史文化源远流长的安徽,自古就显现出它深邃的传统魂魄之美,而近代以来的兼收并蓄与现当代的开放包容,更使生活于其中和保有故乡记忆的人获得了特别的思想馈赠。文化土壤深厚之地,向来文章之风盛行。历代名家先辈已为我们留下震古烁今的作品,而这一代人的奋笔疾书,也旨在为后人提供难得的精神养分。这种书写的传承,是文化薪火得以世代燃烧的深层原因。

当今文坛,皖籍评论家实力可观,他们大多学养丰厚、视野开阔、思想深远而又行文恣肆,队伍的日渐壮大、作品的声名鹊起,都使他们的存在日益得到多方关注。"学而书系·皖籍评论家辑"八部著作,所收录的只是众多评论家思想的局部,作者前面的两个定语,一是"皖籍",一是"评论家",作为先决条件决定了这套书的样貌。八位皖籍评论家,既有来自高校、科研院所的教授、专家,也有来自文学界、出版界、媒体的研究员、学者,客观反映了当今文学评论家分布的大致结构。

出版社再三考量,确定两位皖籍女性评论家担纲主编,以何向阳、刘琼、潘凯雄、郜元宝、王彬彬、洪治纲、刘大先、杨庆祥的八本专著作为书系"开篇"。作为主编,一方面我们深感荣幸,一方面我们也心有不安。在与各位作者多次交流,向他们征询意见,大致确定书系以及各书的走向、形态与结构并收齐全部书稿之后,2023年夏初,编辑、作者在安徽黟县专门召开改稿会。大家充分交流,逐部审订内容,最终确立了这套书的书名、体例与出版日程。

这套书是一个开放的书系,还会有更多的皖籍评论家加入,也可向上延伸,呈现皖籍评论家文艺评论丰厚的历史遗产,或者更可以打破地域之限,以引出当代"中国评论家"书系的出版。当然,若以文学评论为开篇,此后艺术评论更加丰富的面向能够予以呈现,则这套书会有一个更为恢宏的未来。

从动议策划到付梓印刷,历时两年。在传统出版竞争激烈、出版市场压力巨大的大背景下,花费时间、精力与资金出版这套书,安徽出版集团的支持体现了时代的担当,而这担当后面的支撑则是对文化建设的深度尊重与共建热忱。在此,感谢安徽出版集团的眼光与魄力;感谢给予本书系出版以具体支持的朱寒冬先生,他的督阵与推动为我们提供了动力;感谢安徽文艺出版社姚巍社长与各位编辑的踏实、严谨,他们为这套书付出了巨大心力。

目前八部理论评论著作《景观与人物》《偏见与趣味》《不辍集》《中国当代女性文学散论》《成为好作家的条件》《余华小说论》《蔷薇星火》《在大历史中建构文学史》已经放在了各位读者面前,同时,它们也进入了文化与故乡的时空序列中,它们必须接受来自故乡与评论界的双重检验。我们乐于接受这种检验,同时也相信它们经受得起这种检验。

2024 年 6 月 26 日　北京

目 录

总序 何向阳 刘琼 / 1

偏见与趣味 / 1

重建文学写作的有效性 / 18

文艺创作与历史现场 / 41

从非虚构写作勃发看文学的漫溢 / 59

一个人的"五四" / 73

典型和典型形象创作
　　——以鲁迅的小说创作理论和实践为例 / 95

关于近五年长篇小说的一点看法 / 113

实力六作家作品短论 / 121

当代女作家作品短论 / 175

陈彦的文学观和方法论浅议 / 213

试论陈彦长篇小说的文体意识和文化意识

　　——以《主角》《装台》为例 / 234

从梁庄到吴镇的梁鸿 / 270

徐则臣的前文本、潜文本以及"进城"文学 / 288

他跑到了队列之首

　　——关于徐则臣的长篇小说《耶路撒冷》 / 304

重建写作的高度

　　——致敬李修文和《山河袈裟》 / 329

先锋的一种转型及我的挑剔

　　——对北村的《安慰书》的挑剔 / 349

陌上芳村

　　——关于付秀莹和《陌上》 / 359

《多湾》，"郄父"之作

　　——关于周瑄璞的《多湾》 / 372

后记 / 387

偏见与趣味

现实主义的"实"

把现实主义等同于写实和白描,是对现实主义的误解。现实主义的"实",要远大于写实的"实"。现实主义的"实",至少包含两个"既……又……":一是既要写出此在的实,又要写出彼在的实,即本质的实,这一点把现实主义与主张零度写作的写实主义区别开来;二是既要通过扎实的细节和饱满的人物塑造出扎实的现实,又要借助创作主体的想象力写出飞翔的现实。

真正的作家都是生活家,对生活的态度无论是爱还是恨,都不妨碍他们记录生活的本能和勃勃兴致。记录的前提是发现。作家能够在芸芸众生中发现特殊的生命形态,首先要拥有犀利的眼光,其次要有情怀支持,要有善于感知的心灵。作品缺乏现实感,与时代、生活和人民割裂,在我看来,是对一部作品、一个作家最大的批评。近年来内地作家在香港书展的销售量和影响力之所以大幅下降和削弱,一个重要的原因是香港读者并不认为这些当代作家作品反映了中国当代现实。香港是一个洋气的地方,香港读者也算是见识过各种外来文学文本,他们的遴选标准说明,现实经验的发现和提供依然霸居首位。这恐怕是给了我们那些对写现实经验不屑一顾的当代作家一记大耳光。

对于现实的实,有的作家是不屑一顾,有的是无能为力。书写近在咫尺的社会现实,作家除了有自觉和热力,还要有冷静的观察和准确的表达。写好此在的实,一要观察到位,二要描摹准确。有客观存在的生活比照,此在的实确实不好写。生活袒露在眼前,有的人过目不忘,有的人熟视无睹。写作是泄洪,对生活的观察和掌握在前,对生活不敏感,缺乏观察能力,显然不能成为真正意义上的作家。不了解生活却急于下笔,凭想象、抒情或辞藻功夫进行编造,这样的文学创作终究不能提供丰满扎实的现实信息。文字是诚实的,不光顾此在的实,彼在的实当然更不会降临。

从实的经验出发的写作,才有可能进入飞翔的天空。所以,写好现实的实,对于一个有志于文学写作的人来说,我认为是要过的第一关。写好现实的实,就是学会走路。把"实"换成"经验",大家就可以理解这句话了。与前辈作家相比,年轻作家的文字修养普遍较好,他们的视野、理论和知识背景甚至也远远超过前辈。其中,许多人非常勤奋,一年能出好几本书。但是,今天作家成大材的速度远远不及他们的前辈50后。中国当代作家中的50后,属于典型的"社会大学毕业生",文字功底并不是很扎实,许多人没有受过很好的教育,是靠自学从农田和街道工厂里成长起来的,但他们的确贡献出了经典作品,有的成为大师。成败皆萧何,当他们开始脱离现实生活,放弃最初成功的经验时,50后的劣势也越来越明显。尽管这样,在今后很长一段时间内,当代文学要想超越50后已经取得的成就还真不容易。50后的成功经验,正是对现实和历史的深刻了解和认真观察。生活是密电码,普通人眼里的"12345",被敏感的作家接收后,重新编码,转译成"生活的本质"。

任何与语言有关的学科都是这样,由能指到所指,阅读其实有很多期待。我的阅读获得满足的时候,往往是文本能够提供意想不到的经验,让我在某个方面或某些方面开了眼界。这些方面,可以是具体的人的生存和生活,也可以是关于人性的知识或经验的呈现。而真正好的作品,一定是作家聚拢了一大盆生活原料最后提炼出来的那一小瓶精华。经验的底料越足,提炼的浓度越高,作品才越有信息量,才有可能写出本质,写出彼在,写出飞翔感。彼在的实更难企及,可以考量作家发现的深度。作家用笔削出一个尖头,当作钢锥,扎破表皮,狠狠地扎进生活的血肉,以致扎出晶莹的血珠,这些血珠最终深深地扎痛了阅读者的眼睛,留下划痕。

不仅80后,包括他们的前辈作家,出版数量越来越多,宣传攻势越来越大,可阅读的东西却越来越少。其中,有的文本技巧本身很娴熟,故事讲述也很精彩,但只是纯技巧展示,没有具体的时空,没有经验的判断,没有真实可信的人物,读或不读,没有本质性的获得。这就是我们现在写作的问题:缺乏精准写作,缺乏对扎实现实的关注和停留,文本不能一刀切入生活,也就不能切入读者的内心,不能产生痛感和幸福感。

近来大家都在讨论典型人物写作问题,有评论家撰文认为当下文学对典型人物的书写需要加强。我理解,造成典型人物创作不理想局面的,不仅仅是作家的文学观有偏差,主要还是今天我们的许多作家丧失了书写可信人物的能力。所谓可信人物,是有性格逻辑和生活基础,不是坐在书桌前空泛的想象和虚构。对于书法美术,可能草书和大写意要比楷书和工笔画更受待见。但对于文学书写,草书和大写意远不及工笔和精雕细刻有价值。特别是塑造人物,准确客观的描摹能力是一锤定音,在写出人物特征的基础上写出社会环境的典型性,考验创作主体的观察能力和书写功力。作品是最后的完成时态,之前,大量的是对生活本身细致深刻的观察,这个观察甚至也包括对堆积在眼前的丰富的生活素材的抓握和提炼。有什么样的心灵,就有什么样的眼睛。有什么样的眼睛,有什么样的取景框,就有什么样的作品。有没有这个时代的特点和信息,能不能感染人,有没有传播力,能否成为典型,是读者说了算。优秀的作家大多擅长写小人物。在我们的日常生活中,小人物举目皆是,可能是我们自己,也可能是我们的邻居,对小人物的熟知程度决定了对小人物书写的衡量尺度相对严苛。书写小人物似乎容易出彩,容易产生共鸣和同理心,但因此也更难写。比如,专业读者可能会嘀咕,像或不像?感不感人?有没有打捞出被遗忘的人物或发现新型人物?像,是对人物塑造的基本要求,也是最难达到的要求,它考验观察能力和描摹能力,考验写作的基本功。我们的文学作品里塑造了许许多多小人物,可以说几乎写尽了他们的喜怒哀乐、悲欢离合。比如鲁迅笔下的祥林嫂、孔乙己、狂人,老舍笔下的祥子,曹禺笔下的繁漪,路遥笔下的高加林,王小波笔下的王二,高晓声笔下的陈奂生,等等。这些经典形象,让读者充分看到了人物的性格和命运,留下刀刻痕迹。

可见,现实主义的"实"是一块试金石,我们千万不要瞧不起它,因为我们可能还真不是它的对手。

偏见与趣味

关于批评,一连串问题会从脑子里跑出来,比如批评的正义和理性、批评的有效性和武器等等。最后,是作家鲁敏的一句话刺激了我,我决定就谈谈偏见与趣味。

自然,所有的批评都不能抛弃角度,角度就是一孔、一隅。角度是偏于通俗的表达,理论和学术的表达应该是维度。对于一个成熟的批评从业者,维度是学术修养、价值观和趣味三味一炉的结晶。这三味,有无伯仲?不知道别人怎样,至于我自己,这三味是慢炖已久、各自入味、难分伯仲,但也还有分别。比如,学术修养或学院教育构成是基本起点和逻辑养成,价值观和趣味决定批评的面向。

如果不是本硕博十年学术训练,我这个曾被戏称"湖畔派"的女文青,本硕毕业后极有可能投笔从商、从政、从嫁、从……选择无好坏,但此一生奉献给报纸副刊编辑这个职业以及批评这个所好,也算学有所用,故能安之乐之。一个阶段,对舞蹈和音乐感兴趣,开始写写涂涂,音乐舞蹈界写文章朴素,没见过我这样花哨的,于是有人问要不要去舞蹈所当所长——这是玩笑啊。及至跟随单霁翔先生研读文化遗产专业博士,我确实彷徨过,这个专业更侧重建设性的理论建构和丰富的田野实践,我是不是应该从建筑学起步?幸而打住,感谢"湖畔派"的趣味。我掂量了一下。

及至正经开始批评实践,已是许久以后的事了。导火线还真是"价值观"。郭敬明的电影《小时代》上映,我像九斤老太一样忧虑莫名,写了篇《小时代和大时代》。时过境迁,回头再看这篇文章,个别措辞确实严厉了些,对青春文学也有偏见,可以改得更恰切。好,说到偏见了。偏见在汉语里已被窄化,成了贬义词。偏见的这一窄化也影响了批评生态,许多人都害怕偏见,包括批评的对象,也包括批评从业人员。只有当偏见回到中性和哲学范畴,立意在维度和深究时,我们才会懂得偏见的深刻和必要,才可能迎来真正的批评。

批评从业者从事批评实践,都有一个终极目标,即有效和精准。怎样才有效和精准?有的放矢,逻辑科学,持论明确。逻辑源于维度,持论是维度射出来的箭。批评持什么样的维度,就射出什么样的箭。维度从哪儿来?学术修养、价值观和趣味。学术修养是必要前提,是批评的门槛,这个门槛通过学习可以跨越。趣味却比较麻烦,更偏重于直觉和感受力,受直觉和感受力引导。李泽厚说是直觉和感受力,而不是其他,决定了一个批评从业者的职业生涯能走多远。此言不虚。直觉和感受力,好比美食家的舌头,是自带武器。故而,说一个人趣味不行,实际上就是判了一个批评从业者的死刑。这也是对趣味的偏见。

趣味是批评发生的内驱力,偏见是批评的激情表现。至于价值观,它在偏理性的学术修养和偏感性的趣味之间作了平衡,使批评主体的判断具有稳定的倾向。

三月份，鲁敏把小说《荷尔蒙夜谈》寄来，附了两句话："觉得你的趣味是比较雅正、追古的。我也是犹豫了一下，才寄去。"作家对于批评从业者是不是也存在偏见呢？

回到本体批评抑或本本批评

文学批评的一个重要内容是作品批评。作品批评也是文学批评的逻辑起点。针对具体作品的文学批评，通常花开两朵：一朵是社会文化批评，一朵是本体批评。

社会文化批评涉及作品与历史、现实的关系，也涉及作品客体与作家主体的关系。针对作品和作家的社会文化批评，不仅是必要和重要的，在某些时候，特别是在历史的长河里，甚至是判断一部作品的创作成就的主要依据——这与文学发生的动力和诉求有关。但本文的重点不是谈社会文化批评的表现及影响，而是想谈谈本体批评——因为关于本体的批评实践正在弱化。

什么是本体批评

在谈本体批评之前，先对本体批评的概念作一个界定。从广义的角度，社会文化批评当然是且必须是从文本出发、以文本为依据的批评，相对而言，它侧重对文本的"外循环系统"进行批评。而我们通常说的本体批评则更侧重对文本的"内循环系统"进行批评，具体的面向是文本的语言、结构和风格，也即传统意义上的本本批评。在本体批评相对封闭的循环系统内部，分蘖、结构和生成了许多意象形态和意义链条，"繁衍"出许多学科，比如语言学、叙事学、形态学、风格论等等，纷繁复杂，摇曳生姿。在这诸多细分学科中，语言或文字无疑是文学批评的基础对象，由语言或文字衍生出叙事、风格。毫无疑问，没有变化多样的"内循环"，就没有精彩出色的文本呈现以及延展丰富的文本"外循环"。因此，本体批评这个"内循环"，封闭性也是相对而言的，"内循环"和"外循环"两个系统在理论上应该畅通无阻。

从方便表达的角度，如果把社会文化批评描述为关于文本的精神表现或社会表现的批评，关注语言、结构、风格的本体批评，可不可以描述为关于文本的物质呈现或艺术呈现的批评？如果我们认可这种比较直白的描述，社会文化批评和本体批评的关系似乎很清晰，无非是"精神"和"物质"或"务虚"和"务实"的关系。必须要补充一句：现实层面的社会文化批评与本体批评的关系可不这么简单，更多的情形是你中有我、我中有你,界线交叉、模糊。至于逻辑上为什么可以这样推理,如前所说,具体的文本也是社会文化批评进行阐释和研究的逻辑起点,文本是依据,是物质性的基础,不同的文本产生不同的阐释和分析路径,最终形成不同面向的批评文本。

本体批评实践的弱化

社会文化批评和文本批评的关系既然如此清晰,问题来了。第一个,本体批评实践怎么就弱化了?说弱化,也是相对社会文化批评的"强化"而言。第二个,谁弱化了本体批评?当然是批评主体。批评主体自行弱化本体批评的原因是什么?

一个原因是本体自身乏善可陈,巧妇难为无米之炊,不得不弱化。这是客观原因。这种情形下的本体批评弱化,板子要打在创作的身上。平心而论,今天的文学批评队伍比文学创作队伍要整齐,活跃度要高,虽然这句话说出来会遭到作家队伍的不屑。诚然,当代中国文学创作高手已经抵达世界水平,近年来莫言获诺贝尔文学奖、刘慈欣获雨果奖、曹文轩获国际安徒生奖等便是铁证。譬如登山,高手的确已经登到山顶了,但刚刚爬到半山腰者是常态,而大部分人可能连山腰也还在翘望之中。创作水平差距为什么这么大？今天，整个社会受教育水平普遍提高，会写并喜欢写文章者多起来，与此同时，互联网和线下出版充分发展，文学作品的发表平台和出版渠道越来越多，文学写作的门槛大幅度降低。从文本呈现看，总量大，层次多，精品欠缺。写作是一项需要天赋加经验的精神创造活动，经验本身已经难得，天赋更是可遇不可求。

有人会问，有的国家或地区，在有的历史时期，为什么会有一大批优秀作家集中出现？难道都是有天赋者？写作当然存在技巧训练以及文化生态问题。文化生态或文化环境对优秀作家的滋养和培育，更多是解决创作主体的物质生存和可持续生产问题，以及创造精神的养成问题。就文学本身而言，一切精神性的创造，最终必须转化为美的可以征服受众的文本。技巧训练，解决的就是这个文本转化的问题，也即最终要落实的问题。写作技巧训练是个系统工程，它建立在本体批评实践成果的基础上。不重视写作技巧训练，创作水平受挫，批评水平也会受挫。写作技巧训练不到位，是目前我国中小学以及高等教育的一个硬伤。当然，在写作技巧训练系统中，教员本身具有较高的文化素养和较为丰富的写作实践，教授的技巧才成其为技巧，否则难见明显成效。《开头的开头》《怎样讲好一个故事》等等，看看这些课程和教材的名字，就会明白美国哈佛大学非虚构写作课为什么能培养出不少作家。

与文学创作相比，文学批评需要的门槛一直存在。对文学批评的训练，关键是逻辑训练和审美训练，写作训练倒在其次。逻辑训练和审美训练，建立在知识体系建构的基础上。这个方面，我国传统文科教育有优势。近一百年来传统文科教育都相对发达，各大高等院校集中了一些优秀知识分子，积累了相关的教学经验，也培养了一大批文科毕业生。在这个相对发达的文科教育体系中，从本科课程设置角度，文学教育又是重点和长项，不曾间断和耽搁。而且近年来伴随高校扩招的大节奏，与文学相关的专业，招生总量激增，重视程度提高。这样一种教育背景，为文学评论队伍提供了稳定可靠的来源。比较而言，文学批评队伍"人多势众"，比较整齐。但人多是不是就一定力量强大呢？还要看批评自身的准备。

批评自身准备不足

这就要说到第二个原因，批评自身准备不足。这个准备不足,包括批评主体的主观和客观两个方面。

　　主观准备不足,即对文本的阅读和研究不足,这是近年来文学批评饱受诟病的一个重要方面。针对文学批评的批评,主要集中在批评的及时性、针对性和有效性方面。及时性是时间效率问题。针对性和有效性绑在一起,没有针对性,就不可能获得有效性。关于针对性的批评,也是一枚集束导弹,打的是不及要点的夸夸其谈。不及要点,一是理解力的问题,二是文风浮夸,三是不读作品、不了解情况。理解力是个硬伤,是客观准备,这个只能通过理论学习和不断实践加以提升。文风浮夸和不读作品是同一个原因:浮躁、肤浅,不肯下做细做实的功夫。教师不备课,站在讲台上乱说一通,必然会被学生"嘘";批评者不读作品,却或因情谊、面子或受投机心理驱使乱发意见,会被作家或公众"嘘"。

　　贾平凹谈到最新出版的长篇小说《极花》的创作时说,"对于当下农村,我确实怀着两难的心情,这不是歌颂与批判、积极与保守的问题。我就是在这两难之间写出一种社会的痛和人性的复杂。而作品讨论要回到作品本身,脱离小说文本的任意延伸、引申是可怕的"。有批评从业者会不解,浮躁是整个社会的一种心理表现,何以独对文艺批评如此苛刻?作为一次性表现或仅作为个体的私密表现,这种做法可以不去管它。但作为一种专业行为,或作为公共行为,这种浮躁会产生暗示,影响批评的客观性和权威性,最终损害批评的合法性。至于说职业操守、底线把关,则是道德伦理层面的问题,是另一码事了。

如果阅读和研究了文本,依然做各种不接近、不切实的批评,不是态度或作风问题,而是"不曾解得其中味"。不解其味,是缺乏审美力、理解力和判断力的表现。审美力,需要经验和直觉。直觉可以是天生的,也可以依靠经验培养。建立在审美力和理解力基础上,放在一个大的历史背景和专业背景下研究,对具体文本就能做出合乎逻辑的判断。合乎逻辑的判断是理性的判断,最终会得到认同和支持。

理解力的提升则需要各种知识储备,包括哲学观和方法论储备。这一点很重要。在综合性高等院校,包括历史、哲学在内的文科教学起初与中文教学齐头并进,但近二十年来,受到"实用论"和"就业至上"的影响,许多学校大幅度压缩历史和哲学的本科招生比率,甚至砍掉相关院系课程设置。"哲学是我的职业,历史是我的训练,文学是我的娱乐",胡适这句话虽有偏颇,但不无启发。在受到传统文化浸染后接受西方文化观念的民国通才教育,有可圈点之处。一个学者如果不做哲学和历史知识储备,要想在文学批评领域做出大的成就,在我看来是断断不可能的。

理论准备不足

在关于本体批评的客观准备不足这个层面,除从业者的经验准备不足之外,还有理论准备不足,这一点其实是最重要的。理论准备是批评主体的方法和武器,理论准备不足的问题近年来特别突出,也是文学本体批评弱化的深层原因。理论准备不足也有两个原因,一是理论联系实际不够,一是理论创新不够。

理论创新不够,是大家的普遍苦恼。文艺理论的创新肯定不是在沙滩上建城堡,它要面对共时性的现实实践,还要面对历时性的经典传统。理论创新可遇不可求,需要积累和等待。这个问题比较难解决,但是,一旦理论有创新或突破,批评实践就会获得质的改观。

相对好解决的是第一个问题——理论联系实际。本体论的要素是语言、结构和风格,关于这三者,中外文论中都有丰厚的理论阐述,特别是中国古典文论,从《文心雕龙》《诗品》到《人间词话》,基本上都是在艺术本体范畴开花散叶。西方文论就更不用说了,古典主义也好,现代派也好,"格物致知""技术化"是它们共同的强项。以语言学为例,索绪尔的《普通语言学教程》为现代语言学奠基的同时,也开了结构主义的先河,其他如小说叙事学、诗歌形态学等就更不用说了。既然受过严格的规范的理论训练,批评主体为什么在批评实践中将理论武器挂靴?对经典理论的轻视,导致理论与评论两张皮,理论不能介入本体批评现场,最终导致本体批评的弱化。加强文学理论和批评实践的联系,可能是回归文本、强化本体批评的有效路径之一。

就此打住。既然谈到强化本体批评,还是不再夸夸其谈,做一次直接文本的批评实践为好。

重建文学写作的有效性

现实主义写作是一个庞大的现实命题,我只能从表面存在的几个具体问题入手。

什么是文学的初心?再现、表现、宣泄等等,这些是西方式表达。"为天地立心,为生民立命",这是中国式表达,着力点落在文学对世道人心的建设。对于一个文论、书籍均有周详诠释的传统命题,为何还提?起因是 2016 年底,《福建文学》杂志社委托青年评论家郑润良给大家出了两个题目:一是"你认为文学抓住了时代吗?在这方面存在什么问题?";二是"文学向什么方向用力才能更好地抓住时代?"。大家包括我的回答各有立场,刊发在《福建文学》2017 年第 3 期,不议。意犹未尽,在此我也用提问题的方式继续谈谈自己的看法。

文学书写是否匹配这个时代

这个话题稍显沉重。这也是第一个问题的延伸或言外之意。第一个问题的设置显然从文学初心出发。能否抓住这个时代,或者能否匹配这个时代,既是对文学之"再现和表现"之表现的评价,也是对立命和立心效果的评判。

发此疑问不排除"过虑"之忧。"过虑"是时代通病。文学批评历来是同代人批评。我们今天不大怀疑20世纪二三十年代中国现代文学创作活跃度以及对新民主主义革命的重要推进作用吧?但翻看当时的各种报刊史料,不难发现,包括鲁迅在内的一些知识分子都对当时的文艺创作提出尖锐批评。这是一批富有远虑的知识分子,他们已经洞悉文艺创作与现实社会发展的内在关系。他们对文艺的期待越多,就越不满足,批评就越严厉。也正是在严厉的批评下,文艺创作更加努力,愈加繁荣。爱之深,责之切,或同此理。据此,对于同代人批评,我们可以有则改之,无则加勉。因而,评价我们这个时代的文学书写是否与时代本身匹配,今天肯定不是最佳时期,探讨文学书写对历史阶段把握的客观效果,往往不能心急,还要假以时日,才能做出更加科学可靠的判断。话虽如此，不代表今天不需要对文学书写和时代的关系进行探讨。

众所周知，近年来文学创作数量非常繁荣，仅以长篇小说线下出版为例——还不计算海量的网络书写，早在三四年前即已达年均四千部。CIP 数据显示，由于纸张涨价、库存减少，图书出版总体增速趋于平缓，但文学类种数增幅仍然保持百分之八左右，其中，本土少儿文学强势发展和网络文学正处上升时期是原创作品供应加大的主要原因。这些作品从不同角度提供了新鲜、有益、独到、有效的城乡生活和生命体验。有评论认为，中国当代文学正在迎来自 20 世纪 80 年代中期以来的第二次发展高潮。在一个出版繁荣、新作品和新作家不断涌现的时代，文学对时代的把握能力为何还会受到质疑？换句话说，文学对时代的把握能力，有没有评判指标？判断一个时期文学繁荣与否，数量繁荣是充分条件，在数量繁荣的基础上绽放出若干匹配时代的精品力作，构成文学整体繁荣的必要条件。目前看来，大家普遍感到不满足的是，能够鲜明地提炼我们这个时代经验、匹配历史表现的精品力作比重不够大，还不足以形成流传后世的大阵仗。大家担心在文学史的版图上，我们这个时代的文学会不会辜负时代。

任何评判都应建立在比较研究的基础上。对于今天文学书写现状的评判,有一个坐标可用,这就是20世纪80年代中期,这也是当代文学研究常用的"峰点"坐标。大量涌现的作家作品和理论评论研究,广泛深远的传播影响和社会生活辐射力,是这个时期文学的突出表现。这个"峰点"提供三点经验可供参考:1.作品和作家的持久存活率。这个时期崭露头角和培养的一批作家,后来成为雄霸中国文坛近四十年的生力军,一些作品可进入经典文库。2.理论评论强健的思想力和对实践的介入力。先锋写作、魔幻现实主义、寻根文学等等,大量丰富的文学实践在理论评论的催生下脱颖而出。3.文学对大众生活的影响力、感召力和塑造力。这是核心和本原问题,也是探讨的主要面向。

这三点经验相互可逆推。从这三个经验出发,具体到文学内外部世界,两个方面尤需关注。

第一,对时代生活的总体性把握。登高望远,总体性把握借助两个路径:一是宽镜头,二是长景深。总体性是科学把握的前提。强调总体性,解决的是视野和坐标。没有一个足够宽阔的视野和精准的坐标,个案的甄别和判断选择缺乏科学性和说服力。深刻性和准确性不等于总体性，但总体性一定影响深刻性和准确性。写作对现实经验的处理，在了解社会生活基本面貌的基础上，所谓了然于心，再去了解具体环境的差异性，从纷繁复杂的原始素材中选择需要重点关注处理的部分，就容易得多。这就好比拔萝卜，放眼看去，满目都是青翠欲滴的萝卜缨，拔出来，根茎却大小粗细不一。怎么提高有效性？有经验的老农动手前会了解这块土地的肥力和萝卜当年的总体收成——这些都属于对萝卜地的"背景调查"，对萝卜地总体面貌大致有了数，选择在阳光和水分充足的地方动手，结果通常不会让人失望。

　　有人认为强调总体性，是反对写个体和个体的周边。恰恰相反，一花一世界，拔出萝卜带出泥，个体是集体的具体化，总体经验是个体经验的集合，个体想象构成总体意识。写好总体性，一个关键指标是写出生动的"一"，有"一"才有细节，写出典型命运、典型环境和典型人物，由一写出百，写出总体，写出代表性和普遍性，达到书写时代生活本质的目的，才是高明的书写。"因为他阅读这本杂志而获得的对他所处年代文学的认识，以及文学对时代的描绘而产生的总体印象,这些重要的影响要远胜于个人厕身其中所作的微小贡献。"①一本文学期刊何以能够照见一个时代?一个时代书写的全面性建立在个体书写的丰富性基础上,这个丰富性是总体性揽镜自照的前提,答案在此。因此,一个高明的写作者,哪怕只是写一个角落,也会虑及总体,努力为总体性贡献经验。

老实说,现有的大量的乡土书写与中国农村起伏变化的现状并不匹配,一是不能及时地真实地再现乡村现实的丰富性、复杂性特别是总体性,二是叙事艺术陈旧,堕入模式化和浅表化想象。其中,第一个问题是主要问题。今天的乡村无论贫穷还是富裕,都不能摆脱"21世纪"和"中国特色"这个时空背景。20世纪末以来,城市化和现代化进程加快,中国社会经历了时代变革和历史转型,其中乡村社会的变化最剧烈最明显。传统的中国乡村,诗意、安稳,也闭塞、保守、贫穷。发生巨变后的乡村,还有诗意和安稳吗?还闭塞、保守、贫穷吗?乡村社会的主要矛盾转移了吗?这些是绕不过去的总体性。总体性视野的匮乏,导致许多乡

---

① 孙甘露:《〈收获〉永续》,见《大家说〈收获〉》,复旦大学出版社2012年版。

土写作简单粗暴。再比如,近三十年,中国社会发生了深刻巨大的变化,中国经济总量跃居世界第二,在脱贫致富建设小康社会的过程中,发展重心变化,产业结构调整,老百姓的牺牲、获得和全面发展问题,城乡发展落差问题,新的阶层分化问题,依法治国和公平正义问题,道德失守和价值重建问题,等等,最终都具化为生动真切的事和人,事也是人面对,因此,文学创作的主体是人,客体本质上也是人。书写这些具象的人和遭遇时,有没有写出个体和总体的关系,有没有写出阶段性和历史感,会成为评判写作是否精准的标准。

对于中国社会发展现状和变化趋势,中国文学的目力和笔力不仅要及时地捕捉、全面地记录,还要重构为生动的艺术形象。文学书写的总体性,从现有经验看有两类主要方式:一类是集合式;一类是典型化,是经验的高度提炼。中国古典小说的早期写法多是集合式,《官场现形记》《儒林外史》等等,出场人物众多,角色用墨基本不分主次。《水浒传》《三国演义》是集合式向典型化的过渡。《红楼梦》和《金瓶梅》是综合集合式和典型化的完美个案。现代白话小说基本是典型化写作,以鲁迅的《祝福》《阿Q正传》

《孔乙己》《狂人日记》为代表,这些小说的魅力和感召力要归功于祥林嫂、阿Q、孔乙己、狂人这些人物形象塑造得出神入化。这些人物形象凝结了时代和历史的信息,塑造了新民主革命前期旧中国的面貌。

第二,对现实经验的正面强攻。"文变染乎世情,兴废系乎时序。"文学从来都是反映时代全景和社会变迁的有力武器。人类社会变化,世道变迁,为文学书写提供了大量可资利用包括批判的原料,敏感的书写者会及时捕捞、甄别、解剖。文学是自由中卫,可以用各种姿态书写。在各种姿态里,传统写作也即线下写作,对现实经验的处理,主要采取两种形式:正面强攻和侧面回应。理论上,是书写小时代还是书写大时代,是书写小我还是书写大我,是侧面写还是正面写,是硬攻还是软磨,从文本的丰富性和充分性角度,都被需要。但从对历史和现实的本质性和总体性书写的角度,首先需要大量的正面照。为一个人录影,如果都是背影和侧影、逆光,对于这个人的真实面目,观众还是模糊的。评判文学书写抓握时代的准确度和有效性也如此,如果正面书写总量不足,侧面和逆光书写再丰富,这个时代的整体面目也还是模糊和暧昧不清的。

客观上,任何时代的文学书写都无法自外于时代,近二十年的中国文学书写亦如此。近二十年来,中国进入巨变和转型时期,各种传奇、各种体验和各种经验像过山车一样从我们的生活中呼啸而过,转瞬即逝,中国社会的沧桑巨变,其内蕴的复杂性、传奇性、微妙性需要写作者迎难而上。主观上,任何一个有"野心"的写作者都不会漠视他的时代经验,都会用力把自己系在时代的钢缆上:直面现实,与时代生活同频共振,才有可能认识并表现时代生活。

虽然没有一个书写者能够自外于时代,但文学属于个体性劳动,个体对时代生活和文学的理解千差万别。特别是正面强攻现实,对创作者要求很高,它要求创作者在了解客观社会现实的基础上,进行形象的逼真的书写和探索。它有明确的标准,有生活的照伪镜,能一眼将作品打回原形,识别出创作者的认识水平和创作水平。也正因为这一点,许多缺乏生活和生命体验、缺乏对生活底色的认识能力和表现能力的创作者,就会自动地绕开。也有些写作者出于文学观念的偏差,故意屏蔽书写和生活现场的关系,挂上"纯文学""向内转"的标签。主客观的原因导致20世纪90年代以来,中国当代文学经历了两个明显的阶段:严重的

"向内转",慢慢地"向外转"。

在文学"向内转"之前,是先锋写作。先锋写作作为20世纪八九十年代到21世纪初影响力最大的一类创作,影响了整整几代人的创作观念,它把文学从口号化、标签化拽回到文学性,一些有特点的作家和作品也是这个时期的成果,比如余华、格非、苏童等等。先锋文学对中国当代文学的贡献是对叙事艺术的充分探索。对现实经验的重构和解读方式独辟蹊径是先锋写作的一大优势,各种独特的生活经验在先锋文学作家的笔下淬炼重构,迸发出铿亮的艺术钢花。需要更正的是,先锋文学创作与时代生活并非绝缘。恰恰相反,他们笔下的人物形象具有极其鲜明的时代辙痕和社会学身份。以先锋文学代表人物余华为例,余华的小说与整个90年代中国社会大背景基本同频共振,是典型的典型化写作,《在细雨中呼喊》《活着》《许三观卖血记》,无一例外,都建构在深厚的"中国"背景之下,讲述的是中国人、中国文化、中国社会、中国制度,拥有明确不误的意义指向。但是,先锋写作后期,生活经验的丰富性被抛弃,"技术探索"被绝对化、极端化,"向内转"乘势而上。恰逢70后、80后初登文学舞台,经验体验先天不足,笔墨自然乐于更多地巡行在"我"的周边，又恰逢资本强势介入，揣摩资本趣味又成为写作追求。当这种写作成为风尚时，文学面对现实发言的能力和发言的兴趣越来越小。文学写作的这种变化，引起了理论评论界的关注。

这个时期的文学研究，有三个关键词值得重视，它们是"现代性""市场""个人化"。何言宏在《二十世纪九十年代以来的中国文学与现代性问题》一文里说，"受到国家力量与市场逻辑双重支配的文学出版和文学创作，以经济伦理损害了文学伦理，引起了文学标准的变异，从而损害了文学的自主性"。南京师范大学学生程炳武在硕士毕业论文里也提出了"个人化小说"概念（《20世纪九十年代"个人化"小说研究》），与此同时，有人提出"市场时代的文学"概念（《市场时代的文学：二十世纪九十年代中国文学对话录》）。既往的历史实践充分证明现实主义具有顽强的生命力，现实主义的缺席必然导致文艺与生活、与人民的关系疏远，从而使文艺描写现实、记录历史的重要功能被削弱。网络写作的现实遭遇就是例证。互联网技术的进步，降低了写作和发表的门槛，资本的介入以及产业链条的构建，使网络写作迅速克服媒介和艺术形式的限制，渗透、融合到影视产业,形成覆盖式传播影响,网络文学以一种新型业态形式生成并野蛮式生长。由资本强势主导的网络写作,一是流水线的写作模式客观上不允许现实经验的慢慢提炼和转换,二是创作主体年龄偏小,实际生活经验积累少,写作过多地依赖想象和虚构,文本的类型化程度高。网络文学写作是对类型文学和通俗文学书写的丰富,其中个别文本甚至达到类型写作的高峰。但是,大量的网络写作架空现实和历史,缺乏有效经验,无法正面记录世道人心,无法形成真正深入人心的传播影响,网络文学的可持续发展受到掣肘。有关方面为此出台了引导政策,比如评奖导向,最近情况有所改观,比如,最近两期中国作家网发布的网络文学排行榜上现实题材和历史题材作品比重加大。以现实关怀和现实题材为特征的现实主义写作在网络写作中占比靠前,早已重返主流视野,在叙事艺术和题材开掘上均有探索,比如非虚构写作、"底层叙事"、"在场写作"等等,并产生了很明显的社会效果。现实主义的回归是对"向内转"强调的有力反驳,把写作与现实的关系重新接续上。关于现实主义写作的有效性,后面还会专门论述。

文学的发生和发展需要诸多条件,一些文学类型在不同历史时期已经达到高峰,比如唐诗宋词元曲,让后人望尘莫及,这也是今天我们为什么要有文化自信,要继承优秀传统文化。唐诗宋词的发展与古汉语使用生态密不可分,现代汉语和白话文养成全新的表达和思维方式,小说自20世纪以来获得快速发展也是此故。文学史是一个个山峰连接而成,并非社会进化论所持的螺旋上升线路。基于这一逻辑,有人会问当下中国文学能否创造新的高峰。这句话又回到了起初的问题:时代巨变,生活丰富激荡,文学的自主性获得了极大的解放,文学创作是否匹配这个发达时代?也许,与丰满诱人的现实相比,文学书写正面强攻的总量和力度仍嫌不足。

文学怎么认识这个时代

文学书写能否匹配这个时代,取决于两种能力,缺一不可:对历史和现实经验的认知能力和对现实经验的文学转换能力。追本溯源,纯粹层面的文学鉴赏过程,虽然首先表现为感官层面的审美愉悦,其次才是意义层面的认知共鸣,但"文"终究为"言"服务,是"言"的前缀。对历史和现实经验的认知能力,即"言",是"写什么"和"为什么写",具体到当下,是如何认识这个时代、怎么写这个时代。

这几组关键词或应关注,比如:新与旧,大与小,复杂和独特。

新,相对于旧而言,放到"时代"这个名词的前面,注重判断这个时代的内在发展动力和社会结构的变化,而不仅是时间坐标点的更新。从中国社会发展历史进程看,近二十年来,国情巨变,世界局势也在变化,能不能通过断崖式的社会转型看到中国社会的制度、秩序、世道人心的历史变迁,能不能透过复杂、生动、细微的表象看清政治、经济、社会、文化各领域的变化逻辑和变化动力,成为衡量当代文学书写有效性的标准。还要考虑到,中国今天的新不是平地上的重新架构,而是旧邦新命,还必须熟悉历史延续和历史遗存。这个新时代,同时也是复杂的大时代。郭敬明的小说《小时代》无比真切地表达了思想解放、物质财富迅速积累之后,个人主义和消费主义的虎视眈眈和一往无前的力量。在社会物质文明日益发达的今天,文艺作品对物质和人的关系的探索是必要的和有价值的,但探索如果仅仅停留在物质创造和物质拥有的层面,把物质本身作为人生追逐的目标,奉消费主义为圭臬,是"小"了时代,窄了格局,矮了思想。史学家钱穆说中国知识分子远从春秋时起,便以"在世界性社会性历史性里,探求一种人文精神,为其向往目标的中心",知识的功能虽表现在知识分子身上,而知识的对象与其终极目标,则早已大众化。作家和艺术家作为中国知识分子的重要类别,是中国社会人文精神的建设者,也是人文精神的传播者。作家、艺术家身处丰富、深刻、复杂、变革的大时代,人类的命运、国家的命运、民族的命运、个体人的命运,哪一样不是现实社会和现实人生?政治、经济、文化,哪一样不值得去为历史立题?文艺作品一旦完成,进入公共空间,判断其价值有三个基本维度:知识价值、审美价值和道德价值。审美价值表现为创作主体对经验重构的艺术,知识价值和道德价值是文学作为一门独立艺术形式存在的前提和理由。笔由心起,除了审美价值,文学贡献的是知识价值和道德价值,是信息、智慧和力量。文学也是舆论,文学的影响是病毒式的扩散影响,兴致由衷,以审美的方式把个人的生命体验与时代历史结合,把个人经验化为大众经验,从而形成文学的公共价值。文艺创作实践是个体性行为,文艺创作的功能却具有公共性。文艺创作无视大的人群,无视创作底色的世界性、历史性和社会性,是对作家、艺术家自身职责的放弃,也是对时代、历史的伤害和不公道。

作家这个职业有其特殊性,天然被赋予"立命""立心"责任,因此,作家被喻为"上帝",是全知和先知。"我们现在所描述的所有事情被通称为'不成文法',我们所说的'祖宗大法'也在此列——它们是维系整个城邦的隐秘丝带。"①文学与现实关联密切,写作对生活的干预深刻久远,因此被看作"第三种法律"。"这种法律既不是刻在大理石上,也不是刻在铜表上,而是铭刻在公民们的心里,形成了国家的真正宪法。它每天都在获得新的力量,我说的就是习惯、风尚,尤其是舆论……其他所有方面的成功全部有致于此,这就是伟大的宪法家秘密地在专心致力着的方面。"②

大时代需要史诗性书写,把"说法"从人类的总体性"活法"中找出来并写出来。巴尔扎克在小说《人间喜剧》里以与生活和时代同构的方式,把金钱和人的微妙关系形象地展现出来,列宁曾说读《人间喜剧》九十六部作品比读

---

① 柏拉图:《法律篇》,上海人民出版社 2001 年版。
② 卢梭:《社会契约论》,天津人民出版社 2001 年版。

任何历史著作学到的经济细节的知识都多。许多人也是通过阅读鲁迅的《狂人日记》和《祝福》，对中国封建礼教的"吃人"本质有了根深蒂固的印象。在这方面陕西作家比较突出，柳青、路遥、陈忠实、贾平凹，包括近年来的陈彦，通过《创业史》《白鹿原》《平凡的世界》《装台》这些作品，从不同的层面建构这块土地的百年史志。朱老忠、黑娃子、孙少平、顺子都是有限土地里或职业里的具体人物，但他们的根都深扎在特征突出、汁水丰沛的社会肌体里，成为不同历史阶段不同层面的生动代表。周梅森的反腐题材小说《人民的名义》成为2017年文学出版现象级作品，不是偶然，因为作家用如椽之笔把近年来中国社会的政治生态真切生动地记录在案，如评论家解玺璋所说，"《人民的名义》呼应时代与民心的主题，替中国的作家洗刷了耻辱"。

沉潜至九重之渊，方能探求骊龙之珠。文学写作抛弃现实经验，对现实和历史的影响也就无从谈起。报告文学一度式微就是反证。时代的变化在报告文学作品里没有得到充分有力的展现，在一种肤浅的文学观念的影响下，大量的报告文学写作满足于表象罗列，缺乏穿透力和思想力。报告文学作家会问，我们已经第一时间赶到了现场，第一时间写出了真实的现场,怎么会没有介入现实?介入现实,一定要写到深层,写到真相,写到笑点、泪点、痛点和难点。

文学如何为时代生活塑形

在"生活"前置"时代"一词,强调经验的阶段性和当下性,给生活归置了明确而不是泛泛的坐标。当然,这是个伪命题,生活都在时代之中展开,没有时代坐标的生活异想天开、不足为凭。但写作,特别是书斋写作,很容易被诟病缺失贴切坐标,缺乏时代感。生活汁水丰盈充沛,中国社会的变革变化如此复杂,中国人的活法、做法和想法为什么不能通过细节、形象和行为,与文字构成密切联系?文学能不能为时代塑形?如何重建文学与生活的逻辑?

一是重建文字的责任并有效打捞生活素材。随物赋形,"艺术是最接近生活的事物,它是放大生命体验、把我们与同伴的接触延展到我们个人机遇以外的一种模式"[1]。生活是文学的素材。真实的生活写出虚构的印象,这是败笔;虚构的生活写出真实的情趣,这是艺术。作家这个群体

---

[1] 詹姆斯·伍德:《最接近生活的事物》,河南大学出版社2017年版。

的内在素养,决定文学的最后呈现。解铃还须系铃人,沟通创作主体也即作家的共识是首要的。

当代中国作家,包括职业作家和非职业作家两部分。非职业作家是潜在的巨大,但因为是潜在,定性分析较难,所以此处略去不说。职业作家是文学写作的主力军,问题是许多作家进入职业化写作状态后,特别是随着经济收入稳定好转,作家的生活半径越来越小,直接生活经验往往成为负数,对生活的感知力、理解力减弱。对作家群体用力,这个用力,不是哄,不是捧,不是打,不是骂,而是努力培养作家为历史和时代塑形的雄心。中国文学与历史的关系密切,从先秦到唐宋史传之风尤盛,《左传》《史记》《战国策》都是杰出之作。明清四大小说除了《西游记》,《红楼梦》《水浒传》《三国演义》都有明确的现实关切和历史书写。这种书写传统通过五四新文化运动获得充分的光大。今天,重树作家的写作雄心,重建文学书写的有效性,首先要重建文字的责任感和文学为历史和英雄人物书写的理想情怀。美国人罗蒂在《筑就我们的国家:20世纪美国左派思想》里写道:"讲述民族的历史与英雄故事,这是艺术家与知识分子的任务。"写作不是盲目的能力,写作是有目的的能力。写作能力不仅是辞藻华丽、故事圆熟,更有价值的是所指和能指关联后产生的张力、意蕴和指向。与现实和历史严重脱钩的写作,文本通常缺乏质感。

树立雄心之际,客观上还要提高打捞生活的能力。书写能力下降的一个客观原因是,人们感知和打捞生活的能力下降。作家要能穿透生活表象,直探其最纯粹、最洁净的本质,洞悉了,就能轻易找出最恰当的配对组合,只给读者看必须看的东西,把那些多余的全部扔掉,只留下有用的必要的叙事。因此,提高打捞生活的能力,要走好两步:第一是看透,第二是剪辑。面对大量的碎片化的鲜活经验,怎么剪辑,其实是对作家的艺术修养以及叙事能力的全面考验。剪辑掌控的是一种氛围和情调的调度,要能发掘故事的味道和延展空间,从而和读者对话。

二是重张和发展现实主义。作家的站位有赖于作家的自觉——自觉奔向高处和前方,但能不能奔到高处和前方,有赖于作家的写作能力。

文字如何处理生活经验?直面时代、正面强攻的现实主义写作是有效方式之一。一个多世纪以来,在文艺创作和文艺研究领域,现实主义作为理论和方法被广泛运用,并产生了大量经典作品,对包括中国文艺在内的整个世界文艺产生了极其深远的影响。远的如19世纪欧洲现实主义和批判现实主义不说,以我国当代文学创作为例,研究一些共识度较高的经典作品,会发现一个共性:关注历史和现实,关注人类社会实践,通过对生活现场的观察,了解和把握新事物、新规律、新问题,并通过艺术形象的提炼和塑造,努力真实、详尽、准确地书写这些人类社会的实践和精神发展历程。这就给我们一个很重要的启示:文艺从发生到发展,无论如何虚构变形,如何创新创造,文艺作品记录和探索人类的精神和心灵的宗旨不变,文艺创作为时代历史塑形的评价维度没有改变,判断一部作品,最终要看它能否作为现实的书写文本进入历史长河。

但是有很长一段时间,现实主义被污名化,被等同于落后、保守、平庸,被等同于教条主义、歌德派、艺术品质低劣。当然,任何一种理论和方法都不是万能的,现实主义与其他任何理论和方法一样,有优势,也有短板,存在这样或那样的问题,这也是我们要提倡文艺创作百花齐放、提倡创新理论和方法的原因。但是,这不等于不加分析地否认或者指责现实主义存在的科学性、合理性。现实主义作为一种创作精神和创作态度,作为一种创作风格和创作方法,是经过大量的丰富的中外文艺实践检验的,是符合文艺创作规律,并符合人类认识和表达的内在需求的,是有生命力的理论和方法。现实主义被污名化,既是缺乏对现实主义的客观公正的认识,也是缺乏对文艺创作理论方法的深刻研究,这种表现已经对当前我国的文艺创作造成了极大伤害。

其实,现实主义写法早已超越了单纯的方法论层面,具有更加丰富的内涵和面向。现实主义被窄化,是指在当下的文艺实践中,一方面,围绕"现实主义"这个概念繁衍派生出各种各样的现实主义,如魔幻现实主义、超现实主义、底层现实主义等等;另一方面,现实主义的丰富性和多面向被遮蔽,特别是现实主义的最可贵的精神层面被忽视、被抛弃,现实主义只留下了创作风格或创作技巧这些相对技术化的层面,有些时候甚至连现实主义创作风格或创作方法也被窄化为"写实"或"白描"。现实主义被窄化,对现实主义是伤害,对文艺实践也是伤害,它混淆了生活真实与艺术真实的关系,混淆了文艺创作与实践现场的关系,使文艺创作在许多具体的领域裹足不前。理论的困惑必然带来实践的困惑,比如在非虚构写作或者说纪实文学、报告文学写作中，真实性原则和文学性写作的关系怎么处理一直模糊不清，成为问题。又比如在小说创作中，怎么把握和处理现实生活中的美与丑、光明和黑暗的关系，也成为一个问题。

现实主义需要坚持，也需要发展。现实主义在实践过程中，有两个问题需要克服：一是要处理好局部真实与整体真实的关系，二是要处理好客观真实和主观想象的关系。对待现实，要坚持辩证法，有局部经验，还要有全局观，在呈现生活真实的同时，处理好局部和全局、光明和黑暗的关系，处理好文学性和真实性的关系，也即艺术想象和生活真实的关系。

文艺创作与历史现场

文艺的功能越来越受到关注,这也是我们今天探讨艺术表达和历史现场精神这个话题的重要前提。毫无疑问,记录是文字的重要信仰。记录什么?记录事与人,记录时刻与时段,记录志和情。

早期文明中的美术艺术比较发达,在发明文字之前,线条、造型和色彩承担着记录功能。今天散见于各种文明遗址的原始壁画、出土文物,天真的线条、生动的造型和自然的颜色,帮助我们确认了早期人类的生产生活面貌,言志抒情的意味也隐约可见。言志抒情这一功能达到随心所欲的地步,是随着音乐、绘画、舞蹈等文艺形态的成熟而实现的,特别是在文字出现,文学书写作为一种艺术形式诞生之后。文学书写传统,中西方略有不同——这里的西方主要指欧洲文学。与欧洲文学叙事传统占主流不同,从《诗经》开始,秦汉文赋、唐宋诗词以降,中国文学的抒情传统一以贯之,在东方美学含蓄、内敛、深沉的大旗下,各种诗词歌赋充分多样地表达了各个历史时期这块壮阔土地上人民的情感、情绪和情怀。群雄逐鹿、思想勃兴的战国时期,屈原的一曲《离骚》文辞绚烂,借香草美人,向君主抒发政治志向和忠贞情怀。凭借一首《登幽州台歌》独步诗坛的陈子昂,"前不见古人,后不见来者。念天地之悠悠,独怆然而涕下",寥寥数语,宇宙观和世界观跃然纸上,持久强大的共情力至今令人称赞。南唐后主李煜抒发亡国之痛的《虞美人》,也能不断激起普通民众的沧桑感和命运感。与抒情传统相比,中国文学的叙事传统往往被忽略,或者被划拨到历史研究范畴。这其实包含着误会。以《诗经》为例,以"国风"为代表的韵文写作,对早期各地政治、风俗以及人事的描写,细节丰富生动,富有叙事魅力和叙事功能。诸子百家的文章之所以被广为传诵,大多缘于信息的魅力、叙事的魅力、文辞的魅力。这些文字紧紧贴在历史的背板上,天文、地理、人文尽收眼底,既磅礴恣肆,又丰饶绵密。《史记》广受喜爱,一是丰富,二是生动,书写中的历史事实与文学文字得到了较好的结合。《红楼梦》《三国演义》《水浒传》《西游记》是我国古典叙事艺术的高峰,现实主义、批判现实主义、浪漫主义这几种风格均有体现,明清四大名著以叙事为特征的小说获得了文体地位。情和志具有强大的驱动力,不同历史时期有不同的形式和表达,强劲地驱动着人类的生产生活实践。情和志作为人类的精神活动,用文字符号记录下来,形成人类精神和心灵的成长史。对情志经验的观察体认以及语词表达,构成了文学叙事的基本面目。无论抒情还是叙事,观察体认是思想准备,语词表达的广度是技术能力。在此基础上,产生了各种书写风格。

为什么记录?为了纾解、宣泄,帮助记忆,传播沟通,等等,从精神构建的角度也可以延伸为"载道、传情、植德"。无论基于什么样的维度,研究者和受众都应该有一个基本共识,即文艺是对人类文明发展中实践活动和精神历程的形象记录、生动表现。这个共识承认文艺有特殊性:一是文艺与人类历史实践的特殊关系,二是文艺与人类精神活动的特殊关系。文艺不是悬浮的没有重心指向的尘埃,而是指向明确的量子,有力、有形,与世间万物存在具体的联系。这个联系和指向,是推动文艺创作的内在动力,也是实现文艺功能的势能。因此，从整体上看，文艺创作无法独立和游离于具体的历史现场，也就是我们说的时代。

文以载道，文以传情，文以植德。从实现文艺的这一功能出发，文艺作为人类独特的珍贵的精神创造活动，与历史现场须臾不可分。

在历史现场捕捉精神气质

怎么记录？具体到创作生产，由文艺是对人类文明发展中实践活动和精神历练的一种形象的记录、表现和积累这一共识，派生出文艺创作的两个基础理论："再现论"和"表现论"。从人类文艺实践看，这两大理论既互不关联、各自为王、开枝散叶，又有内在联系，缺一不可。这正是文艺的魅力之一，即理论先行，开掘创作的潜力，生发、形成各种可能和丰富的创造。

当代艺术领域一度出现零度写作和零度叙事理论，有人把它看作再现论的极端表现。顾名思义，"零度写作"即完全撤除主体的主观立场和情感介入，绝对冷静地记录对象世界。关于零度写作，最有名的理论著作是罗兰·巴尔特的《写作的零度》，这本书也被看作早期结构主义的理论序言。在这本书里,罗兰·巴尔特对语言能指的独立性和文本形式的潜力进行了深刻探讨,引起创作和理论两界的普遍关注。形式和语言的魅力是艺术的自在性,对此加以探讨有重要意义,但因此否定艺术的思想和情感价值,任何一个理论家都不会这样断言,包括罗兰·巴尔特在内。罗兰·巴尔特提出写作的"无趋向性",但没有否认主体创造的客观性。零度写作理论对先锋派写作影响较大,如余华、李洱等作家的早年作品。从"再现"到"零度",从古典到先锋,这个跨度其实是两个理论层面。零度写作不仅"摒弃",而且"革命"了再现论。凡革命,在最初或某一个出发点上通常是有意义的,但往往只顾一点不及其余,最终行之不远。零度写作以语言和结构为放之四海而皆准的"维C",把形式最终抻成了长颈鹿的脖子,失去弹性,难以为继。打开摄像头,记录下稍纵即逝的时刻,许多珍贵的历史照片诞生了。镜头后面的眼睛能不能做到绝对冷静?镜头如何选择拍摄焦点?

先说第二个问题。拍摄也好,写作也好,都是创作主体的精神活动。精神活动从一开始启动,就存在"靶向"和"取向",包括情感取向、美学取向、道德取向等等。而艺术的魅力,恰恰来源于这些复杂的、微妙的、千差万别的表现。因此,从"靶向"和"取向"出发,从选取题材和素材开始,主体的立场、思想和情感都自觉不自觉地贯穿整个精神活动过程。绝对摒弃立场、思想和情感的文艺创作是难以想象的。相反,在某些背景下,这种摒弃也违背创作伦理。这就回到第一个问题了。

关于创作伦理,文艺史上最有名的案例之一,是由《纽约时报》刊发、获得1994年美国普利策新闻特写摄影奖的照片《饥饿的苏丹》。瘦骨嶙峋的小孩即将成为虎视眈眈的秃鹫的猎物,空旷的背景,绝望忧伤的瞬间,形成了强烈的视觉冲击力。照片的美学和艺术价值显而易见,但一个弱小的生命面临危险,摄影师能不能无动于衷地继续等待和按下快门,这是获奖后围绕创作主体的立场、情感和创作伦理问题展开的讨论。绝大多数人对摄影师持批判意见,摄影师凯文·卡特也在获奖当年不堪压力自杀了。这张照片的创作及关于其的争议,涉及创作主体与现实的关系问题。换句话说,艺术要不要介入迫切的现实?创作者能对时代现实无动于衷吗?这是再现论遇到的难题。

表现论的困难是另一种困难。表现论在理论上不反对主体与现实保持密切的关系。表现论被广泛接受,以表现主义为最。表现主义成为现代艺术的重要流派,在绘画、戏剧、文学等诸多领域都有活跃表现,产生了不少表现主义大师和经典作品。表现主义不满足于对客观事物的摹写,强调表现事物的内在本质,表现主体充分观照和折射后的客观世界。整体而言,表现主义在绘画艺术上的成就要大于文学,文学层面的代表人物是卡夫卡。从表现主义的作品中我们往往看到夸张或变形的现实,在这方面卡夫卡的小说比较典型,《城堡》里的"城堡"寓意及其荒诞性,《变形记》里的"甲虫"及其象征性,传递着作家浓重的情绪,如孤独、绝望等等。从接受者的角度看表现主义作品,需要有哲学、社会学,甚至医学方面的知识准备。表现主义的极端表现是过分强调主体的主观虚构能力,否定客观现实的客观性,好比拔着自己的头发往天上飞,把文学和现实的关系极度虚无化,这也是不切实际的。艺术的独立性和客观性是有条件的,在真正的灾难面前,在大是大非面前,美要让位给真和善,或者说,美存在于真和善,真、善、美是三位一体的。从时间和空间的客观存在出发,建立一个有内容的镜像,是历史记录的需要。

再现论也好,表现论也罢,现实不管在整个文本创作中占有多少戏份,都无例外地被分配了角色。文艺创作无法脱离具体的时间和空间。时间和空间构成历史现实。一切历史都是当代史,一切文艺创作都是对历史现场的记录和想象。时代是指以政治、经济、文化等状况为依据而划分的某个时期。这个文化是大文化,用今天的话说,指物质、政治、精神、社会、生态五大文明的总和。文明总和构成了一个具体的历史现场的底色。建立在这个底色上的文艺创作,是时代的文艺创作。创作主体自身无法摆脱具体的历史时代痕迹,创作对象也无法摒弃历史的现实背景。

时代是更加明确的现实,是有色彩的词语,强调特殊的信息背景。现实当然是更大的概念,有些现实永恒不变、四时皆可,我们谓之常情、常态。常情、常态也是客观现实。比如七情六欲,是人伦常情。最典型的是爱情,和平年代也好,战争年代也罢,12世纪也好,20世纪也罢,男欢女爱,此情永不变。但在具体的年代背景下,形式和内容的不同产生出大量丰富的爱情故事。冲破人性和世道的障碍捍卫爱情,这一类的爱情题材是文艺作品的宠儿。19世纪的小说《简·爱》和21世纪的电影《朗读者》,同样都是演绎阶层和阶级差异下的爱情,前者的矛盾落在习俗和偏见层面,后者的矛盾是常态下和特殊境遇里的差异性。前者克服偏见,打破习俗,爱情获得尊严。后者置景于二战后的德国,违背常情的一男一女在战后"抱团取暖",生活回到常态后,不伦关系加上女方刻意隐瞒的纳粹身份,爱情立刻"见光死"。电影的悲剧感恰恰源于美好真实的情感与不和谐的时代处境之间的巨大矛盾。

　　优秀的艺术家一定也是倾听者,通过倾听,深入生活的内部,在时代的现场捕捉时代的精神和气质。什么是时代精神?不妨换个角度回答这个问题。一个时代对作家的影响是什么?最直接的影响是经验。目力所及,感同身受,都是经验。同一时代的人和事,身边的人和事,亲历的人和事,最容易进入写作的视野。在诸种经验中,一个时代区别于另一个时代的独特经验最值得记录。这些也是我们通常说的时代脉搏和时代声音,作家要去把握和聆听,文学创作提倡从自己的时代发现创作的主题,捕捉创新的灵感。最深刻的影响是思想观念,潜移默化,深沉固执。每个时代的思想方式和精神气质,通过各种载体和形式对个体产生作用。个体感同身受,形成理解力和认知力,发挥想象力和表达力，推出与时代精神相匹配的创作。当然，这是理想作者。理想作者越多，文学才不会辜负这个时代。

历史现场的文学书写要及时且有效

从某种程度上说，没有书写便没有历史。我们对历史的认知，有两个重要来源：一是史料文字，二是文学文字。前者构成历史认知的框架和骨骼，后者构成框架和骨骼下的血肉和细节。一个优秀的作家，一定是时代的认真的观察者和准确的书写者，会在历史的大框架下展开对现实的想象和构建。人类社会经历的苦难、进步和勇气，都应该收进作家的视野。但事实上，我们能看到，作家能写出来，以后能流传后世者，万无其一。这是为什么？不是作家不努力，写作是极其复杂的精神活动。从素材到文本，需要消化，需要重建，还需要机缘，这就需要我们有耐心，要给文学以时间。

阿列克谢耶维奇2012年出版的非虚构文本《切尔诺贝利的回忆：核灾难口述史》，是关于1986年切尔诺贝利核电站爆炸事件一线证人的笔录。汶川大地震十年后，阿来的长篇小说《云中记》问世，成为"灾难和救赎"的见证。《云中记》是一首抒情长诗,也是一部精神信史,写出了人类面对自然灾难的体认和精神自救。《云中记》写作的启发至少有三。第一,对历史和现实重大事件的书写,艺术表现力永远是第一位的,艺术表现方式完全可以多样化。《云中记》没有采用传统的现实主义写法,甚至也不是现实主义风格作品,它具有浓厚的表现主义色彩,更像一部心灵史,属于现代派的阵营。但它可信,有感染力,令人震撼,有效地打开了关于灾后重建的认识路径。艺术超越了现实,是有创造性的艺术表现。第二,建立在对人和现实的关系基础上的诗性乃至神性的书写,彻底征服了读者。这种书写饱含文化体认。文化体认,考验作家的哲学思想力和历史认知力。小说具有鲜亮的单纯。故事简单,人物少,但凝结在主要人物身上的诗性和神性是光点,照进了读者的心灵。第三,未经思考的经验不是经验,未经想象的经验不是文学。小说捍卫的经验是具有想象力和审美价值的经验。未经思考和想象,用平庸的形式匆忙表达,是对珍贵的时代经验的浪费。写出疗治人心、见证时代的作品,文学的功能和艺术的审美才会同步,才能向经典靠近。

关于时代的文学书写,要及时,更要有效表达。所以只有处理好以下两个问题,才可能产生有效表达。

一是历史观和辩证法。这两者都是思想方式,是认知和理解时代的前提。历史观和历史思维需要自觉训练。历史观是长线,是大局观。大局意识决定现实态度。文学不仅要告诉读者你看到的世界的样子,还要告诉读者许多人看到的世界的样子。历史观决定作品能走多远。每个具体的创作主体都有具体的文化背景,即成长背景。超越个体的成长局限,超越经验局限,建立历史思维和整体观,会把个体的文化景深拉长,广角加大。对于文学创作来说,现实不只是一堆素材,还是认识世界的起点和依据。把人和事放在历史的维度下观察,格局和视野才能得到拓展,重点和本质才能显山露水。通过认识历史发展规律,也就会理解纷繁复杂的现实本身。

当代文学界 40 后和 50 后的共同点是具有历史思维和历史经验,这也使他们的作品识别性较高。而 80 后和 90 后的普遍特点是,受教育程度较高,知识面宽,网络文学写作表现出的知识量可证。但现实经验匮乏,历史思维欠缺,这些都成为新青年写作的短板。建立历史思维,强调观察事物要有历史底色。讲究辩证思维,强调观察事物要全面而不是片面,要本质而不是表象。要善于分析主要矛盾和次要矛盾,把握现象和本质的关系,关键是建立整体观和总体观,包括对时间的整体观和空间的总体意识。在此基础上,我们就能理解为什么要看清历史发展的大势,要及时记录时代现实的大事、要事、大转折和大变化,透过纷繁复杂的表象把握主流和核心,把握真实趋势。每一个写作者都是历史中的人、时代中的人,都对时代负有责任。这也是我们今天反复提作家柳青的原因。《创业史》从文本的角度来看并不是无可挑剔的,从文学性的角度来说也不是同时期最好的,但它的认识价值独一无二、出类拔萃。柳青以一个记者对于历史变化的敏感,以一个作家对于文字记录的责任,抓住了陕西农村和农民这个局部,提炼出普遍存在的农村和农民问题,用鲜活的形象、文学的语言写出来,并传播开来,对当时的农业政策产生了重要影响。文学深度介入社会生活,是柳青和《创业史》为文学带来的光荣。现实主义创作在这方面的经验比较突出,陕西作家继承柳青传统,从陈忠实的《白鹿原》,到贾平凹的《废都》、陈彦的《装台》,虽侧重不同,但对不同历史时期的社会历史都有新的发现。以刘醒龙、谈歌、何申、关仁山为代表的 20 世纪 90

年代中期的"现实主义冲击波",高呼"文学干预生活"。文学能否干预生活,取决于文学自身。文学能传时代之声,能领时代之先,才能在时代生活中拥有话语权。

　　文学有益于世道人心,有益于培根固本,才有"正能量"一说。"正能量"也体现了文学的宣泄、疗治功能。中国传统文化中的"仁义礼智信"和西方基督教中的奉献牺牲,都是人性中尊贵的一面,具有较大的感染力和共情力,引人向往。优秀的作品,在写时代和生活中的重重矛盾的同时,一定会写出人性中的光亮,哪怕是微弱的光点。列夫·托尔斯泰被誉为19世纪世界文坛最重要的作家之一,也是基于其作品中的积极力量。深受俄苏文学影响的作家梁晓声,2017年出版的《人世间》可以说是一部向列夫·托尔斯泰致敬的作品。这部长篇小说也是现实主义创作的重要收获。关于东北老工业基地近半个世纪的历史时期中平民生活经验的宏阔记录细致可信,小说对平民子弟形象的塑造,既清晰透彻地写出人性的层次和矛盾,更饱含深情地写出时光机里人性的尊严和坚持,写出人类文明的底气和社会发展的意义。发展和奋斗,是我们国家改革开放四十年来的时代精神。周秉义的勇气和大义,周秉昆的坚韧和仁善,都是这几十年的人世间发生的真相和真理,由此写出爱和正义的动人价值。周秉义和周秉昆这两个人物,是《人世间》对当代文学的贡献。

二是想象力和表达力。这两者都是艺术和技术方式,特别重要。言之无文,行而不远。这句话讲的道理对于写作永远不过时。

文艺创作进入公众视野的同时,产生了公共性。公共性是文艺的重要属性。公共性的产生,表现为传播力,有赖于文学性。在新冠肆虐的时期,报刊网络上各种形态的文艺创作开始活跃起来。正如奥斯维辛之后要不要写诗——一个曾经看似历史的纸面上的问题,在这个节骨眼上成为现实。大家都在议论,不少是激愤和情绪化的表达。其实这个时候,包括文学界在内的文艺界,需要激情投入,也需要理性和理论的探讨。这是一场时代的大考,所有纸面上的理论研究,归根结底要有还原到现实生活层面的可行性和可操作性。"在公共灾难面前,公共艺术能够形成一种团结力量——为亡者及消逝的祈福和缅怀;对生者的激励和宽慰,公民灾难意识的集体觉醒,公共意识内在与外在的社会和文化价值都不容忽视。""文章合为时而著",文学是时代和生活的镜子,也是时代和生活的推进器。从历史书写、凝聚力量的角度来说,我们鼓励同代人的记录,"耳听为虚,眼见为实",同代人的书写相对可信。从文艺的功能来说,提倡及时和在场写作。但这个"及时"和"在场",站在历史的角度,指"同时代"或"同一时期",而不一定是"同一时刻"。面对时代,面对具体的时代,从记录时代精神刻度的角度,文学创作有内在规律,不追求急就章。

　　快和慢是创作的相对时效,与品质不是绝对挂钩的,与个体的消化、积累有关,也与文体有关。比如以抒情见长的诗歌和以及时记录见长的报告文学,面对突发性事件,反应通常比小说要快,这是文体特点。汶川大地震期间,产生了大量的诗歌、散文和报告文学,其中不乏好作品,这对于及时记录信息、沟通疗治十分必要。"灾难频发引起的生存反思及预警威胁,灾后受伤心灵的抚慰和家园的重建、灾难中的温情守望和人道弘扬、为共同的灾难记忆的悲悯叹息,种种情绪都是灾难中冲撞出来的创作灵感。艺术家在灵感的闪现间探寻一个公共问题和审美价值之间的黄金比例。"这个黄金比例,关系到我们的书写是否匹配正在发生的重大灾难。时代精神和文学表达有时间差,是技术问题。

时代精神和文学表达有纬度差,是认知问题。

文艺是人类自觉的精神创造,以人为原点,从人和文艺的关系起步,历史地、科学地、客观地探讨文艺的形态和功能十分必要。对于这些问题的认知,形成了一个人的文艺观。特别赞成查尔斯·艾略特·诺顿在《捍卫想象》中表达的观点,他认为,在今日新学术的旋风中,文学研究要研究通识教育的价值。通识教育包括历史教育、哲学教育、审美教育等等。审美教育,也是一种感受力和想象力的教育。通识教育最终培养的是对现实生活的理解力。

在关于时代精神和文学表达的关系中,文学的认知意义和精神意义压倒了其字面意义。这也是为什么要重申文艺的功能的必要性。至于字面意义和表达力,当然也特别重要,它们是帮助认知意义和精神意义走得更远的"双腿"。

文学回应时代关切,天经地义。面对时代的大考,文学不能缺席,不能失言,也不能胡扯、瞎掰。经得起时间检验是经典作品的门槛,也是文学创作的纯正追求。由文字垒起的精神大厦,记录了时代的风貌与灵魂,思想内涵、文化积累和艺术创新应该成为衡量其艺术表达的基本维度。关于时代的书写,可能有千万条路径,但无论哪条路径,都务必要妥善处理及时表达和有效表达的关系。文字是呈堂证供,切勿漫不经心,或者花言巧语。

从非虚构写作勃发看文学的漫溢

2016年岁首,《时尚先生 Esquire》刊发的特稿《太平洋大逃杀亲历者自述》引起关注,惊心动魄的真实故事和复杂痛楚的人性令人无法释怀,这是继2015年5月刊发《大兴安岭杀人事件》之后,《时尚先生 Esquire》再次借"非虚构"发力。与此同时,《"情杀案",12年之冤》《西部娶妻记》等等,从《三联生活周刊》等刊物以及微信朋友圈接二连三地蹦出来。它们都与非虚构写作有关联。

非虚构写作似乎从21世纪开始才成为中国文坛比较引人注目的一种写作类型,而在世界文坛,它是一个写作大类,早在20世纪60年代就加入了写作行列。2015年,白俄罗斯女作家阿列克谢耶维奇因为《切尔诺贝利的回忆:核灾难口述史》等作品获得诺贝尔文学奖这一事件,似乎再次确证了非虚构这一写作类型的文学合法性——此前著名的温斯顿·丘吉尔已于1953年凭借非虚构作品《不需要的战争》获得这一奖项。从阿列克谢耶维奇获奖,我们还可以再次猜测诺贝尔文学奖的价值取向。苦难?独一无二?关切?文学在溢出边缘,苦难是不断开发的财富,文学应表现丰富的独一无二,总之,我们看到了一种不断突破题材限制和类型限制的写作潮流被鼓励,看到了文学写作的不断探索。"真实"的真相,文学对于"真实"的态度,这两个问题恰好是理解非虚构写作伦理的关键。

对待"真实"的态度

作为美学的非虚构写作,首先要解决"真"的问题。

评论家李敬泽就非虚构写作接受《华西都市报》采访时说,"真实,可不是一块石头,围绕着它有很多认识论的疑难……真的面向极为复杂,它不是由谁、由哪一个作者轻易判定和供给的,它是在艰难的对话和辨析中渐渐浮现。所以,以求真为宗旨的非虚构的写作,需要严密的写作伦理、工作方法和文体规范,它比我们想象的更需要专业精神"。写作伦理和文体规范,也是今天以及今后我们谈论非虚构写作无法绕开的问题。

我们常常把"真实"和"真相"混为一谈。就词性而言,"真实"作为一个形容词,是对行为逻辑可靠性的判断;"真相"作为一个名词,是对事物呈现是否符合原貌的一种判断。如果确定真相有唯一性,那么对真相最有权威的呈现大概只有照相或录像——这也是纪录电影受到人类学研究关注的原因,但纪录电影的叙事同样存在主观介入和选择性表达的问题,可见所谓真相呈现其实是相对而言。这是其一。其二,在历史进程中,诸多的细节和流程,由于发生的突然性,往往是不可能也无法照相或录像的。照相式的真相难以获取,本身也存疑。既然如此,"以求真为宗旨"的这个非虚构写作,所求之"真"是什么"真"?真实比真相包容,具备探索的空间。因此,在我看来,由文字符码建构的非虚构写作,这个"真"还是更多地指向逻辑真实和方向真实的"真",而不是本本和教条的真。

人类为什么写作?文艺为什么存在?写作的快乐,在于揭秘、解密,在于交流、分享,在于辨析、确认,由此形成人类的集体记忆。所有关于游戏和娱乐的说法,是写作这种形式的第一之后的功能,它的第一功能是记忆。结绳记事是人类的一种记忆方式,写作或画画同样是人类发明出来的更加复杂的记忆方式,以对抗无时不在的遗忘。从文艺的这个发生动机出发,人类最初的写作,毫无疑问是由记忆漫漶而来的非自觉的"非虚构"写作。"非虚构"写作,保存了人类记忆,使人类通过写作获得历史存在的确认。事实上,书写的基本轨迹也如此:以虚构为特征的小说是晚近才出现的角色,人类之前漫长的书写史,严格说来,"非虚构"是主角。以中国为例。先秦诸子百家以降的各种笔记散文,包括《左传》《史记》《资治通鉴》等等,理论上都属于"非虚构"文本。也正因此,我们许多中国人是把《史记》当作历史文本来阅读的,对错不论,这个现象反证了非虚构文本的存在价值。欧洲书写历史也基本如此。《伯罗奔尼撒战争史》《罗马史》等等,这些记录欧洲早期文明的非虚构文本,人们看得津津有味,并借此建构对欧洲历史的认知。

今天,富有文体自觉的非虚构写作,在祭出"非虚构"大旗之时,实际上是从真实性这个维度出发,把写作摆在了真理之路上。真正的问题是,真理是整体,人类对真理的探索注定是无限接近而永不能抵达的,非虚构写作这样的探索有没有意义?按照海德格尔的理解,哲学研究应把注意力更多地放在探索之途而不是探索的内容上。美学是哲学的近亲,作为美学的文学写作继承了哲学的这种暧昧性,在繁茂幽深的密林里,面对蜿蜒出没的条条小路,试图辨析可能的情感变动方向,这是它的求真之旨。即便关于真实的判断各有所表,也恰恰是各有所表,写作获得了丰富的可探索自由,读者也通过文本互鉴获取常识。因此,文学探索与科学探索本质的区别在于,后者要给出确定性答案,前者则更在意探索真实和真相的"过程性"描述。

关于主观介入

文学与客观存在恰是非虚构写作的两个要素。怎么理解这两者的关系?

"文学"是文本存在的美学形式,不难理解。"客观存在"成为一个要素,前面说过,它符合人类对于真实和记忆的探索需求。这里的问题是,"客观存在"作为一个笼统的概念,无论是大的历史事件,还是细微的生活枝末,对应到具体的对象,其实都是琐碎、凌乱、纷杂,是无数的线头和层层叠叠的暧昧、模糊、不确定,是"一地鸡毛","一地鸡毛"怎么成为文学文本?重点是写作者的主观介入方式。无论是非虚构写作,还是虚构写作,对人类的精神和心灵的探索,是写作发生的本义。写作者的主观介入毋庸置疑,关键是怎么介入。

虚构写作的对象是开放的和不确定的,主体介入的主要方式是想象和结构。非虚构写作的对象是相对客观的,主体介入的主要目的是还原和表达,主要方式是通过样本调查选择认识和判断现实与历史真相的路径。在文本构建过程上,非虚构写作的一个基本共性是"写客观世界发生过的事和人"。这个"写实",一定是有一个具体的关注对象,通常表现为一个事件或一个人、一群人。通过调查和研究,剖析事件发生的过程和动机,解释命运变迁的偶然和必然,可以是顺时针叙事,也可以是倒叙。非虚构文本最终能够还原、再现和记录到什么程度,最终取决于创作主体介入的侧面是什么、选择调查的样本是哪些。

非虚构写作无论选择从哪个侧面介入,对人性和人情的探研始终是笔墨的重点。理由很简单,事件或事实的发生主体是人,日常化生活中人是细节实施的主体就不用说了,重大事件或一些事故中,尽管有时表现为制度、机构、技术、经验、成果等"物象",但是人的具体行为和人的情感走向,最终生发并决定了事物发展的方向。写作是对人性和人情奥秘进行抽丝剥茧的还原,这个还原的过程也是从一个侧面还原事件或事实。

但是,同样写人,非虚构写作与虚构写作的叙事依据不一样。虚构写作在虚构的名义下叙事视角可以全知,也可以有限,可以从任意的角度对人物进行想象和虚构,叙事的开放性产生了丰富的叙事期待,叙事者在命运的构建过程中只要"自圆其说"即合乎"可然律"逻辑就可以。非虚构写作中,叙事者可能把它放到最后说,读者必须看完全部文字才知道,人和事件的结局其实是"已然如此",对于叙事者来说,要做的事是怎么由这个"已然"结局回溯发生的过程、动机,叙事者是侦探,要破解这些指向结局的来路,叙事的逻辑依据是他或她听到的、看到的和猜到的"事实"。这个"事实",当然有赖于创作主体的发现——主体的发现是写作产生冲动的依据,并通过各种调查补充和完善这种发现。叙事的基本目的是"还原"事实和"了解"事实。在非虚构写作中,创作主体不仅是一台有选择的摄像机,还是一台有意图的编辑机,摄像头摇到哪儿,什么角度,采用逆光照还是平视,完全取决于掌握机器的这个人,成品效果最终也取决于这个人的选择和意图。所以,在坚硬的"事实"面前,非虚构写作的主体介入性其实相当明显,作用很强大,他或她是一个意志力强大的法官,他或她不断地发现新角度、新证据,他或她还能够做出方向性的判断。当然,由于叙事依据不一样,同样的叙事方法,产生的美学效果也不一样。叙事中常常使用"逆转"或"逆袭",在虚构小说里会产生"浪漫"或"传奇"效果,在非虚构作品中则会相应地产生强大的现实命运感。

又有一个问题出现了。既然文学写作的目的是对人情和人性的真实奥秘进行探索,小说等以想象和虚构为创作手段的写作,依据的叙事伦理是什么?想象和虚构的依据依然是生命和生存的经验。非虚构写作试图对人类的经验原貌进行确认和记录,小说、戏剧等借助想象和重构,探索人类在边缘状态等极致状态下的能力和表现。对于小说和戏剧,美学评价的标准依然是"真切""动人"。真切,是美的标准,而不是道德标准,实现了真切,形成了经验的共鸣,才会动人。这是文艺作品鉴赏和接受的一个基本路径。

新闻和文学黏合,是"双赢"。对于文学来说,文学与新闻黏合,表现出对现实和历史"客观存在"的关切,不是技术性的变化,而是写作诉求和写作立场的变化。

首先,这是"向外转"写作的一种回归。从20世纪80年代后期以来,当代文学呈现出一种"先锋写作"和"向内转"的写作风潮。先锋写作对写作观念、技巧的探索本身无可厚非,但许多先锋写作建立在文本形式探索的基础上,当形式不再出新时,文本的思想力又不够强劲,写作就陷入难以为继的状态,大批先锋作家也因此销声匿迹。"向内转"是先锋写作衰微之后的一种写作潮流,对本我和自我的探讨本无可厚非,但这种"向内转"成为逃避关注客观现实的借口,被80后和90后无节制使用。以网络文学写作为例,穿越、玄幻成为主要模式,人物活动的历史和现实环境虚化,人物的性格和情态也完全模式化,文学写作成为真正的瞎话和白日梦。从写作对人性和人情的奥秘进行探索这个角度,网络文学的大量写作毫无贡献,写作成为文字的复制粘贴,制造的是重复的肥皂泡,这种写作遮蔽了丰富的现实存在,篡改了人们对文学与现实、历史关系的理解。一方面是每天在大量地制造毫无现实感的网络文字,一方面是现实和历史在以丰沛磅礴的力量制造素材。专以现实和历史为写作对象的非虚构因此"揭竿而起",文学写作以另一种形式回到了现实和历史的现场。

　　非虚构写作的勃发有深刻的现实背景。新世纪以来，非虚构写作同时在新闻和文学两个领域被主张并付诸实践不是偶然，而是拜变化巨大的社会转型现实所赐。从20世纪90年代以来，中国社会进入了巨大的社会转型期：一是政治、经济和文化秩序重构，生活变动和生命迁徙活动进入激烈时期；二是全球化和信息化的复杂背景，给认知和实践增添了复杂系数。现实人生的丰富性和复杂性远远超出人类既有经验和对未来的想象力，加上信息总量和信息传播速度海啸式堆砌、集束式增长，导致人类原发的想象力和创造力钝化。现实比虚构更有戏剧性，所谓戏剧性，即跌宕起伏、不按逻辑出牌。对于文学写作来说，戏剧性即极致性。戏剧性和极致性，都是相对于人类认知能力而言。当历史和现实在人类的经验面前不断表现出戏剧性和极致性时，虚构和想象就会自惭形秽，再现和记录生活的愿望就会增强。于是，我们看到了非虚构写作开始发力。

　　无论从世界历史，还是从中国历史来看，中国社会都处于重大转型时期。转型中产生的丰富的社会关系和命运变迁，包括现实和历史的戏剧性变化，都是文学写作的素材。

许多作家感叹虚构赶不上现实,在这种背景下,文学写作对于现实和历史的态度成为首要问题,其次才是文学写作对于现实的发言能力。也是在这种背景下,非虚构写作作为一种文学文体进入公众视野,它的标志是2010年《人民文学》杂志社设立"非虚构作品奖",并启动"非虚构写作计划"。在"非虚构写作计划"的推动下,一些作家和作品崭露头角,如梁鸿和《中国在梁庄》《出梁庄记》、李娟和《羊道》《冬牧场》等等。经过几年的准备,一些在小说和诗歌写作领域有建树的作家也写出了有影响力的非虚构作品,比如阿来的《瞻对:终于融化的铁疙瘩》、于坚的《印度记》、王树增的《抗日战争》三部曲、贾平凹的《定西笔记》。李敬泽在《十月》《当代》上发表的《精致的肺》《卫国之肝》,以及雷达在《作家》杂志上发表的《费家营》,等等,也是非虚构写作的一种实验。旅华美裔作家何伟和他的华裔太太创作的"中国三部曲"——《消失中的江城》《寻路中国》《甲骨文》,对非虚构写作这种形式的贡献也值得研究。此外,以传统的报告文学、随笔、特稿等形式出现的一些非虚构写作也应该被关注,它们立足现实,较自觉地用文字记录社会历史。

解决了对于现实的态度，还要对非虚构文体边界做出判断。第一个大边界当然是"叙事"，抒情文章不在此列。在叙事大类里，非虚构写作与我们习见的新闻文体的区别在哪儿？以 2015 年 6 月 10 日《时尚先生 Esquire》杂志刊发的特稿《大兴安岭杀人事件》为例，谈点我的看法。

正如《大兴安岭杀人事件》这篇文章刊发时编者按所说，作者也即记者原本是要写篇通讯或特写，报道大兴安岭林区实施天然林禁伐令这则新闻。但是这个叫魏玲的记者是个好作家，采访中她发现了一些独特的东西，她没有偷懒，没有让这些发现随随便便地滑过去，而是选择了一种可以充分表达的文体：非虚构写作。虽然文章署上"特稿"栏头，虽然这篇文章以新闻为由头，但是写作的目的显然不是交代林区实施天然林禁伐令这一新闻，文章也不是只写一则林区偶然发生的杀人案。如果是前者，这篇文章的笔墨重点应该是为什么要实施天然林禁伐令，禁伐令的内容是什么，各种人对于禁伐令的反应。如果是后者，文章应该重点描写杀人动机、杀人过程以及追捕行动、司法反应。这篇文章是怎么写的？这篇文章的好，不在于"杀人"，杀人过程一带而过，杀人犯和杀人这件事不是笔墨重点，"这篇报道致力于呈现充满戏剧张力与孤独色彩的大兴安岭深处生活,以免它湮没无闻"。重点是"闲笔"和"闲人",写一个鄂温克族老人的孤独,写一个饭馆食客的攀谈,写一个叫贾二的林场工人的暴脾气,写环境、经济和历史。这些笔墨与中心事件有点远,但它们是林区的生存,是当下一个角落的生存。作品打动人的,恰是这些无辜、坚韧、偶然的存在。如果一定要对文学和新闻的文本做个区分,是不是可以这么说:给出明晰"答案"是新闻写作的目的,写出丰富、微妙甚至暧昧的命运是文学写作的目的。比如一起杀人案突然发生了,虽然与"答案"的关系不是必然和紧密的,但它恰恰用一个偶然性事件,折射了一个人或一群人的命运,摆脱固化的思路,打开同情和启迪的场所。在诸多现实素材面前,非虚构写作者用文字组织出人类世界生命演变的链条,写出时间和空间的质感。文学是人学,各种以历史资料、以新闻事件为由头的写作,最终是要还原人的真实生活进程。

贴近现实,同生活高度结合,追求写作的温度、丰富度以及新鲜度,显示出现实主义写作的狠劲,是非虚构写作的特点。但非虚构写作在题材范围内显然大于"新闻",不仅对现实有狠劲,对"过去的新闻"即历史的探索,非虚构写作同样兴致勃勃,阿来的《瞻对:终于融化的铁疙瘩》、王树增的《抗日战争》三部曲、李辉的《封面中国》等都属于这一类,即通常所言"回到历史现场"。历史也是现实,对于历史的发言,是对现实的另一种方式的表达。

非虚构写作是一个由多元素材来源、多种样式构成的写作形式。在这个形式内部,有自己的纪律和自己的理念,这就是对于"真实"的标举。如苏珊·桑塔格所说,作家的首要职责不是发表意见,而是讲出真相,作家要让我们看懂世界本来的样子,充满各种不同的要求、区域和经验。现实和历史充满了莫衷一是的细节和不同层次的声音,以现实和历史为素材的非虚构写作,看起来是写作边界的打开和漫溢,其实还是在文学也即人学的手掌里。对于中国当代文学,非虚构写作的勃兴也可以看作是现实主义写作态度的回归。

一个人的"五四"

首先想到鲁迅

纪念新文化运动百年,有很多层面很多人物可以书写。首先想到的是鲁迅。鲁迅的存在,有力地说明写作可以实现的伟力有多大,以及作家应该追求的功业是什么。

一笔比一剑,可挡百万兵。鲁迅用笔开拓了辽阔深远的思想文化空间,并身体力行,成为现代知识分子的典范。作为思想家和革命家的鲁迅令人崇敬,作为文学家的鲁迅,凭借其丰厚生动的文本,穿越百年时光,在今天依然是一座难以超越的高山。今天我们谈鲁迅的思想,谈鲁迅的文学,谈得较多的是其杂文随笔。鲁迅是文体学家,散文、杂文、评论理论、中短篇小说,众体皆备,都有开山之功、建城之力。在鲁迅斑斓多姿的各种文本形式里,我最喜欢他的中短篇小说和散文。同今天许多作家一样,鲁迅当年写中短篇小说,主要刊发在《新青年》等期刊上。不仅鲁迅,同时期其他作家也大都如此。这从一个侧面佐证了期刊与文学创作如影随形,一部期刊史,几可建构一部中国现当代文学史。

1919年4月,鲁迅的第二部短篇小说《孔乙己》继《狂人日记》之后,在《新青年》第六卷第四号发表。这部加上标点符号共2644字、以今天的分法大概只能叫"小小说"的短篇小说,几乎一字不废,落地成金。一百年来,在2万字以下的白话文短篇小说创作范围内,除了鲁迅本人的《祝福》或可比肩,大约无能出其右者。换句话说,白话文短篇小说诞生之初便是高峰。这究竟是幸事,还是不幸,我不能判断。

陈独秀、胡适二人以上海《新青年》刊物为阵地,率先举起白话文运动大旗之后,鲁迅紧随其后,成为最有支持力的文学实践者。他们合力,促使白话文运动有了实质性的开端,并拥有丰硕成果。白话文写作和白话文阅读,自此慢慢渗入人们的生活,成为习惯。这些五四新文化运动重要成就的取得,有赖于以鲁迅为代表的一代作家创作的有效性,这些作品极大地提升了白话文的声望和地位。所以,今天我们也会把这一代作家的作品称为启蒙文学,重点落在它们的社会功用上。

从1918年5月15日在《新青年》第四卷第五号刊发《狂人日记》开始,鲁迅一直通过写作来提出和探索"中国问题"。所以,阅读和研究鲁迅的文本尤其重要。《狂人日记》是中国第一部白话小说,也是中国第一部现代小说。这个"现代",既指其现代性的思想,比如对人和环境的对抗以及对人吃人的异化问题的关切,同时也指其现代小说技法。小说思想的现代意味还在其次——这当然重要,但在今天的我看来,最惊讶的是鲁迅对各种现代小说技法娴熟老到的掌握,比如心理结构、精神分析、象征喻体等等,一应拿来,为我所用。这些现代技法,在鲁迅八年后辑集出版的散文诗《野草》中用得更加频繁。白话文晓畅、明白、清晰、准确的特点,深深地刺激了读者,用白话文写作可以摆脱很多程式束缚,可以说自己的话,说有内容的话,更加贴近时代气质,因《狂人日记》引发的白话文写作话题纷至沓来。

1918年冬天,鲁迅开始写他的第二部短篇小说《孔乙己》,并于1919年4月公开发表。单纯从短篇小说文体建构来说,《孔乙己》比《狂人日记》的小说性更强,更加充分地发挥出了小说这种相对感性的文体的特性,对世态人情的描摹入木三分不嫌其深,对人物性格命运的刻画曲尽其笔不嫌其难。小说对社会现实的透彻观察力和幽微贴切的表达力,彰显了作家的思想力,也彰显了汉语言文字的魅力和小说建构生活的可能性,直接把小说艺术推到了高峰,也给白话文运动着着实实地烧了一把旺火。

《孔乙己》作为白话文小说的杰出代表,成为白话文运动研究以及中国思想文化史研究绕不过去的一个案例,与其超越文本的符号性价值有关,比如说启蒙意识。从思想文化的角度,孔乙己扭曲的人格和悲惨的命运,是封建科举制度对中国知识分子身心戕害的生动写照。鲁迅用一支笔,生动深刻地揭示旧制度、旧思想和旧文化的落后、腐朽和病态,鲁迅的中短篇小说迅速被广泛传播,成为五四新文化运动解放思想的重要武器。作为作家的鲁迅,站在了时代的潮头。

历经百年,脱离了当时的历史背景,这部文学作品光芒不减,这就值得我们今天的作家好好地阅读和好好地研究了。

用小说创作的眼光看,《孔乙己》究竟好在哪里?

无疑,《孔乙己》从文本的角度给予文学的最大的贡献,是用小说的笔法写活了孔乙己这个下层"士"的形象。我们经常会说"人物画廊"一词,在中国现当代文学史上,从出现时间先后角度来排,排在第一位的,毫无疑问是"孔乙己"。从人物塑造的真实性和饱满度上看,"孔乙己"也位列第一排。"鲁迅以极简的笔墨和典型的生活细节,塑造了孔乙己这位被残酷抛弃于社会底层,生活困穷潦倒,最终被强大的黑暗势力所吞没的读书人形象",这已成为共识,不多言。

"小说是奇巧淫技,小说更是真实。"小说,在鲁迅的笔下,怎么与现实建立联系?《孔乙己》用看似冷静、留白的笔法写出了藏在深邃背后的深情。

"深情"和"深邃"这对几乎被用烂的形容词,用在鲁迅的身上,才恢复了原貌。

鲁迅的深情,过去我们常说是孺子牛的深情。"运交华盖欲何求,未敢翻身已碰头。破帽遮颜过闹市,漏船载酒泛中流。横眉冷对千夫指,俯首甘为孺子牛。躲进小楼成一统,管他冬夏与春秋。"这是历经世变的中年鲁迅,借《自嘲》自嘲,并抒怀言志。前四句,是对世态与时运处境的描述,是写《自嘲》的客观背景。后两句主观抒情,才是重点。"横眉冷对千夫指",因为这句诗和杂文书写,鲁迅的形象长期被定格在锐利、睿智、冷峻、傲骨层面。光有冷峻,不是真实的鲁迅,真实的鲁迅不仅是感性的,而且是容易深情的。

1931年,鲁迅在李伟森、柔石、胡也频、冯铿、殷夫五位青年作家被杀后,悲愤地写下这首七律《无题》:"惯于长夜过春时,挈妇将雏鬓有丝。梦里依稀慈母泪,城头变幻大王旗。忍看朋辈成新鬼,怒向刀丛觅小诗。吟罢低眉无写处,月光似水照缁衣。"有"横眉冷对"映衬,"挈妇将雏"才是真实的和深沉的。如果说"挈妇将雏"是一切人之本能,"俯首甘为孺子牛"才能表现出鲁迅的广大情怀底色。从这句以及他的诸多文本中,鲁迅的拳拳之心被深切体认。鲁迅的拳拳之心,其思想基础是平等、关怀和平民意识,在这样的思想平台上,他会始终牵挂佃农的儿子、童年的玩伴章闰土,他会反思无意间给自己的兄弟造成的伤害和压迫,他会从一个人力车夫的身上学习做人的道理。同样,即便是以小伙计的视角,他也会写出忧伤和不安,写出对孔乙己这样一个底层知识分子的同情,写出艰难、扭曲和尴尬,写出自尊、努力和底线。

鲁迅的深邃分两层。一层是对"旧"的批判,批判旧有的落后制度、旧有的荒唐习惯、旧有的世故势力。比较起这层批判,更深层的深邃是鲁迅的忧患意识。嘲笑人的人吃人的人,与被嘲笑的人被吃的人,都是落后的制度文化的产物。鲁迅对于具体的个人,其实更多的是"哀其不幸",这是基于对人性的悲悯。鲁迅横眉冷对的主要对象,是这个"吃人"和使人非人的制度、习俗和文化。透过现象看本质,鲁迅的深邃来自比较文化的视野。比较古今、比较东西、比较先进和落后,鲁迅才有对落后传统的批判。对于"拿来"和"继承",鲁迅都深有体认,这些体认有的直接形成杂文,有的在鲁迅的小说里成为形象,比如孔乙己。正如拿来不能全盘接受,继承也要批判继承,鲁迅对孔乙己这个人物是牵挂同情大于怒其不争,这种复杂的情感,也是他对传统文化的一种表达。

我一直认为,比较起杂文的战斗性和匕首特质,以深邃为背景的深情,是鲁迅写散文和小说时的情感姿态。散文是非虚构,直接探底作者的情志识,因此,阅读《藤野先生》《从百草园到三味书屋》《范爱农》等散文,人物包括场景长留在我们的记忆中。一是因为鲁迅是语言文字大师,描摹生动有力,信息能够被有效接受;二是因为书写者的深沉、细腻、忧伤的情感,真切动人,共情力强大,读者被深深地带入,并被打动。

鲁迅的短篇小说同样如此。三个名篇《狂人日记》《孔乙己》《祝福》都设置了第一人称叙事视角,叙事人的身份,一会儿是回乡的狂人,一会儿是咸亨酒店的小伙计,一会儿是离乡的知识分子。身份不同的他们,共性是目光有感情、叙事有温度。此外,这些变化的身份和经验,不是鲁迅的无由想象,而是他将人生经验杂糅、搬运、整合后的结晶。对于鲁迅,任何叙事都有立场,尤其是小说。他是要用他的笔疗救人世。著名作家,作品百年流传,这是今天的结果,但不是鲁迅写作时的目的。

胡适在《文学改良刍议》中提出八大主张:"言之有物""不摹仿古人""须讲求文法""不作无病之呻吟""务去滥调套语""不用典""不讲对仗""不避俗字俗语"。这八大主张,今天看来,除个别主张可待商榷,其他于写作都是真经。鲁迅的小说,也是这八大主张的创作典范。

纪念新文化运动百年,一定要全面而不是割裂地去理解历史,理解人物,更不能歪曲历史,误解人物。许多人喜欢走两极,不是对自己的传统不加分析地盲目继承,就是越来越不加分析地崇洋媚外,结果就会导致文化传承中的一团糨糊。为什么这么说?以鲁迅为例,这样一个民族的思想和文化巨匠,在今天的书写和传播中,经常被以各种理由和各种方式边缘化和弱化。这种不断抛弃自己的文化财产、猴子掰玉米式的做法,最后会导致两手空空,只能去搬运别人的东西。我们这个民族在文化传承方面,要特别警惕走偏路。

尽管二十多年前写硕士论文时开始研究鲁迅,提笔写鲁迅,还是觉得笔力不逮。好在只是抛出问题,敬请方家批评。

《两只蝴蝶》及新诗

《两只蝴蝶》是胡适1916年8月23日写的一首诗,也是现代文学史上的第一首白话文诗。无论当时还是今天,从诗体本身,这首诗都被认为是平平之作。但它在文学史上的地位以及它传达、传播的信息,一直被认为是独一无二的,是珍贵的。

先说写作当时。有史家说中国近现代史上的重大革命活动是在异国他乡酝酿成熟,比如辛亥革命,比如新文化运动。这与当时中国社会现实环境有关。一方面,封建制度对于整个中国社会方方面面的发展都形成严重阻碍;另一方面,整个世界发展出现高地,先进强大地区(包括文化)势必对落后贫弱地区(包括文化)形成压迫,东西方列强在用武力敲开中国大门之后,开始了大规模的文化入侵战略,比如庚子赔款留学计划。庚子赔款留学计划,从始作俑者美国的角度,本质上是一项长期的文化战略,但客观上,让少部分中国知识分子开始了解外面的世界,从盲目自信的封建老大意识里清醒过来。"师夷长技以制夷",这是辛亥革命前一部分中国社会精英分子的普遍共识。辛亥革命是孙中山与同盟会、兴中会元老在日本东京、长崎等地酝酿,新文化运动是由庚子赔款赴美留学生胡适等人率先举旗。写《两只蝴蝶》时的胡适,作为第二批庚子赔款的留美学生,已经从康奈尔大学文理学院转到哥伦比亚大学杜威门下钻研哲学。

可以看看当时的留学规定。根据1908年10月28日中美两国政府草拟的派遣留美学生规程,有些规定可以了解一下。比如,自退款的第一年起,清政府在最初的四年内,每年至少应派留美学生100人,自第五年起,每年至少要派50人赴美,直到退款用完为止。这一项是总体目标,应该基本实现了。比如,被派遣的学生,必须是"身体强壮,性情纯正,相貌完全,身家清白,恰当年龄",中文程度须能作文及有文学和历史知识,英文程度能直接入美国大学和专门学校听讲。此外,他们中应有80%学农业、机械工程、矿业、物理、化学、铁路工程、银行等,20%学法律、政治、财经、师范等。这一项是对留学生的考核要求和学业要求。有意味的是,迄今为止,我们留学海外特别是美国的学生,申请农林理工专业,还是远比申请文科专业容易。换句话说,美国在对待中国留学生政策上,一百年几乎没变。跟今天的留学环境差不多,能够获得庚子赔款留学机会的学生,一则要有文学、历史和英语学业基础,二则家境不错,能够负担起一些生活用费。此外,庚子赔款留学生中的相当一部分人,起初申请的专业跟最后学成的专业大相径庭,这是因为一则欧美国家特别是美国的大学允许学习期间转专业,二则一些留学生申请理工科是权宜之计,他们真正的兴趣还是人文学科。胡适便是一例。胡适最初申请的是康奈尔大学农学院,后来转到文理学院,最后又考到哥伦比亚大学攻读哲学博士学位。庚子赔款留学除了美国之外,后来英、法、荷、比等增加进来。庚子赔款留学生总数不详,但这批借由庚子赔款留学海外的学生后来大多成长为中国现代史上的政治、科学、文化界的精英。推断其因,大概因为他们基本上是家世不错的少爷和小姐,在国内接受过较好的人文教育,经由庚子赔款项目,又有机会接受西方现代科学文化教育,眼界和功底都不错,回到国内,只要他们能够踏踏实实在某个领域耕耘,基本都属于开天辟地,能建创业之功。

新文化运动是由文字革命开始,最先开始的是早期留美的青年学生。1915 年美国东部中国留学生成立文学科学研究部,胡适担任该研究部的文学委员。这期间,有感于旧有的语言方式对思考和表达的严重桎梏,胡适大力提倡简易文体和对话体写作。在安徽教育出版社 2006 年出版的《胡适留学日记》中,我们可以清楚地看到胡适当年的思想。在1914年到1916年这三年的日记里，胡适记载了对于文字、文体问题的一系列思考，写了不少白话诗，对古人诗歌也做了评论。我粗略地数了一下，这一段时间涉及诗歌的文章有三十来篇，如《诗贵有真》《三句转韵体诗》《秦少游词》《词乃诗之进化》《陈同甫词》《刘过词不拘音韵》《山谷词带土音》《杨、任诗句》《答梅觐庄——白话诗》《答觐庄白话诗之起因》《杂诗二首》《一首白话诗引起的风波》《杜甫白话诗》《打油诗寄元任》《宋人白话诗》《改旧诗》《白话律诗》《打油诗一束》《打油诗又一束》《写景一首》《打油诗》等。顾名思义，这些文章的主题内容从题目几见端倪。

显然，力主白话文写作并率先用白话文写诗的胡适，对古诗并非不喜欢，更不是不懂。从胡适对宋诗的研究就能看出，胡适的古典诗文功底深厚。中国是个出诗人的国家，甚至是诗教国家，这就好比有的民族是歌舞民族，但凡开始说话走路，就开始唱歌跳舞。感时伤怀，生离死别，场合应酬，抒怀言志，无一不用到诗。唐诗是中国诗歌的高峰，宋词较之唐诗，偏重理趣。胡适喜欢宋诗，可能也与其性情爱好有关。本质上，胡适不是一个浪漫的诗人，他是一个理性随和的学者,这从许多人关于胡适的印象记中也能看出。胡适性格中的学者气大于其文人气,这也是胡适文学创作上成就并不突出的一个重要原因,换句话说,这也不是他的追求。这一点是他跟鲁迅的区别。鲁迅的前面尽管有"革命家""思想家"等定语,但终其一生,鲁迅作为一个作家,其实践始终没有停止。而胡适公开地说文学只是他的爱好,他的职业是哲学。相对而言,在哥伦比亚大学上学这段时间,也是胡适文学创作较多的时期。其间,胡适写了许多打油诗,既出于"拨乱反正"、文体探索的需要,也是天性使然。胡适广交朋友,擅长演讲,性格幽默平和,人又聪明,写打油诗体现了其对于语言使用的一个原则:晓畅明白。

在日记中,胡适主张,写诗第一贵真——真切、真实、真情;第二畅白,畅白涉及文字形式,也涉及内容,他认为写作要平易近人;第三讲韵律。

第一点最好理解。在此"插播"一下,《两只蝴蝶》最打动我的,恰恰就是一种石破天惊的"真"。今天,我们男女相爱互相表白是可以畅所欲言,但是,一百年前的中国,刚刚从皇帝的龙袍下解放出来的中国社会,前一刻还男女授受不亲,后一刻则公然用语言来表情示爱,这是文字的革命,更是观念的革命,冲破的不只是文字本身的束缚,更是理学观念的重重枷锁。言之有物,不作无病呻吟,这也是"真"所要提倡的文学主张。继续联想到今天的白话诗,许多诗反倒越写越复杂,越来越看不懂了,白话还是白话,诗却不是原来的诗,所指和能指缺乏严密的逻辑关联。

第二点是文字革命的具体表达。提出这一点,从中国文字的传承来看,是有基础的。中华文明之所以在民族和国家变动不居中依然根脉不断,文字和文化始终一脉相承很重要。胡适认为白话文革命不是空穴来风,从宋诗开始就有"白话诗"之说,说明白话的基础很扎实。胡适的这个观念,在东部留学生中一开始并没有得到什么反响,这让胡适感到孤独。这些留学生因为受过很好的中国传统文化教育,对于中国古典诗词难以忘怀,这一点是正常的,毕竟中国古典诗词是中国文化的精华之一,它在高峰时期的美是无与伦比的。但是,一个时代有一个时代的文学和文字——这是就具体形式而言,到了晚清和民国,科举八股文等各种形式主义化文字,无论作为公文文体,还是作为诗文写作,都已经严重不适应时代生活剧烈的变化。

前两点好理解。第三点关于韵律的主张,往往被后来的我们忽略。我想多说几句。胡适不是反对死气沉沉的旧体诗,主张用白话文写诗吗？韵律不是旧体诗的遗产吗？与有韵律的古诗相比,白话文写诗要不要押韵,怎么构造意境,是大家感到困惑的地方。这些问题特别重要,解决得好不好,决定了中国新诗出不出成果。

两只蝴蝶

胡　适

两只黄蝴蝶,双双飞上天；

不知为什么,一个忽飞还。

剩下那一只,孤单怪可怜；

也无心上天,天上太孤单。

第一,用白话文写诗,并不代表不要韵律。新诗与古诗之别以及优劣之分,是一百年来长盛不衰的议题。其中最直接的问题是,新诗到底要不要韵律？近年来新诗的诗味越写越淡,什么原因？回过头来看新文化运动,会发现哪怕是写打油诗,也不会认为韵律是个问题,即诗歌自然是要关注节奏的。胡适的《两只蝴蝶》,刘半农的《教我如何不想她》，鲁迅的《我的失恋》，郭沫若的《凤凰涅槃》《地球，我的母亲！》《炉中煤》《女神》系列，这些白话诗的第一批成员，都具有较强的节奏和音乐性。郭沫若是这个时期的代表，他特别推崇纯情感流露的无任何矫饰的诗歌写作，认为优秀诗歌的节奏应该是内在情绪的涨落，而认知是情绪内核的扩展和升华。虽然郭沫若后期的诗受到的非议很多，但其诗歌理论及其前期的诗歌实践在中国新诗史上具有重要地位。我们的古诗词特别讲究音韵合辙，到了胡适、鲁迅，即便用白话写诗，也基本押韵。"两只黄蝴蝶，双双飞上天；/不知为什么，一只忽飞还。/剩下那一只，孤单怪可怜；/也无心上天，天上太孤单。"著名的《两只蝴蝶》全文不过40个字，除了"也无心上天"这一句，"天""还""怜""单"都合韵，朗朗上口，易懂好记。中国是诗歌大国，早期人类似乎会说话就会咏诗，比如大家都知道《诗经》里的国风是朝廷采诗官摇着铃从民间采集而来的。看《诗经》以及唐诗也会发现，比较起技巧，从发生学的角度，诗歌写作重在言志抒怀，而把诗写得好看，让人能唱能诵，志和怀才能尽其意走得远。这也是当年白居易等写诗提倡翁妪能诵的思想基础。再从文学发展史看，中国普通百姓受教育面普遍不大,许多文学形式通过口头流传才能起到作用。口头流传,对文字的语言性、音乐性要求较高。今天所见的唐诗宋词,并不是所有唐诗宋词的总量,经由漫长的时间能够流传下来,与宋以后印刷术的发达有关,但最重要的还是诗歌本身的音韵节奏有助于口口相传。

第二,用白话文写诗,也要讲究意境构造。《两只蝴蝶》便是实践成果。就文本而言,这是一首小型叙事诗,用动作和细节描写两只蝴蝶的合与分,"双双飞""忽飞还""怪可怜""太孤单",这些富有鲜明情感色彩的语词,很容易让人联想到早期的诗歌,比如汉乐府《江南可采莲》。《江南可采莲》里方位词的变化,映衬着不变的坚持的"鱼戏"这个场景,强化和放大了现场。没有人因此觉得它写得单调,反而被这种情绪感染。今天我们的诸多流行歌曲和民谣也是用这种旋律和意境的重复来"叠景"。到了鲁迅写《我的失恋》这首诗,因是故意调笑张衡的《四愁诗》,故此步其韵而写,使用的全是白话文。《四愁诗》写相思之苦,原诗四段,每段七句,在每段第四、五句相继出现"美人赠我金错刀,何以报之英琼瑶""美人赠我金琅玕,何以报之双玉盘""美人赠我貂襜褕,何以报之明月珠""美人赠我锦绣段,何以报之青玉案"。鲁迅写《我的失恋》,把每段第四、五句改成"爱人赠我百蝶巾;回她什么:猫头鹰""爱人赠我双燕图;回她什么:冰糖壶卢""爱人赠我金表索;回她什么:发汗药""爱人赠我玫瑰花;回她什么:赤练蛇"。"百蝶巾"对"猫头鹰","双燕图"对"冰糖壶卢","金表索"对"发汗药",等于是诗意有情之物对干巴甚至恐怖的实物,这种错位的意象使用形成鲜明对比,让人忍俊不禁,达到讽刺效果。

第三,用白话文写诗,要有趣味。现在,我们常常拿来开玩笑的两首白话诗《两只蝴蝶》和《我的失恋》都是大师之作。胡适和鲁迅两个大师被广泛打趣,原因在于大家觉得这两首诗超越了大师的平常"文格",写得滑稽有趣。没错,滑稽有趣,是美学的一种趣味。新月派代表诗人徐志摩大赞胡适这首诗写得"晓畅明白,通俗感人"。"晓畅明白""通俗感人",正是早期白话诗提倡的美学趣味。当然,并不是所有的人都能接受诗歌这种趣味的变革。当时就有人表示批评,比如学衡派教授胡先骕写了一篇两万多字的批评文章,言其"死文学也,其必死必朽也……胡君辈之诗之卤莽灭裂趋于极端,正其必死之征耳"。今天,同样也有许多人对胡适的诗歌不以为然,比如台湾诗人余光中就认为"胡适等人在新诗方面的重要性也大半是历史的,不是美学的"。余光中的观点代表了很多后来人对于胡适早期白话诗歌成就的认知。唐诗以其意象意境隽永深致被大家喜欢,到了白话诗的时候,仍然需要用白话文构造意境并达到美感目的。诗人用白话文写诗,构造意境的本事倘若丢了,诗歌光剩下浅白,也就没有诗味了。

　　胡适不仅提出了用白话文写诗这个主张,而且身体力行。与胡适同时代的鲁迅与胡适的侧重点不同,鲁迅是纯粹意义上的作家,是文体学大家,诗歌、小说、散文、杂文无一不精,因此后来在白话文创作上的成就要远远大于胡适。鲁迅对于诗歌,无论古体诗还是新诗,都写,且相当有水准。关于如何用白话文写诗,鲁迅有很多理论思考。就以打油诗《我的失恋》为例,用鲁迅在《〈野草〉英文译本序》《我和〈语丝〉的始终》里的话,是"因为讽刺当时盛行的失恋诗,作《我的失恋》","不过是三段打油诗,题作《我的失恋》,是看见当时'啊呀阿育,我要死了'之类的失恋诗盛行,故意做一首用'由她去罢'收场的东西,开开玩笑的。这首诗后来又添了一段,登在《语丝》上了"。由这段话,不仅知道鲁迅写这首诗的心理历程,而且一个活泼幽默充满情趣的鲁迅跃然纸上。这与后来被刻板化和严肃化的鲁迅形象迥然不同。没错,正如许多研究者所言,鲁迅有其严肃、庄重、"横眉冷对"的一面,也有其平易、诙谐、"孺子牛"的一面。"创作新诗有没有句式?有。句式不变,调韵甚至也不变。诗情,诗心,都为之一变。"关于这首《我的失恋》的评论,真是太到位了。

今天,我们谈论五四新文化运动,谈什么?当然首先是谈它的思想文化意义。五四新文化运动开宗明义,倡导民主和科学,反对专制和愚昧、迷信,提倡新道德,反对旧道德。五四新文化运动发生在西方列强用枪炮敲开中国大门,中国旧有制度和文化已经完全阻碍社会发展进步和领土安全之际,中国新民主主义革命以思想文化革命为圭臬,最大成果是"开天辟地",建立新社会、新制度和新政权。五四新文化运动的巨大贡献,或者说完成了的工作,是文化和思想的启蒙。因此,今天我们纪念五四新文化运动,要把它放到具体的历史环境里,充分认识它已经结束的使命和尚未完成的使命。五四新文化运动的思想文化革命,对于民族成长和国家建设不是一蹴而就,当然也就不是阶段性和短期的工作。

　　五四新文化运动之新,是毫无疑义的。五四新文化运动高举的一面大旗,就是提倡白话文、反对文言文,提倡新文学、反对旧文学。从历史的漫长的坐标来看,新和旧都是相对而言的。但是在历史的转折点和转型期,新和旧会表现为突变和质变。五四新文化运动开启了新文学的大幕,中国现代文学从此走上了历史舞台。旧文学和新文学之别,首先表现为语言形式之别即白话文和文言文之别。这是断裂式的差别。对于写作来说,语言是一种形式。但是在语言与语言之间,语言本身就是思想、文化、观念,也即内容。不同的语言,具有不同的情感习惯和逻辑习惯,甚至思考习惯。比如同样是小说,曾朴的文言文小说《孽海花》等,虽然开近代小说写作的先河,但我们也不会称之为新文学。新文学要从鲁迅发表《狂人日记》算起。语言的这个变革在明面上,容易辨析。用白话文写作,形成新的文体,比如新诗。五四新文化运动开启的文学样式,新诗即便不是其中最引人注目的那颗钻石,也是最富有含义的那朵玫瑰。

　　因此,如何认识五四新文化运动,还有一条相对缩小的线路,即五四新文化运动的文学路线。

典型和典型形象创作

——以鲁迅的小说创作理论和实践为例

典型形象创作最初出自文学,主要是戏剧文学,后来广泛扩延至其他诸多艺术领域。究其概念,从亚里士多德到恩格斯,都可以找到相关论述,此不赘言。鲁迅于1918年4月写了短篇小说《狂人日记》,同年5月15日在《新青年》杂志上发表。"典型"这一概念也于1921年,经由鲁迅的翻译介绍引入中国。在中国,自20世纪初叶以来,从第一篇白话文小说《狂人日记》对被迫害者"狂人"形象的塑造至今,中国现当代文学关于典型形象创作,借由丰富实践积累了较为多样的经验,在理论研究上也有一定斩获。

2021年是典型创作理论引入中国一百周年。在这个富有纪念意义的节点,文艺理论评论界认真思考和探讨典型形象与文艺创作的关系似乎很有必要。同样,在这一节点,重读鲁迅的小说及其关于小说的论述,启发很多。

20世纪美学思潮和社会思潮的变化

以白话文写作为重要方式的现代文学,从兴起到发展,五四新文化运动都是发电机。现代文学既是五四新文化运动的重要构成,也是五四新文化运动的直接成果。其中,相较于各种书籍,报刊在此过程中发挥了更加快捷灵活的作用。各种数据显示,20世纪上半叶,中国现代文学发展与报刊的广泛兴起和发展有密切关系。报刊是现代文明的产物,它的出现和快速发展,从信息传播层面改变了社会大众的认知水平,通过改变人的精神结构,实质性地推动了中国社会现代化进程,特别是文化的现代性转型。

报刊与中国现代文学创作如影随形,一部报刊史也是一部中国现当代文学史,这是媒介革命对文学创作与传播的影响。关于"报纸副刊与中国现代文学"之类课题,早在20世纪90年代末,中国社会科学院就有学者进行过探讨研究。这是一个普遍现象,当年不仅鲁迅的重要文章大多刊发在《新青年》《语丝》《新潮》《晨报副刊》《小说月报》《妇女杂志》等报刊上面,其他同时期作家如郭沫若、巴金、老舍、曹禺、丁玲等,他们的重要作品和影响力也大抵是通过报刊获得广泛传播的。经由报刊而在公共生活空间开始传播的文学作品,其大众化程度和公共性特征,从一开始就受到关注、引起共鸣、得到提倡。新文化运动先驱者抓住大众传播这一特征,以《新青年》杂志为主阵地,以"时评+文学作品"为主要形式,在整个社会开展了一场思想文化启蒙运动,进而发展为对中国道路和中国出路问题的探寻。

思想启蒙、文化革故鼎新,是中国现代文学的重要特征。"中国现代的革新家们都认识到,中国要进入现代社会,首要的是要进行文学、文化和思想观念的改变。"中文里的"现代性"一词最早也是在《新青年》上出现,由周作人据"modernity"一词翻译而来。所谓现代性,欧美不少学者倾向于认为是指那些主要文化特征与传统文化特征相对立的文化状态。在中国文化现代性转型过程中,马克思主义美学发挥了关键作用。"在过去一百年中,有三个关键概念在美学论争中起着重要作用,这就是'他律''介入'和'为民'。三个概念都与马克思主义美学有着密切的关系。马克思主义最初作为一种社会批判理论进入中国,它在美学中也起着对既有美学观念进行批判的作用。""马克思、恩格斯的历史唯物主义哲学和科学社会主义理论，都主张将艺术放在社会的结构中思考，重视自律以外的他律力量对艺术的影响。他们提出的经济基础与上层建筑及意识形态之间的作用与反作用关系，就是一个反自律的理论模式。他们在一些文章、手稿和通信中提出的'现实主义''典型化''倾向性''美学标准和历史标准'等观点，都具有强烈的他律色彩。这些思想与社会主义运动结合起来，形成了一股强大的力量。这种美学倾向最初主要在从事社会主义活动的人群中产生影响，到了 20 世纪，逐渐进入美学界的思想主流。"高建平在这篇发表于《文艺研究》2021 年第 7 期的文章里，从艺术发展的角度论述了艺术的自律和他律的差异，以及由此产生的与社会发展思潮的关联，指出"现实主义""典型化"的美学逻辑和路径。

《新青年》创刊以来，以陈独秀、胡适为代表的新文化运动倡导者拿起笔和纸，举起白话文运动大旗，鲁迅紧随其后，成为最有支持力的文学实践者。正是新文化运动引导新风，介入社会改造，有效地推动了白话文运动在中国社会获得实质性的推进。"以进化论观点和个性解放思想为主要武器，猛烈抨击以孔子为代表的'往圣先贤'，大力提倡新道德、反对旧道德,提倡新文学、反对旧文学,包括提倡白话文、反对文言文。""通过批判孔学,他们动摇了封建正统思想的统治地位,打开了遏制新思想涌流的闸门,从而在中国社会上掀起一股思想解放的潮流。"白话文运动获得成功,有历史发展的必然逻辑,当然也有赖于以鲁迅为代表的一代作家的社会实践和文学创作的有效性。他们通过作品,充分展示白话文的优势,极大地提高了白话文的声望和地位。白话文晓畅、明白、清晰、准确的特点深深地刺激了读者,用白话文写作可以摆脱很多程式束缚,可以说自己的话,说有内容的话,更加贴近时代气质。语言的解放也是内容的解放、思想的解放。自此,白话文写作和白话文阅读,慢慢渗入生活,成为人们的生活习惯。其中,鲁迅居功至伟。

鲁迅的小说美学路径

人们越来越多地发现,现代小说以塑造典型环境和典型人物为重要方法,描绘富有信息特征的时间和空间,其对历史和现实的把握和表现,往往比其他文体更加生动、形象、灵活。特别是在波澜壮阔的历史转型时期,小说对事和人的书写，成为人类实践活动的具体丰富的记录，是对大的历史框架之外的细节历史和血肉历史的叙述。在照相艺术还不普及、摄像机发明之前的很长一段时间里，人们对历史的认识，主要是依据文字。比如我们今天对20世纪初中国社会信息的获得，大多来自各种文字记录，特别是文学作品。在文学作品里，现代小说起到重要作用。小说发展成文学的一个大的样式，肇始于20世纪20年代。

从文学史的角度看，现代文学成就表现在方方面面，包括诗歌、散文、戏剧和小说等各个层面。其中，与其他艺术类型相比，小说后来居上，在记录历史样貌、表现生活本质方面发挥了重要作用，这与小说自身的艺术特性有关。小说以艺术想象和虚构为方法，以刻画人物形象为中心，通过完整的故事情节和对具体环境的描写，广泛地反映社会生活。如前所说，小说从"自律"到"他律"，主动置身于社会环境中塑造典型人物的这个功能，并非"本原性"的，至少不是"原生性"，特别是在中文的语境里。

作为中国现代小说"鼻祖"的鲁迅，对中国古典小说史的研究，也是早有自觉，最有发言权。早在1920年到1924年，鲁迅在北京大学开设了中国小说史课程，课程讲义后经修订增补,先后于1923年、1924年由北京大学新潮社以《中国小说史略》为题分上下册出版,1925年被合为一册出版。鲁迅通过《中国小说史略》一书和《中国小说的历史的变迁》一文,基本讲清楚了中国古典小说的"其来有自"。今天,重读这些著述,我们会发现它们的超前性和权威性依然无法动摇,会发现鲁迅的文本细读功夫和理论思考能力难以企及,会发现建立在翔实周密的信息研究基础之上的判断,才是高明的、可信的,也是独到的、创新的。

"史略"是研究样式,也是鲁迅的谦辞。其实,在《中国小说史略》一书里,鲁迅从战国、两汉、唐宋一直写到元明清,借由对不同历史时期各种"类小说""小说"文本的细读,对"小说"一词以及小说作为一种艺术类型的艺术特征、演变发展趋势进行了极为周详的爬梳探研。"小说之名,昔者见于庄周之云'饰小说以干县令'(《庄子·外物》),然案其实际,乃谓琐屑之言,非道术所在,与后来所谓小说者固不同",这是讨论小说作为文艺类型的源流。"小说家者流,盖出于稗官。街谈巷语,道听途说者之所造也"(《汉书·艺文志》),这是讨论小说家作为创作主体的构成。鲁迅认为,"小说亦如诗,至唐代而一变,虽尚不离于搜奇记逸,然叙述婉转,文辞华艳,与六朝之粗陈梗概者较,演进之迹甚明,而尤显者乃在是时则始有意为小说"。"及到唐时,则为有意识的作小说,这在小说史上可算是一大进步。而且文章很长,并能描写得曲折,和前之简古的文体,大不相同了,这在文体上也算是一大进步。"透过这两段关于唐传奇和话本的议论,约略可以了解鲁迅对小说文体的理解以及评价标准。显然,鲁迅对小说叙事极其看重,在鲁迅眼中,叙事既包括丰富曲折的内容——篇幅"很长",也强调语言和技巧——"文辞华艳"。

回溯中国古典文学史,小说作为一种文体,完全不同于韵文的"规范""正式"和"庙堂范",长期以来以"街谈巷语""娱乐消遣"为特征,小说家与引车卖浆者为伍。小说地位的提升,与小说自身的变化有关。明清以来,以《红楼梦》《金瓶梅》《西游记》《水浒传》《三国演义》以及官场谴责小说为代表,古典小说涉猎的范围、写作的水平达到了高峰,小说自此与整个社会的政治、经济、文化发生密切联系。

"至于说到《红楼梦》的价值,可是在中国底小说中实在是不可多得的。其要点在敢于如实描写,并无讳饰,和从前的小说叙好人完全是好,坏人完全是坏的,大不相同,所以其中所叙的人物,都是真的人物。总之自有《红楼梦》出来以后,传统的思想和写法都打破了。——它那文章的旖旎和缠绵,倒是还在其次的事。"这段话出自鲁迅1924年7月在西安暑期学校讲学时的讲稿。在这篇题为《中国小说的历史的变迁》的讲稿里,鲁迅明确谈到小说应该如何塑造人物形象的问题,通过正反对照,提出好的小说的内在规定性。中国古典小说类型多样,但无论是写神怪魔兽,还是描绘官场世情,或多或少、或深或浅都会涉及具体的人和事,也即开始了形象描写。通过形象寄寓讽颂,是古典小说的特征之一。在这段话里,鲁迅对古典小说的类型化叙事也进行了批判,即"叙好人完全是好,坏人完全是坏的"。缺乏真实感,缺乏发展和丰富性,这是早期小说类型化写作的特点。类型化写作,到了20世纪末,在网络文学写作和影视文学中重张,并结合互联网等传播介质的变化,得到极致化发展。

从鲁迅的小说美学构成可知,他在学习日本以及欧美小说作法的同时,也在继承和学习明清古典小说的一些经验。正如他自己所言,他是典型的"拿来主义",无论古今中外都广泛涉猎,吸收其营养,也进行科学的扬弃。比如对于古典小说描写怪力乱神,鲁迅就特别不以为然,在他看来,小说是生活的镜子,要介入社会生活,记录人生和改良人生。"说到'为什么'作小说罢,我仍抱着十多年前的'启蒙主义',以为必须是'为人生',而且要改良这人生。"也正是从这个角度,鲁迅对明清小说表现出的社会性表达给予较高评价。这也是20世纪初马克思主义美学思想传播到中国后,对鲁迅等一代思想者和文学家产生的影响。也正是在这个层面上,鲁迅一直被看作是革命的文学家,是"为人生"派当仁不让的代表。

白话文运动中,小说这种文体,继承以《红楼梦》为代表的优秀古典小说的创作经验,吸收外国小说的技巧和方法,通过完整的故事情节和对具体环境的描写,塑造典型环境中生长出来的成分多样、性格复杂的人物形象,成为重要特征和趋势。

杂取种种,常取类型

在鲁迅的创作生涯中,小说是其早期最为用力的一种文体。"论时事不留面子,砭锢(痼)弊常取类型",虽然是鲁迅在《伪自由书》里关于写作的泛泛之谈,却可以看作是鲁迅的写作经验。前半句讲写作的立场和态度,后一句讲方法和途径。

"论时事不留面子",倡导不妥协态度,也是鲁迅终其一生所持的文化态度。他在《论"费厄泼赖"应该缓行》一文中提倡痛打落水狗,批判中庸文化:"'犯而不校'是恕道,'以眼还眼以牙还牙'是直道。中国最多的却是枉道:不打落水狗,反被狗咬了。但是,这其实是老实人自己讨苦吃。"

"贬锢(痼)弊常取类型"的"类型",与今天所说的网络文学类型叙事的"类型"不是一回事,其实是"典型"。关于典型塑造,鲁迅曾经说过类似"头在浙江,身在山东""杂取种种"这类话,对典型的普遍性与特殊性相结合的特征以及广阔充分的由来,进行了凝练而生动的描述。鲁迅笔下的典型已经具有两层内容:一是典型环境,二是典型环境生长孕育的典型人物。典型是"普遍性和特殊性的统一",这是标尺。有特殊,才有多样,这意味着典型要比类型丰富多元。类型在美学上更倾向标准化、单一性,描写的环境往往相对固化,塑造的人物偏脸谱化。类型创作因为标准统一,可以大规模甚至流水线生产,今天主要运用于网络文学和影视领域,一些大型美术作品创作也有采用。提高类型化叙事能力成为电影艺术发展的一个重要手段,而美术作品的人物肖像创作对凝固瞬间的取材也偏重于"类型"选择。不同的艺术介质对于典型和类型的接受度不一样。在文学领域,对人物塑造的丰富性、多元性和微妙性要求较高,因此,对典型和类型会有高下判别。其实,即便是在影视领域,以影像呈现的影视,作为时间艺术,从高的标准看,典型叙事也高于类型叙事。

鲁迅从日记体小说《狂人日记》开始,就通过作为时间艺术和叙事艺术的小说创作,在塑造典型方面用功用力。1918年5月15日《新青年》第四卷第五号刊发的第一篇白话文小说《狂人日记》,塑造了被封建礼教压迫而发狂的"狂人"形象,通过这个形象,深刻有力地揭露出封建礼教的吃人本质。狂人具有典型的两个特质:独特性和普遍性。首先,这是中国文学史上前所未有的独一无二的人物形象,具有开创性。其次,也正是在中国封建社会的晚期,在西方外来文化的影响下,才会出现这样一个仿佛"苏醒"的"狂人"形象,时代特质和文化特性明确。在鲁迅的笔下,狂人是具体的生命,所有语言既符合病理学的"狂人"特征,又表现出20世纪初中国社会觉醒后被压迫的知识分子走投无路的精神状态。小说通过狂人的自白、反思等心理描写,勾勒出一幅晚清末年中国社会平民阶层的精神地图,象征、隐喻和精神分析的套用尤其精彩贴切,让人不禁拍案叫绝。这也是《狂人日记》被称为现代小说典范的重要原因。现代性不仅表现为白话文创作形式,主要体现为思想的现代性,比如对人和环境的对抗、对人吃人的异化问题的关切。《狂人日记》也是一部心理小说、病理小说。鲁迅的现代小说技法运用娴熟自然,这些现代技法在其八年后辑集出版的散文诗《野草》中得到更加充分的展现。

1918年冬天,鲁迅开始写他的第二部短篇小说《孔乙己》,并于1919年4月在《新青年》第六卷第四号上公开发表。单纯从短篇小说的文体建构来说,《孔乙己》比《狂人日记》的叙事性更强,对人物的观察和对世情的描摹也更深刻,对人物性格命运的刻画入木三分。小说对社会现实的认识和幽微贴切的表达,充分彰显了作家的思想力,也彰显了作家的文字表现能力。这部短篇小说,全文加上标点符号共2644字,用今天的分法,大概只能叫作"小小说"。但通篇不废一字,人物形象鲜明、独特、生动、深刻。用小说创作的眼光看,《孔乙己》究竟好在哪里?

从《狂人日记》到《孔乙己》,鲁迅都在通过探讨"国民性",探讨"中国问题"。在鲁迅的眼里,中国问题首先是中国人的问题。无疑,《孔乙己》从文本的角度给予文学的最大贡献,是用小说的笔法写活了孔乙己这个下层"士"的形象。《孔乙己》里的孔乙己是封建社会底层读书人不幸遭遇的缩影。鲁迅以极简的笔墨对典型的生活细节进行描写,塑造了孔乙己这个被残酷抛弃于社会底层、生活穷困潦倒、最终被黑暗势力所吞没的读书人形象。孔乙己扭曲的人格和悲惨的命运,是封建科举制度对中国知识分子身心戕害的生动写照。《孔乙己》作为白话文小说的杰出代表,成为白话文运动研究以及中国思想文化史研究绕不过去的一个案例,充分展现了超越文本的思想价值。我们经常会说"人物画廊"一词,在中国现当代文学史上,从出现时间先后角度来排,"孔乙己"无疑要排在前面。从人物塑造的独特性、真实性和饱满度来看,"孔乙己"也位列第一排。历经百年,远离当时的历史背景,这部文学作品光芒不减,值得好好研究。

正如李长之在《鲁迅作品之艺术的考察》中所言,鲁迅的小说创作"在内容上,写的东西却是一致的,就是写农民的愚和奴性"。短篇小说《阿Q正传》和《祝福》通过阿Q和祥林嫂这两个典型人物,恰好写出了"怒其不争"和"哀其不幸"两个层面。《阿Q正传》通过阿Q,发明出一种"精神胜利法",高度精练地概括了国民的"愚和奴性"。《祝福》里的祥林嫂是被封建男权势力从身体到精神摧残的妇女典型。将儿子命运维系在人血馒头上的华老栓和《药》,因丢了辫子被女人当众辱骂以致忧愁万端的七斤和《风波》,都是短篇小说的精品。

在农民之外,鲁迅塑造的知识分子形象同样深刻、独到,比如通过《伤逝》里的子君和涓生,写大革命背景下的青年知识分子的摇摆和迷茫。子君的犹疑,涓生的冷漠,都是社会大动荡期间缺乏明确目标和生计来源的小知识分子首鼠两端的性格和颠簸命运的具体化。写什么,为什么写,鲁迅说得明明白白,"所以我的取材,多采自病态社会的不幸的人们中,意思是在揭出病苦,引起疗救的注意","我的意思是:现在能写什么,就写什么,不必趋时"。至于怎么写,他说,"选材要严,开掘要深,不可将一点琐屑的没有意思的事故,便填成一篇"。深刻是作为思想家的鲁迅的小说要求。对于文字的琐屑和无稽,鲁迅一向深恶痛绝。因此,他会批判上海洋场小说,批判鸳鸯蝴蝶派,包括各种帮闲文学。"为人生""为社会"的文学观终其一生。

在鲁迅的笔下,小说怎么与人生和社会现实建立联系?小说是奇巧淫技,小说更是真实。鲁迅在《狂人日记》《孔乙己》《祝福》里都设置了第一人称叙事视角,叙事人的身份,一会儿是回家休养的狂人,一会儿是咸亨酒店小伙计,一会儿是离乡知识分子,变化的身份和经验不是无由想象,而是鲁迅人生经验的杂糅、搬运和整合,进而结晶成为典型。"小说,依靠的是用概括的、典型化的手段,从现实生活的基础上,虚构了情节,使人物和故事给人以强烈感。"杂取种种,其实就是用"普遍性"打底。典型扎根于现实生活,通过观察社会生活的肥力和周边生态,生动深刻地揭示旧制度、旧思想和旧文化的落后、腐朽和病态。一笔比一剑,可挡百万兵,鲁迅用笔建构了辽阔深远的思想文化空间,并身体力行,成为新民主主义革命时期中国先进知识分子"干预人生""干预社会"的典范。鲁迅的中短篇小说迅速被传播,成为五四新文化运动思想启蒙的重要武器。

我一直认为,比较起杂文的战斗性和匕首特质,以深邃为背景的深情,是鲁迅写散文和小说时的情感姿态。散文是非虚构,直接探底作者的情志识。因此,阅读鲁迅的散文《藤野先生》《从百草园到三味书屋》《兄弟》《范爱农》,人物包括场景长留在我们的记忆中。一是因为鲁迅是语言文字大师,他的描摹生动有力,信息能够被有效接受;二是因为书写者深沉、细腻、真切的情感,具有强大共情力。鲁迅的深情,过去我们常说是孺子牛的深情。"运交华盖欲何求,未敢翻身已碰头。破帽遮颜过闹市,漏船载酒泛中流。横眉冷对千夫指,俯首甘为孺子牛。躲进小楼成一统,管他冬夏与春秋。"这是历经世变的中年鲁迅,借《自嘲》自嘲,并抒怀言志。鲁迅的深邃分两层。一层是对"旧"的批判,批判旧有的落后制度、旧有的荒唐习惯、旧有的世故势力。比较起这层批判,更深层的深邃是鲁迅的忧患意识。嘲笑人的人、吃人的人,与被嘲笑的人、被吃的人,都是落后的制度文化的产物。鲁迅对于具体的个人,其实更多的是"哀其不幸",这是基于对人性的悲悯。鲁迅横眉冷对的主要对象,是这个"吃人"和使人非人的制度、习俗和文化。透过现象看本质,鲁迅的深邃来自比较文化的视野。比较古今、比较东西、比较先进和落后,鲁迅才有对落后传统的批判。对于"拿来"和"继承",鲁迅都深有体认,这些体认有的直接形成杂文,有的在鲁迅的小说里成为形象。胡适在《文学改良刍议》中提出的八大主张"言之有物""不摹仿古人""须讲求文法""不作无病之呻吟""务去滥调套语""不用典""不讲对仗""不避俗字俗语",在今天看来,除个别主张有待商榷,其他于写作也还都是真经。鲁迅的小说创作,无疑也是这八大主张的创作实践。今天我们谈论现代小说写作,可能有种种技巧,但千变万化,如果不能塑造典型,不能写出生活的面貌和本原,不能语带体感,小说的使命恐怕也没有完成。

　　认真客观地回顾这一百年的小说创作,全面而不是割裂地去理解鲁迅和他的理论实践,就会发现,无论是学习"洋大人"的好做法,还是从民族传统中获取经验,我们做得都远远不如他。鲁迅,一个真正的思想和文化巨匠。

关于近五年长篇小说的一点看法

"近五年"，是指2012到2016年这五年。对一个时期或时段文学创作的评价，要看这个时期或时段文学能跳的最高刻度，而不是平均线。这也是我自己一直不怀疑的一种方法。这五年，在长中短篇小说创作的沙盘里，跳得最高的还数长篇小说，长篇小说重镇地位保持不变。一是长篇小说创作体量大、数量多，创作队伍强，评论家关注度高，作品影响力大；二是作为人类的一种对抗各种碎片化、即时化的表达，长篇小说可能从容量和形式上比较有优势。

在这五年，长篇小说创作发生了哪些变化？它们对当下文学创作产生了什么样的影响？

变化之一：一批成熟或重量级作家回归或主要用力于城市题材文学写作，对城市问题的观察和抓取敏锐、生动、深刻,他们的写作迅速拉高城市小说创作水准。

　　由近说远。今年,以书写东北南部沿海农民出名的孙惠芬年初出版的长篇小说《寻找张展》,从成长小说、教育题材出发,延展出一个现实变革中的中国城市空间。随着生产力和生产关系的改变,整个社会关系发生了本质性的变化,权力和资本对婚姻关系、家庭关系,对亲情、友情和爱情进行篡改。旧有的伦理、农耕时代的规则,以及我们内生的一种对文明生活的向往,能不能对抗这种篡改?孙惠芬挖出了一口"深井",细节丰满,人物可信,写到新青年,写出了城市关系的本质。孙惠芬不仅超越了她的50后、60后同代作家,也在对社会揭示的本质性、内在性方面超越了绝大多数年轻的城市生活写作者,实现孙惠芬自我爆破的同时,也实现了城市题材写作的一种爆破。

　　今年还有一部现象级作品,这就是周梅森的《人民的名义》。《人民的名义》对反腐题材把握及时,它之所以形成现象级传播,一是对新的形势下政治生态的观察和描写准确到位,二是为这类书写贡献了高育良、李达康、祁同伟这些典型化文学形象,成为近年反腐题材写作的力作。

　　2016年,王安忆的《匿名》文本极富实验性,既是王安忆对自身写作的一次挑战,也是长篇小说写作的一次技术攻关,被称为"烧脑"小说,在评论界产生意见悬殊的议论。路内的《慈悲》是2016年一部普遍叫好的小长篇。作为一位相对年轻的作家,路内对工厂、工人和生活痛感的表达,温和、宽谅、有情义、语言干净,值得称道。徐则臣的《王城如海》对雾霾问题的抓取,北村的《安慰书》作为一个先锋作家对社会现实问题书写的转型之作,都有一定的特点。

2015年是长篇小说丰收年。陈彦的长篇小说《装台》像一匹黑马横空出世,作为剧作家的陈彦回归小说领域的第二部长篇,排在当年"中国好书"文学类第一名,不是偶然。小说对装台工以及装台这个边缘化职业的书写,为当代文学提供了独特的时代经验、生活经验。小说继承了中国传统小说的写法,在人物塑造、方言使用、故事讲述等方面下了很大的功夫,特别是顺子这个人物,是可以进入文学史的独特形象。2015年,东西的《篡改的命》是另一部功力深厚的作品,无论是主题的开掘,还是人物形象的塑造,都应该得到关注。

2014年,徐则臣的《耶路撒冷》、阎真的《活着之上》和严歌苓的《妈阁是座城》都值得一提。《耶路撒冷》是徐则臣"进城知识分子"写作的代表作,小说里对知识分子的精神内省和救赎描写是有价值的。《活着之上》延续《沧浪之水》的风格。《妈阁是座城》细致生动地讲述了澳门赌城、赌徒的故事,探讨人性的美丑和善恶,也是一种新鲜经验的表达。

由第九届茅盾文学奖五部获奖作品可见,城市文学与曾经火力集中的乡土写作开始平分天下:五部作品中,除了王蒙的《这边风景》是边疆题材,两部是乡土题材——《江南三部曲》和《生命册》,两部是城市题材——《繁花》和《黄雀记》。具体到这五年,一个明显的感觉是整个城市文学创作数量上升,作家队伍扩大,具有现象级传播影响力的作品增多。这些作品从不同角度提供了新鲜、有益、独到、有效的时代生活和城市经验。为什么会这样?城市自身的发展是一个客观因素。随着城镇化进程的加快,城乡比率发生了很大的变化,城市的规模和城市人口总量都在扩大。城市生活孕育了城市文学,作家的城市生活经验丰富了,写作队伍发生变化,这是本质原因。特别具有战斗力的50后,总体上虽然还在写,但数量在缩小。而已经进入中年的60后和70后接上了棒,他们中的许多人受过高等教育,有些甚至有过留学、访学经历,在城市生活的时间较长,体力又好,开始在城市题材上用功。

变化之二:新乡土写作的出现,改变了农村题材写作的旧有格局,特别是70后女性作家的发力,让乡土写作呈现出新的面目和希望。

说到乡土文学写作,首先要向贾平凹和格非两位文坛宿将致敬。在这五年中,他们的写作依然坚持面向乡土,面向现实,保持着稳定的数量和稳定的写作水平,每每还有新的关注和新鲜表达。比如贾平凹的《带灯》《老生》和《极花》,特别是《极花》将人口贩卖这样的社会沉疴纳入长篇小说创作视野,表现了一个成熟优秀作家的勤奋和敏锐。格非的《望春风》对乡土中国的观察,是2016年长篇小说的一个收获。

老实说,现有的大量的乡土书写与中国乡村现状并不匹配,一是不能真实地再现乡村现实的复杂性,二是叙事陈旧,堕入模式化和浅表化。解决第一个问题,首先需解决作家自身的认知。今天的乡村无论贫穷还是富裕,都不能摆脱"21世纪"和"中国特色"这个时空背景。20世纪末以来,时代变革和历史转型对中国社会产生了巨大而深刻的影响,其中乡村变化最明显。传统的中国乡村,诗意、安稳,也闭塞、保守、贫穷。遭遇激变后的乡村,还有诗意和安稳吗?还闭塞、保守、贫穷吗?作为写作者,哪怕只是写一个角落,也应看到乡村的整体现实,要写出整体性经验。整体经验的匮乏,导致许多乡土写作简单粗暴。

在中国社会向小康社会努力的进程中,乡村问题和农民问题始终是重要问题。如果我们对农村社会有所了解,就会明白今天这个问题比起四十年前甚至更加复杂,复杂性一部分来自农村社会客体改造推进的困难,一部分来自农民主体分层的加剧。什么是农民?依靠土地及其生产方式谋生的当然是农民,进城务工者虽然暂时脱离土地,但他们的住房、亲人和精神归宿还在土地上,他们是不是农民?在土地上的农民曾经是那么强烈地要投入其间,脱离土地的农民在城市和乡村之间首鼠两端,他们还想回来吗?还回得来吗?投入其间和首鼠两端都是身份感。身份和身份感是最大的政治,既是经济来源,更是精神构成。农村社会最终的呈现状态决定着中国社会的前途和命运,对于农民的存在感、幸福感和发展权利,今天的失语和误读都是罪过。在城市化或城镇化当代进程中,中国社会经历了一次用工和组织结构的巨大调整。从人类学角度,这是人的生存形态的一次大迁徙、大变革。对于具体的中国人,现世的恩怨得失左右了他们的情感和价值,成为一切痛苦的根源。现世经验决定写作面貌,从写作面貌也能看出现世的面貌。文学写作中的认知度,表现为文学处理现实经验的能力。时至今日,在先锋写作将乡土叙事寓言化改道之后,我们终于再一次意识到,对复杂现实的忠实表现更加考验写作的能力。从乡土书写获得突破这个角度,我要对几位70后作家近年来的表现致敬,无论是"认知"还是"技术",她们都很出色,比如梁鸿、付秀莹、李凤群等等。这几位都属于风格突出的女性作家。

李凤群的长篇小说《大风》,可以看作是一部关于中国农民身份和身份感的写作。这部作品打破了家族史惯常的线性时间叙事模式,采用穹顶式空间叙事策略,随着时间和事件的流逝,痛感在不同主体间转移,痛感的动力、缘起也在转移,反击痛感的方式也在转移。四代人各自的立场和视角,差异的声音,混合为一部主体旋律明确的江心洲农民命运交响乐或者中国农民命运交响乐。从两个"梁庄"到《神圣家族》,知识分子梁鸿不仅文字回到了乡土,身体回到了乡土,眼睛和耳朵也回到了乡土。陕西70后女作家周瑄璞和王妹英相继出版的《多湾》和《山川记》,对中原农村特别是陕西农民的观察,既有清醒、深刻的时代经验,又在艺术上发挥了女性细腻、鲜活的优长。

要重点说说《陌上》,这是"最当下中国北方乡村分集记录"。过去的两年,许多人都重提"现实主义"。我的理解是,透过大量的隔岸观火和隔靴搔痒、大量敷衍的抒情和穿越,大家希望从文学书写中获取关于当代社会的可靠信息,看到生活细节的质感重现——它或能最终填补历史叙述的罅隙。使《陌上》与"最当下"相连的,不是"日常"的风俗,而是风俗的"非常"和"变迁"。《陌上》对社会现实的表现和理解,既犀利又典雅,受到了许多评论家的激赏。

好的文学永远拥有直指内心的力量。我对这些作品的挑选,主要依据两个标准:现实感和叙事性。现实感,是这五年来长篇小说与时代、人民和生活关系的一种表达,"文学是时代的精神记录"这一点始终是写作本义。叙事性,是对知识分子介入小说写作后叙事性弱化的一种反拨,小说的叙事艺术应该也是小说写作的命门。

实力六作家作品短论

徐怀中：浪漫奇崛的战地美学

小说的高度、宽度和深度，不与长度成正比。刚刚获得第十届茅盾文学奖的长篇小说《牵风记》只有13万字，但自去年12月发表以来一直作为热点话题被谈论。它薄而不轻，清而不浅，不仅重树新时期以来军旅文学创作高峰，也给中国当代文学创作做出了美学贡献。

小说创作的魅力在于提供不一样的生活，塑造新的人物形象。《牵风记》借助一种浪漫奇崛的美学想象，建构和描绘战火硝烟中的新型战士形象，织成气韵丰沛的生命气象。因为这部小说，以书写"战地浪漫曲"著称的徐怀中，继《我们播种爱情》《西线无战事》之后，再一次翻开了当代军事文学创作新篇章。

战地文化和文化人形象

这是什么样的战士形象？《牵风记》写出了长期被忽视的战场上的指战员的文化形象。

长期以来，除了曲波的《林海雪原》等少数作品，文学对于新民主主义革命时期，特别是抗日战争和解放战争时期中国共产党领导下的指战员形象的书写，存在着简单以"粗实鲁直"为美的现象，书写工人和农民出身的战士形象不够丰满。这么写的事实逻辑是，中国共产党领导下的革命军队的主要构成是工人和农民，而穷苦的工人和农民处于被剥削被压迫地位，受教育机会少，文化素养相对低。大量军事文学作品在着力书写他们的勇气、奉献和牺牲精神的同时，也生成了一种简单写法。其实，中国共产党领导的革命军队，从20世纪30年代开始，特别是"七七"事变后，吸引了大批优秀知识分子包括青年学生加入，提高了整个军队的文化素养，也大幅提高了战斗力。加入革命军队的青年学生和知识分子，有的成为文艺兵，有的成为文化教员，有的成为技术人才，有的成长为出色的指战员，许多人甚至献出了生命。关于他们的文学书写总量不多,形象也偏于简单化。在我看来,这正是作家徐怀中"衰年变法"的动力。他自陈:"到了晚年,我想我应该放开手脚来完成我最后的一记。现在我所交出来的《牵风记》,不是正面去反映这场战争,而是充分运用我自己多年来的战争、战地生活积累,像剥茧抽丝一样,把它织成一番生命气象。"

从人物形象塑造角度看,《牵风记》是一种修补和打捞式写作。

小说《牵风记》的战争和战场背景是日军火力"围剿"晋冀鲁豫野战军,独立第九团即后来的独立九旅艰难突破封锁,进行战略转移。笔墨重点不是硝烟炮火,而是一张古琴、一匹枣红战马、三个人。古琴和战马是浪漫主义的技术道具,重点是指挥员、参谋和勤务兵三个人物。三个人物分量等量齐观。与汪可逾和齐竞相比,曹水儿是意外收获,是被文化参谋感召的农民战士。

抱着古琴出现在战场上的北平女学生汪可逾,单纯、干净、执着、没有心眼,像一股清流出现在战火弥漫的战场。在战争间隙娱乐时,汪可逾毛遂自荐,出现在独立第九团团长齐竞面前,开始了两个人乃至三个人的传奇故事。汪可逾的天真烂漫,既有家庭出身原因,也是一种天性。这种天性给危险粗糙的战争生活带来了光亮。所以,她的出场,如果用舞台导演的语言来形容,应是大特写加长追光。

齐竞是第二号人物。从叙事结构角度,齐竞是第三方叙述主体,是重要事件和人物关系的串联。从人物形象塑造角度看,这三个人都是对比着写。齐竞作为革命军队里文化修养深厚的指挥员善于带兵打仗,作为单身男性,在残酷的战争背景下,他与汪可逾一见钟情互相爱慕也在情理之中。战事紧张,打仗是指战员的天职,相互爱慕的两个人由于主客观原因,在战场上必须分开行动。再次见面时,齐竞怀疑汪可逾被夺去贞操,他的冷漠和狭隘,给汪可逾造成精神伤害。再一次的分手,是真正的分手。再一次的见面,汪可逾已经牺牲。来自同一文化阶层的齐竞对女学生出身的汪可逾的造成的伤害,使齐竞此后陷入漫长的痛苦和自责中。

汪可逾与齐竞在战略转移中分开时,第三号人物曹水儿作为汪可逾的护送者上升为第二号人物。警卫员曹水儿是成长型形象,农民出身,没有文化,理论上应该不能欣赏汪可逾这种小知识分子。但作家调动其长期的生活经验,用叙事逻辑告诉我们,对美的热爱、欣赏,是平等的,是人的本能,是超越阶级论的。这是这部小说的思想性和深刻性所在。汪可逾的纯真大气,对曹水儿这个有着明显弱点的战士产生了"净化"作用。曹水儿对汪可逾的敬慕和保护,与他的日常表现存在严重的反差。这个反差,折射了曹水儿的变化。小说中对汪可逾和曹水儿为逃避敌人追捕在山洞中躲避两个月的描写,极尽想象之能事,从饥饿、伤病、绝望的铺排,到绝食、洗涤、坐化等具体写实的细节白描,"汪参谋"和"我的兄弟"这两个有着巨大文化差异的人,不仅共患难,也共同分享音乐、忠诚和情谊。

曹水儿是个有色彩的人物。他原本有点虚荣,性格中有明显的弱点,比如好色,这一弱点最终惹来了杀身之祸。他在战争间隙与保长的女儿媾和,后被诬为强奸,因此被枪毙。这是一个有本事也有毛病的人,但在独自护送汪可逾的艰难路途中,他不仅没有抛弃和损害汪可逾,而且始终像敬神一样敬着汪可逾。这样反差着写,当然有一定的理想主义色彩。但我相信,作家这样写,也是源自对人性的长期观察,是申诉式记录。

汪可逾和曹水儿对齐竞都有一次公开指责。汪可逾面对齐竞的猜疑,大声说"你让我瞧不起你"。这是同一文化阶层的分裂。面对齐竞的冷漠和猜疑,曹水儿非常生气,不顾警卫员的身份,对齐竞公开顶撞。两个地位和年龄明显弱势的人对强势人物的反抗,既推动了矛盾向高潮发展,又写出了自由、坦诚、朴素的人性,令人唏嘘、感佩。

浓郁的诗意和浓重的悲剧感

汪可逾饿死在山洞里,曹水儿从山洞出来后被枪毙,他们的遭遇让作为指战员和战友的齐竞不能释怀。面对银杏树里站着的汪可逾的遗体,他失声痛哭。小说的末尾,写晚年齐竞吞下大把药丸自杀。小说戛然而止。以一张老照片和汪可逾标志性的微笑为由头,引出战火纷飞中的一张宋代古琴,从一场具有诗意的古琴独奏开始,到三个人悲情的死亡,美好的人和事因为不同的原因都永久地从这个世界消逝了。小说的结构既简约又大胆,既沿着想象的方向漂亮地滑行,又填补了生命经验的空白,非高手不能为。

这是一首战地浪漫曲,如同文学版的《这里的黎明静悄悄》。一边是纷飞战火,一边是高山流水。什么是悲剧?一切美好的事物包括诗意,无可奈何、无可挽回地消失。越是浓厚的诗意,越是带来浓重的悲剧感。在这三个人物和他们的故事中,古琴与汪可逾同构。古琴和汪可逾都是古典、纯粹、美好的象征,从汪可逾抱着古琴出现,到古琴被掩埋、汪可逾死亡,到齐竞将残缺的古琴带回家时时弹奏,汪可逾成为齐竞生活中无法忘却的记忆。古琴是汪可逾的另一种存在。

而老军马与曹水儿同构:一方面,他们都为指挥员服务;另一方面,他们灵魂中的神性的东西都被汪可逾唤醒。老军马是指挥员的坐骑,从汪可逾温存地对待老军马,弹奏《关山月》,与老军马获得默契,到老军马对汪可逾异乎寻常的依恋,到最后神奇般地找到并将汪可逾的遗体放进银杏树洞里,这里是用超现实手法书写老军马和人的关系。马犹如此,人何以堪?阅读《牵风记》是一种既快乐又悲伤的经验。第一次读《牵风记》,是被"牵风"一词诱惑,迅速读完,战马萧萧,战士百战归,有新鲜久违的畅快感。对战争中的人性的书写,既深刻淋漓,又深情善意,有点20世纪八九十年代军旅文学的风范。读第二遍时,虽然诗意上升,但畅快感开始消失,需要慢慢地体味。第三遍读完,心脏一阵抽搐。这是看悲剧片才有的生理反应。许久没有这样的经验了。小说在雄浑和奇幻之中建构战争,但我更看重的是它的无言胜万言的悲剧感。这个悲剧感的存在,充分地表达了作家的战争观。战争中的诗情画意,战争中的浪漫,都是短暂和无法存留的,战争的残酷和反人性也正在此。

徐怀中在创作自述中提示了三层信息:第一,这部小说来自生活经验;第二,在生活积累的基础上做了艺术加工;第三,解放观念,做好应战准备。

"怎么写,一直是个大问题。对像我这样一辈的老人来说,最大的问题就是使用减号。减去什么?减去数十年来我们头脑中的这种有形无形的概念化、口号化的观念。但是对我来说,这种观念是很难去掉的,因为它已经深入我的意识里。我只能回归到文学艺术的自身规律上来。"

这是什么样的美学想象?自由、诗意、奇幻。美学建构的方式是对比、抒情和白描。关于对比,一是人物性格及发展的对比;二是与残酷、危险和血腥的战争氛围相对照,如可爱的容颜、动听的音乐、美好的人性、浪漫的感情等等。此外,诗一般的语言、大胆的想象、细腻的感触、传奇性的书写、神性的寓意,都足以形成小说饱满的诗意和浪漫气息。

编一个传奇故事,写一个极致型的人物,从某种角度说是技术活。文学创作需要技术好,但最终价值还在于能否提供独到的形象和思考。过去对战争中的人性的描写,许多停留在勇敢和懦弱这对形容词上。战场上的人除了跟生存或死亡有关的勇敢之外,还有丰厚的情感和丰富的表现。比如对音乐会的描写和对汪可逾形象的塑造,突破战争生活的单一性,也突破战士形象的单一性,写文艺生活和文艺战士,通过对人物身上天真烂漫即返璞归真美感的认可,写战场上美的存在和力量。

特别赞成《人民文学》杂志2018年第12期的《卷首语》对徐怀中《牵风记》作的清晰准确的分析评判:"《牵风记》,是一部具有深沉的现实主义质地和清朗的浪漫主义气息的长篇小说,也是一部具有探索精神,人们阅读之后注定会长久谈论的别样的艺术作品。战争时期军队生活的文化色彩、美好念想和复杂考验,在艰苦的岁月之上泛出明丽的光泽,在特定的情境之中留下惋惜与痛悔,在自然的山河之间现出美好人性的温度。作品中的主要人物,大都是此前的文学作品中未被充分塑造过的,他们的原型来自作家当年的亲历,于是这些人物又那么真切可感。"

几个关键词,我愿意对它们进行再次强调,比如"深沉的现实主义质地""清朗的浪漫主义气息"等等。现实主义和浪漫主义在小说文本中,既各有光彩,又相得益彰。如果没有大量的可信的绵密的细节描写,没有具体的人和他们背后的故事,这部小说的浪漫主义色彩就是矫情,失去了生活基础。小说如清风朗月,在战火纷飞中,推开各种实际困难,编织和还原战争中的另一番气韵生动的生命气象。

长篇小说《牵风记》是一颗闪闪发光的钻石,不同的立面有不同的光波。今年 90 岁的老作家徐怀中说,大家能看到五分就是五分,能看到三分就是三分,他不解释。这部长篇小说好读、耐琢磨,但也很难参透,要讲清更不易。而这正是好小说的品质。

王蒙:汪洋恣肆的才华和不绝的创造力

文无定法,小说也好,散文也好,哪怕是评论,各种文体各有各的写法,不同的作家也都有不同的写法。这充分体现了文学创作的创新创造。创新创造,既包括技术层面的创新,更包括精神、思想、经验层面的创造。创新创造使创作拥有活力和魅力。有创新创造能力,是受众对一个优秀作家的高标准要求,也是一个优秀作家的终身追求。作家王蒙无疑是自觉践行者。

简单回顾一下，王蒙从成名作《青春万岁》《组织部来了个年轻人》，到各种实验和探索写作如《蝴蝶》《布礼》《夜的眼》《春之声》《活动变人形》《坚硬的稀粥》，再到晚近时期的《这边的风景》等一系列作品，文风、技术和经验都在不断地变化。不断变化中仍可看到一个共同规律，即除少数篇章之外，绝大多数文本所呈现的经验都与历史时尚、个体生命经验始终保持同步节奏，充分记录了作家对现实生活的兴趣和敏感。从这些抓铁有痕的文字，可以透视半个多世纪以来，整个中国社会发展的重要精神症候，看到鲜活的个体生命的非凡经验。文本在充分展现作家对经历、情感、经验的提炼能力的同时，也以各种各样的艺术形式再现了作为作家的王蒙汪洋恣肆的艺术才华。新近在《北京文学》杂志刊发的小说《霞满天》是一部极富阅读魅力的文本，用小说形式开展各种具有探索性和前瞻意味的艺术探索，于芸芸表象之中抓取尖锐的本质，通过刻画新鲜独特的形象，以哲学的深邃、诗歌的激情、历史的质感，描绘生动的生活、高蹈的精神、出众的灵魂，洋溢着浪漫主义的智慧之光，再次确证了作为作家的王蒙始终不渝的艺术创新创造能力。

　　日出或日落前后,天空及云层上因日光斜照而出现的美丽彩光,称为霞。小说以"霞满天"命名养老院,在养老院的生活空间里塑造"蔡霞"这个人物形象。中国社会逐渐步入老龄化,以养老为题材的文学书写,成为近年文学创作的一个面向。从道德伦理层面书写的有之,从养老的技术问题和机制问题入手的有之。小说《霞满天》以养老院为切入口,看似要写一个人的养老生活,其实不然。蔡霞者,彩霞也,养老院只是人物生活的环境背景,小说真正的着力点是以"老"为经验回溯理由,由描写特异命运入手,刻画一个具有非凡精神和灵魂的知识女性形象。这是一个老人,但这个形象是鲜明的、生动的,具有极其突出的现代气质和意味。这才是这部小说的创作才华和魅力之所在。

　　小说到底塑造了什么样的一个人物? 76岁的蔡霞教授住进养老院,给整个养老院带来震动,由此展开对这位具有特殊气质的女性经历了极致化的打击依旧保持高贵人格和兴致勃勃的生命力的回溯。

　　第一任丈夫飞机失事。第二任丈夫是第一任丈夫的弟弟,在一起生活若干年后,出轨昔日保姆。与第二任丈夫生的儿子在游乐场遇难。青年守寡、中年丧子、老年失伴，所谓人生三大不幸，接二连三地降落在蔡霞的身上。把一切美好的东西都毁坏、都剥夺，这是悲剧的写法。人物的悲剧气质满满当当。小说技法娴熟，根本不正面写人物如何遭遇苦难并脱离苦难，而是用侧面烘托法，从其入住养老院引起各种震动入手，用数帧电影特写般的画面，表现面对命运和岁月的不断打击，古稀之年的蔡霞居然光彩照人，焕发性别的魅力。桃李不言，下自成蹊。养老院切切擦擦、骚动不安的动静，是对蔡霞的强大精神和健康体魄的巧妙衬托。这是四两拨千斤的写法，体现了小说艺术的机智。养老院只是由头，作家的真正本意显然不是描写一个知识女性的养老院生活。小说的精彩和贡献，在于塑造了一个我们这个时代的真正具有现代气质的知识女性形象。她不仅生动、丰富、坚强，而且开放、健康、高贵，知识的教养和悲天悯人的情怀和谐融合，把可能匍匐在地的生活过成了站起来看远方的生活，是一个真正意义上珍视人的生活权利的人物形象。

小说着力描写蔡霞形象的丰富性。有事业追求，同时卓有建树，这一点寥寥数笔，着墨不多，但十分重要，让蔡霞具有了独立女性的气质,也符合世俗意义上对成功职业女性的评判标准。职业女性通常都是硬邦邦的,拥有强大的精神世界,但缺乏爱的能力。对爱的能力的描写,恰恰是这部小说对人物最具发现力的塑造。这是整部小说焕发的最美的霞光。

什么是爱的能力?以我的理解,应该包括被爱的能力和主动去爱的能力,这两个方面缺一不可。为什么这种能力很重要?"小说是生活的镜子",因为实际生活中绝大多数人都缺乏爱的能力,生活中许多矛盾和不堪也由此而来。斗胆说一句,我们的许多作家自身也严重缺乏爱的能力,没有爱的能力,反映在各种文本中,就写不出具有丰满精神的形象。许多人物形象之所以乖张戾气不可爱,既有真实生活本身客观存在的问题,也有作家观察和理解生活的视角的问题。这是当下小说创作的一个值得关注的问题。也正因此,王蒙在《霞满天》里对蔡霞这个新人物的发现和塑造,才具有价值和力量。

小说是作家用文字构建的宇宙。年逾古稀的蔡霞独立、自尊、爱人、爱己,自带存在价值。蔡霞出现在养老院,起初以外在气质显示出魅力,最终是以行为风格,在沉闷、无聊的养老院获得了普遍关注和欢迎。一个始终具有爱的能力的人,才能散发生命的活力和精神魅力,蔡霞的存在不是刷存在感,而是存在本身就是价值。小说中的蔡霞,在丈夫不幸去世后,收获了丈夫弟弟的爱情并回应这种热烈的情感,走入第二次幸福的婚姻。这种极致关系的书写,与其说挑战的是伦理旧习,不如说挑战的是作家的情和智。写得到位、恰切、可信,人物更有魅力。写得平庸、通俗,不过是电视剧《嫂娘》的小说降维版。这一对新人是带着满满滋生的互爱进入了婚姻的殿堂,这是爱的能力和权利的书写。一个极致关系不够,又来了一个三角极致关系。儿子去世后,蔡霞出长差期间,丈夫与昔日资助的小保姆产生私情。背叛,引狼入室,以怀孕逼宫,等等,这是典型的狗血剧的桥段。面对意图逼宫的女方,面对丈夫飘忽不定的心思,揣着主动牌的蔡霞提出离婚。这个表现三角关系的情节,现实生活中常见原型。被伤害的蔡霞主动离婚,这张牌打在此处,恰恰是对其强大爱的能力的最准确的诠释。

"爱的能力"的"爱",是什么爱?爱情,亲情,友情,没错。这是通常我们狭义化理解的爱。"爱的能力"的"爱",至少还应包括爱自己的职业,爱自己的兴趣,爱自己的生活和生命。特别是后一种,我们许多人不懂得生活,更不懂得爱自己。爱自己,不是强调自私自利,以自我为唯一中心。爱自己,是指要珍视自己的独立意志、独立生命的权利。失去了自我的个体,自尊、自信往往也就不复存在。生活中包括一些文艺作品中书写的女性,以"附庸""寄生"为荣,也就不难理解了。同时,"爱的能力"的"爱",还必须包括谅宥、体恤的能力。爱一个人就要爱其所爱,虽是鸡汤文,道理却是不假。比如小说中写到蔡霞对丈夫出轨的处理,情急之下的放手,解脱了别人的同时自身更是获得身心自由,这段心理描写极其生动有趣。作家把可能的"秦香莲"变成了自我解放的"扈三娘",把一个悲情的图景写成了开阔的正剧甚至喜剧。这是人物精神气质的魅力,也是作家精神气质的魅力。

　　写到这里,必须说说这部小说的叙事魅力。小说篇幅并不长,但居然设置了两个套裁结构,一个是第三人称的"蔡霞",另一个就是"作家王蒙"。"蔡霞"的篇章是整个小说的叙事部分,"作家王蒙"的篇章是议论、思考和抒情部分。"作家王蒙"这一部分极为动人,既有作家的本色表达,更有文学性的塑造想象。通过第一人称叙事,让"作家王蒙"亲自出场,机智幽默的谈吐,深刻深沉的思考,激情洋溢的抒怀,既有交响复调的对位气质,又是歌队式的丰富补充,还有中国古典戏剧的过门、串场、评点功能。语言的魅力和精神思考的魅力同时张放。在小说文体的艺术探索中获取精神滋养,是剧场式的阅读体验。作家的匠心如此之深,令人感佩。文如其人,如见其人,向汪洋恣肆的才华和不绝的创造力致敬!

阿来:非虚构的尴尬和力量

《瞻对:一个两百年的康巴传奇》(以下简称《瞻对》)在第六届鲁迅文学奖终评环节"零票"落选,激怒作家阿来,产生轩然大波。文章是自己的好,写作者大概都有这类心结。阿来发表抗议,多半不是出于意气,他在对《瞻对》作价值捍卫。

如果有时间,我们沉下心来,认真阅读《瞻对》,会发现这真不是一本可有可无的历史随笔。它以瞻对为麻雀,辐射清以来至20世纪40年代二百年间川藏交界地区安保问题,微言大义,是微观历史学的文学样本。阿来对历史的研究、讲述和判断能力,不仅当今大多数作家望尘莫及,就连一些历史学专门研究者恐怕也会惭愧。认真且有价值的创造被轻视,作家奋起捍卫,我欣赏这种不妥协精神,它也是正常的文艺批评必备的平衡力量。如果批评都折服在一种话语维度或标准之下,无论这种话语或标准如何权威、科学,也只会形成思想的平面、创造的犬儒。当然,这是另一个话题,此处略去不说。我们还是回到《瞻对》。

文体的纠纷不应一带而过

对于《瞻对》"历史随笔"的头衔,阿来会不会认领?

阿来是诗人打底,短篇出道,长篇成名。56岁的阿来迄今只有四部长篇——《尘埃落定》《空山》《格萨尔王》和《瞻对》,量少,响动大。与前三部相比,《瞻对》的变化首先是"文体",同样是叙事性结构,《瞻对》由"虚构"走向了"非虚构"。"中国小说的起源应是多方面的:远古时代的神话传说、先秦两汉的寓言故事、史传散文及其他叙事性较强的诗文作品,共同孕生了中国小说,它们是中国小说的源头和母体。"按照袁行霈先生在《中国小说起源新论》一书中的这一判断,就"起源"而言,广义的叙事文体都具有"小说"品质,但文体流变至今,按照我们对小说内涵的"约定俗成",几乎剔除了"史传散文及其他叙事性较强的诗文作品"这一大类项。用"几乎"这个词,是因为曾经有一段时间,当代文学就小说的"虚构"和"非虚构"打过一阵架,摇晃了好一阵儿,"纪实小说"就是这阵摇晃中的产物。纳博科夫说:"小说的本质是虚构。"虚构还是非虚构,将小说和其他文体隔开。虚构性、故事性、形象性,是今天的"小说"作为一种文体相对确定的质素。而叙事性强的"诗"归到诗歌领域的"史诗和叙事诗"门下,叙事性强的"史传散文"则归到"散文随笔"或者"非虚构文学"门下。当叙事不是小说的必要条件时,诗性小说、哲理小说才拥有合法身份,而现代小说一度甚至以放弃故事的完整性和"去叙事化"为写作风尚。虚构一旦成为小说的显性质素,纪实小说就失去了存在的正当性,"非虚构文学"作为一种叙事文体,开始被当代中国文学"强调"和"放大"。

在文学领域较早提出"非虚构"的,当然是20世纪60年代的美国,"非虚构小说"自此在美国兴起并成长为文学的重要文体。中国学界早在20世纪80年代就引进"非虚构"一词。南平和王晖在1987年第1期《文学评论》上发表的《1977—1986中国非虚构学描述》一文,被评价为极有创见的论文。这篇文章中提到的非虚构,大家更倾向于认为它是一种符码和被动的叙事策略。在中国,非虚构写作真正意义上的广而传之,是经由新闻界人士的强力主张,广泛进入新闻写作教程和实践,比如《南方周末》的调查新闻。而其作为文学文体的存在,大概要以2010年《人民文学》杂志社新增设"非虚构作品奖"并启动非虚构写作计划,推出一些作家和作品为标志,如梁鸿和"梁庄系列"、李娟和《羊道》《冬牧场》等。

作为文学文体存在的非虚构文学和报告文学是什么关系?报告文学首先是拥有"新闻身份"的文体,边界明确。既为"报告",被报告事件发生的"时间"起码应是当代,才与其新闻发生背景匹配;如果"报告"的是民国或更久远的前朝往事,则名实不符,名不正言不顺就会被诟病。非虚构文学仅就字面,应是"虚构"之外的文体的总称,外延和边界比报告文学宽泛,有伸缩性。假如我们现在把叙事类作品分为虚构文学和非虚构文学两大类,虚构文学等同于小说的话,非虚构文学这个"大筐"则应包括报告文学、散文随笔等。非虚构文学和报告文学这两个概念差别明显,图省事,依据惯性"以大服小",硬把非虚构文学塞进报告文学门类里,对双方都是粗暴和不负责任的。一些明显的概念错误议而不决,对于创作实践也是一种延宕和损伤。回到文章开头,《瞻对》在鲁奖评选中遭遇的尴尬,主要来自文体规范。《瞻对》在报告文学评奖序列里,与典范的报告文学作品相比,落败结局在意料之中。

非虚构的尴尬和力量

但是,非虚构文学存在与生俱来的问题,比如:非虚构文学的"非虚构"是否存在绝对性?非虚构的文学性来自哪里?场景和人物的文学想象和描写势必难免,否则就不是文学,但文学想象的边界怎么规约?前些年,有文章质疑长篇报告文学《谁是最可爱的人》主要人物的真实性,作家魏巍当时还在世,他承认写作中使用了"杂取种种人"的典型化技巧。是写作技巧,还是对文体的冒犯?一时哗然。我为任职的报纸向因非虚构写作受关注的作家梁鸿约稿,她把题目从《非虚构的力量》改为《非虚构的真实》,说不想与南帆刚刚发表的《虚构的力量》对抗。这是玩笑。梁鸿其实是想谈非虚构里的"虚构",她认为"不局限于物理真实本身,而试图去呈现真实里面更细微、更深远的东西,并寻找一种叙事模式,最终结构出关于事物本身的不同意义和空间",才是"非虚构文学的核心"。超越真实的"原生态"的局限,找到不同的真实个体之间微妙的逻辑,用文字结构出这种关联的神秘性,扩展可能的意义空间,应该就是写作的目的和价值。近年转向非虚构写作的作家孙惠芬,曾经诚实地表示她的非虚构代表作《生死十日谈》的确存在着虚构成分。非虚构文学通过虚构,让生活的本真和个体的特殊经验具有了关联和必然性,将散乱的一地碎片汇聚成生动的广场。

近年来,非虚构文学作为一种文体备受关注,是拜变化巨大的现实所赐。社会历史巨大转型时期,也是生活的变动和生命的迁徙最激烈的时期。一方面,现实人生的丰富性和复杂性远远超出人类既有经验和对未来的想象力;另一方面,信息量、信息渠道、信息传播速度集束式增长,外部信息海啸式堆砌导致人类原发的想象力和创造力钝化,写作的内心冲动锐减。心中有,才会笔下有。文学虚构和想象生活的能力削弱,于是,还原、再现、记录历史和当下的非虚构文学,成为文学写作的一种出路,并因个体的视角、主体的参与性和生活的质感获得共鸣、产生力量。

长篇写作的可能性

精神的层次性和海绵特征使叙事和抒情拥有广博的空

间,各种误会和曲笔都通向精妙和幽深,因此文学在精神的内向抒写层面,从逻辑上讲,具有无限的可能性。寻找精妙幽深的意义空间,是对自我有要求的作家写作的内驱力。阿来是一个追求发出"大声音"的写作者,他要让大众听见自己的声音。文章千古事,阿来写文章绝不至于自我表现和单纯审美,"除了有效地借鉴,更重要的始终是,自己通过人生体验获得的历史感与命运感,让滚烫的血液与真实的情感,潜行在字里,在行里"。

一个作品的存在不是单独的存在,写作的题材取决于作家写作的内在冲动。作家的内在冲动来自他的历史和现在处境。在已发表的四部长篇中,阿来尝试了四种不同的表达方式。

《尘埃落定》是典范的长篇小说写法:一个或一群核心人物及其命运是叙事的主干,然后枝丫藤蔓,繁衍成丰富的生活图景。小说的主人公"我"被设计为西藏民主解放前夕出生的土司的呆傻儿子,用一个非正常人的视角再现政治动荡时期变形的世态抑或世态的真相,这种新颖的视角以及作家本人的藏族基因,使文本被接受者一厢情愿地假定为一种信史。《瞻对》勾勒出的田园牧歌,成为其后很长一段时间藏族题材书写的主调。这部纯文学作品成长为当年大家都在谈论的畅销书有两个原因：一是它的确提供了关于藏民族从农奴制到共和制"历史突变时期"的世态变化，这种变化因为是被一个藏族作家用汉语写出来，似乎更可信；二是其时正值少数民族文化热，这本书满足了许多人对山高地偏的藏区和神秘的藏文化的向往。由于山高地偏、语言不通，除了20世纪80年代中后期集中地出现了一批生活在藏区的汉族作家和作品外，关于藏文化的汉语文学总量少，有限的一些也或隔靴搔痒，或主观先行，与现实和真实存在距离。《尘埃落定》出版后，人们仿佛发现了一个藏族作家空降兵（其实阿来身上流淌着藏、回两个民族的血液），同时也"重新发现"了藏文化。今天，脱离作品发表的特殊背景，再看这部小说，许多当年给予溢美之词的评论家发现，小说文本在提供真实的经验和体验的独特性方面确有贡献，但并不像最初那么"惊艳"。不再惊艳的重要原因，是这种写法可模仿性强，正如美人之美，如果类似长相看得多了，也就不稀罕了。《尘埃落定》是"传奇+牧歌"的写法，后来涉藏的许多作品都是这个路数，虽然可能一个是写土司的儿子，一个是写香格里拉的情路或什么，但调调皆如是。这种"传奇+牧歌"模式化写作,几乎遮蔽了藏区和藏文化的丰富性、复杂性,成为少数民族文学写作的新的藩篱。

《尘埃落定》之后六年诞生的《空山》,花瓣式结构仿若不同的早晨苏醒后的片片夜梦,没有居中不变的人物和事件,命运感和历史感来自群体和整体的走向,即一个藏族村庄的历史变迁。《空山》出版后,虽然没有大轰动,但有评论认为,就文本表现的经验,《空山》超过《尘埃落定》。如果不是故作惊人之语,如此判断,一定是看重《空山》写作的难度。的确,阿来是个不老实的作家,《尘埃落定》虽然获得巨大成功,但是《空山》想摆脱它的阴影。《空山》充满了回不去的文化乡愁。作为一个受过教育、阅读和思考能力很强的藏族知识分子,阿来的创作经历了一个从身份认同的文化焦虑到文化失守的惆怅。"人是出发点,也是目的地。"《空山》获得《芳草》杂志女评委奖时,阿来的这句感言充分地表达了阿来写作始终坚持的人类学的立场和维度。从这个立场和维度出发,作品用六个中篇小说加十二个短篇小说结构《空山》,通过不断变化的主角和命运,从制度、语言和宗教关注 20 世纪 50 年代以来藏地乡村的五十年——"乡村好比一个舞台,但是没有一个演员能够始终在聚光灯下,不断有人上来,不断有人被踢出去,乱哄哄,你方唱罢我登场"。这种审看乡村历史的立场或者维度,带着历史悲观色彩,"表明了一种边缘的乃至另类的观点"(南帆《美学意象与历史的幻象》)。《空山》对村庄的现实和未来的惆怅,替代了美化现实的田园牧歌,作家从虚幻抒情的云端坠回清醒的现实。从《瞻对》到《空山》,形式上散文化、哲理化,本质上是作家的理性反思和表达的欲望占了上风。长篇写作是个无尽藏,阿来试图用汉语来挖掘它的不同的出路和可能性。这当然是写作的自觉。从阅读角度,《空山》更接近一首超长散文诗,读者伸手可触的是经过作家眼睛改造的客观世界。《空山》是从《尘埃落定》到《瞻对》的桥梁。

一个作家无法抵挡来自民族史诗写作的诱惑,《空山》之后应邀改写的《格萨尔王》,部分地满足了阿来的这种虚荣或野心。在《格萨尔王》的创作中,阿来借鉴了格萨尔王的一些研究成果,试图对格萨尔王进行一种新的诠释。问题是,就文本而言,《格萨尔王》带着民族的集体崇敬跳舞,能转出多大的圈圈,跳出多高的浪花呢?答案不言而喻。

《瞻对》是阿来发出的大声音,可惜对这个大声音,很多人不习惯,他们捂起耳朵,说"听不懂"。如果认真地读《瞻对》,从自己的角度读明白了的话,我们对作品的判断就不会如此简单。

关于阅读障碍

阅读是一种习惯,互联网兴起后,当年明月的《明朝那些事儿》是网文打响了的"开山炮"之一,转为纸质出版后也是畅销书。《明朝那些事儿》甚至被一些读者当作明史启蒙教材。可惜,当时的知识界缺乏认真研究和及时倡导,大批量的网文写作很快坠入浅层化,人们更倾向于写不必事事有据的穿越、玄幻和志怪,以通俗之名逃避学习和用功,导致浅阅读、快餐阅读和碎片阅读,人们对于理性的史哲思维开始陌生。

古人说,"捻断数茎须""无一字无来历",是有道理的。小说语言极有韵致的汪曾祺先生生前曾说:"语言是一种文化积淀。语言的文化积淀越是深厚,语言的含蕴就越丰富。"语言的含蕴即思想。思想的深刻源于积累。在历史教育这个大体系中,写作中的历史传统断代,思想缺乏来历,见识只能随行就市。现代以来大陆人文学科的学术影响式微,甚至不及日本和中国台湾,有人认为是学术研究的主观性过强所致,缺乏扎实的史料功夫,不能"格物",便不能"致知"。

"如果说做一个作家应该有点野心,那么我的野心就是,不只是在时势驱使下使用了一种非母语的语言,同时还希望对这种语言的丰富与表达空间的扩展有一点自己的小小贡献。"阿来说。

阿来抱着以史逆今的意图去写,以大量的史实和田野考察作为内容和血肉。在这样的阅读背景下,《瞻对》的确对读者的阅读能力和阅读趣味进行了考验。阅读是自我教育,教育是爬坡,阅读快感的产生也是向上爬坡的过程。鲁迅的文章好不好?当然好。他的现代白话小说、散文随笔、杂文评论,当其世者世不二出。他的文章大多为报刊写,给大众看,有人痛恨其"不留情面"和"刻薄",但很少会说"看不懂"。今天那些借口"读不懂"而吵吵教材"去鲁"者,我觉得不应该理直气壮,阅读能力下降毕竟是丢人和倒退之事。但是,话说回来,针对《瞻对》的批评也不是毫无道理。刘勰在《文心雕龙》里说"质胜文则野,文胜质则史"。当然,这个"史"非为历史之"史",而是文饰之"饰"。"文质兼美"才是写作的最高追求。对于阿来这样的作家,人们的要求自然也不一样。《瞻对》的缺点是作家的主体介入性过于强烈,以史逆今的意图太明显,这种"历史+现实""1+1"的写法未必等于一个有张力的整体,亦步亦趋,手脚反而拘束,写得不够从容。如果能洒脱一点,应该更好。想来,是"非虚构"这个头衔封堵了阿来更多的性灵表达。

刘醒龙:以父之名,或向父亲致敬

一直有人说刘醒龙是现实主义创作阵营的干将,这是一个天大的误会。刘醒龙的全部创作显然不是"现实主义"这一个词所能准确概括的。纵观刘醒龙的创作,从文学观的角度,当然属于"五四"新文学以来倡导的"为人生"的文学阵营。"为人生"的文学主张认为文学可以干预生活,作家要有能力对现实发言。我对作家刘醒龙所有的敬意,确实都来自他那准确的现实感和炽热的现实关怀。作为一个以现实历史为维度确立创作取景框的作家,刘醒龙同时又是一个标准的理想主义者,总想为现实和历史呐喊。所以,他的文本几乎都带有刘醒龙式体温,从中篇小说《凤凰琴》写乡村民办教师,到新近完成的长篇小说《黄冈秘卷》取材于应试教育和革命老区发展,皆如此。

从《凤凰琴》到《黄冈秘卷》,刘醒龙完成了个人创作地理学层面的出发和回归——从故乡出发并回到故乡,从技术表达层面,也坚持了现实题材创作的一贯性。《凤凰琴》在此不论,只说《黄冈秘卷》。看完这部长篇小说,我特别想跟刘醒龙开个玩笑,他可以学习许多老外和我们一些年轻时髦的作家,在封面或扉页上标上一句"以父之名"。这大概也不算玩笑。这部长篇小说从发生到文本构造,"我们的父亲",以及现实生活中的刘醒龙的父亲,都是绝对的由头、动力和素材。没有事实上和情感上的"父亲",这部小说是不存在的。所以,我也把这篇文章的题目叫作"以父之名",或"向父亲致敬"。"以父之名"是基督徒的一句祷告词,意思是以上帝的名义。上帝代表公心和正义。在黄冈这块名士辈出的热土上,贤良方正的君子和君子之风绵延不绝,如"我们的父亲"和他的亲密战友,在革命战争年代可以牺牲生命,到了和平建设时期又把全部的精力和才智都不计代价地奉献出来。"位卑不敢忘忧国",我们的父亲和他的战友象征奉献、良知和公心。在市场经济活跃时代,一些传统精神被泛商品化评价体系逐渐消解,奉献、良知和公心才是需要打捞和发掘的"黄冈秘密"。这是我读《黄冈秘卷》读到的言外之意。因此,这篇文章的题目也可以叫作"向父亲致敬"。

取材于现实的书写,不一定就是现实主义,这里有复杂的文学重构问题需要解决。取材于现实的刘醒龙,从一开始就不像爬山虎一样趴在现实的表层亦步亦趋,而是像凌霄花一样,借助现实的筋骨向上向外,伺机开出艳丽的花朵。他把现实当作一块丰满的肌肉,向现实的肌肉里注射了大剂量的主体意识,塑造了他理想中的人格和形象,比如君子形象和君子人格。刘醒龙的这种写法,勉强可以叫作主观现实主义。"主观现实主义"这个词,不知为什么会让我想起胡风和七月派的创作,我也才意识到,胡风也是黄冈人。但刘醒龙的创作要大于主观现实主义,还有新历史主义写作特征,以及经常出现的黑色幽默成分,包括这部在严肃的话题里展开的《黄冈秘卷》,其实是用幽默以至喜剧化的表达收了尾。这是刘醒龙的文本的复杂性。复杂性让我对刘醒龙的写作更有兴趣。

君子形象塑造不是我的杜撰,刘醒龙在《黄冈秘卷》后记里承认了对君子的爱好:"贤良方正的黄州一代,确与众不同,从古至今,贤心贵体的君子,出了许多,却不曾有过十恶不赦的大坏蛋。从杜牧到王禹偁再到苏轼,浩然硕贤总是要以某种简单明了的方式流传。"从《凤凰琴》到《圣天门口》《天行者》《蟠虺》《黄冈秘卷》,从乡村民办教师卑微却庄严的选择(这是君子在困境中的坚持),到梅外婆的宽恕博爱(这是旧式君子的仁心),到清醒和自省的曾本之(这是君子固本),到以公事为己任的父亲刘声志(这是君子的矢志不渝),刘醒龙塑造了一系列不同层面的君子形象。尽管分属不同层面,但汇聚了儒家文化理想人格的君子形象,主要表现就是"穷则独善其身,达则兼济天下"。

《黄冈秘卷》后记中,刘醒龙对故乡和父亲的情感溢于言表,但在小说中他其实很清醒。"再伟大的男人回到家乡也是孙子。"刘醒龙获颁茅盾文学奖时说。出生在水边的黄州、长在大别山区、幼时随着父母工作变动不断搬家的刘醒龙,说自己特别羡慕那些有明确故乡的人,他认为有故乡的书写者是幸福的,他自己的故乡是模糊的。模糊的故乡也是故乡,模糊的故乡更加多义。当刘醒龙通过《黄冈秘卷》再次开始故乡书写时,我想,他应该厘清了与父亲的关系。因此,段首这句话,还可以改造为"再伟大的男人在父亲面前也是儿子"。尽管,"只要回到那片原野,害羞的滋味便油然而生",刘醒龙还是把笔墨和情感和盘托出,这一次终于写到了他的生物学和社会学层面的源起——父亲。

在《黄冈秘卷》中,刘醒龙实打实写了父亲,并写活了父亲。父亲是怎样的人?一个富贵贫穷不能移其志的这个时代的君子,一个爱憎简单、性格并不完美的黄冈男人。"老十哥从发出人生第一声开始,就注定了这一辈子是个没有心计、宁信忠勇不信计谋的堂堂正正的男人命运。"这个在家族里被称为老十哥、大号叫刘声志的男人,在小说写作里有个术语叫"扁形人物",或用今天的批评话语说是"非成长型人格"。为了塑造刘声志这一人物形象,小说设置了一个与他几乎同时出生、姓名发音相同、性格和命运完全不一样的堂弟刘声智,通过两人从童年到青年到中老年一路相伴的对比、矛盾、纠缠及至最后的和解,写出了强烈的戏剧性、跌宕的命运感和鲜明的价值主张。成长型和复杂性人格是现代小说的写作追求,刘醒龙曾在长篇历史小说《圣天门口》中展示出创作复杂情境和复杂人物的杰出才华。在《黄冈秘卷》里,刘醒龙一方面是以刘声智的世俗性和复杂性反衬刘声志的执着和诚义,另一方面通过层叠交叉的小说结构构建旋涡中心,勾勒出既简单又复杂的人物关系。

"龙生龙,凤生凤,老鼠的儿子会打洞。"这是民间对遗传的顽固性的朴素认知。从知人论世的角度,读完《黄冈秘卷》,我似乎从故乡和父亲的身上看到刘醒龙为文为人的一些由来和长成。

我一直认为,在作家当中,刘醒龙既是天真的赤子(他会自动屏蔽干扰,历百折不变初心),又是复杂的思想家(对历史和政治他总显得兴致勃勃)。一句话,他有入世愿望,会受世俗的干扰,但总而言之他的格局和气魄是超拔的,能拿得起放得下,也就是清醒、理智。清醒,同时也是刘醒龙文学创作状态的典型表现。从这个状态出发,他的文本具有明显的问题意识和忧患意识,是主动干预现实的文字。《凤凰琴》是刘醒龙进入文坛后第一个广泛引起关注的作品,乡村教育和民办教师待遇问题尖锐、沉重、急迫,一下子切中"时弊",引起共鸣和重视。后来获茅盾文学奖的长篇小说《天行者》也是在《凤凰琴》的基础上繁衍发展起来的,文字和文学书写在各个层面显示出强大的力量。早期作品的成功经验,一定给了刘醒龙极大的支持、鼓励和暗示,父辈身上的责任感通过文字在刘醒龙这里复活和传承。历史题材小说《圣天门口》不说了——这是我最欣赏的中国当代长篇小说之一——到了《蟠虺》,刘醒龙对当代知识分子的思想和人格进行了严格的剖析。及至《黄冈秘卷》,小说探讨应试教育教辅问题,以"黄冈秘卷"这一高考江湖传闻为由头,便是一例。我猜想,刘醒龙创作《黄冈秘卷》时,取材于父亲的人生经历的同时,没准也用上了今年参加高考的宝贝女儿的成长经验。这种时刻在位的问题意识,真切而不浮夸,真情而不煽情,高尚、可信,令人感佩。

　　故乡是人的味觉和记忆,故乡最突出的功能是,使人可以深入持久地参与到社会关系和情感联系之中。故乡容易使人悲伤,怀旧是共情力,批判也是一种怀旧。早年的鲁迅、沈从文和汪曾祺都是从故乡写作起步,或怀旧,或批判。当下生活的游动性更大,一些作家如刘震云,上大学就离开河南来到北京,但他几乎所有的佳作都以故乡为背景或题材,甚至以故乡为标题,比如《故乡天下黄花》《故乡面和花朵》。羡慕刘醒龙有他的黄冈。一个作家,如果没有故乡,他的书写要艰难很多、逊色很多。这么说,不是说每个作家都应成为乡土作家——故乡写作不等于乡土写作——而是说,有着故乡的作家,生活有参照,情感有动机,思考有对象,一句话,容易产生表达冲动,也有想象层次。刘醒龙在《黄冈秘卷》里开始怀旧了,与其说这使我惊讶,不如说这种类似衰年变法的创造力令人高兴,这或将打开刘醒龙写作的另一座宝山。到了故乡,刘醒龙的笔下会呈现出怎样的风貌情致?我担心的过度怀旧和过分抒情与刘醒龙无关,他保持了一贯的清醒和准确,包括对父亲和故乡的书写。这大概也是他经常被误解为现实主义作家的一个重要原因:一个清醒的作家往往被误认为是现实的,而不是浪漫的,或现代的。

有必要说说黄冈了。黄冈是小说的地理名称,在刘醒龙的笔下,也是人文坐标:一个不平凡的地名,历史文化源远流长,地理位置重要,自古乃兵家必争之地,宋代文豪苏东坡当年在此赤壁怀古,作为著名的大别山革命老区,在应试教育势力强大的当下,它最出名的却是黄冈中学和黄冈试卷。教育问题,是最容易引起共情和共鸣的问题。刘醒龙敏感地抓住了应试教育环境里繁衍而出的教材教辅产业腐败问题。这个问题是现实问题,虽然有矛盾,有戏剧性,但这个故事和它的发展,只是这部长篇小说涂在表面的那层艳丽花哨的"奶油裱花"。

小说从一个电话开始,引出少川这个美丽的北京少妇和她那正上高一的对传说中的"黄冈秘卷"恨之入骨的名叫北童的女儿。"黄冈秘卷"似乎成了一个叙事圈套,探访、解密,似乎将是接下来的要件,事实则不然。这个叙事圈套确实在一步一步地向前推移,但不要上了刘醒龙的当,这不是他的讲述核心。真正的核心,是闪烁在这层"奶油裱花"后面的那层厚厚的味道浓郁的"黑色巧克力"——历史的爱恨情仇。这个历史的时间方位是新民主主义革命时期,也是父亲的青春时代:他由一个乡村织布师的儿子,如何感受到爱情的刺激,如何接受革命思想的影响,如何放弃爱情进入革命队伍,等等,这里面有误会,有阴谋,也有命运。这个历史的爱恨情仇故事,决定了人物关系的当下走向。从历史走到现代的这些人物和他们的焦灼、胶着,才是"黑色巧克力"覆盖住的那层松软甜香的"蛋糕"。三层结构既平行又交叉,似乎互不相干,最后又都有关联,没有闲人,关联和旋涡的中心,是我们的父亲,小说叙事密不透风。

所以,从阅读的角度,要感谢这种结构,虽然整部小说体量庞大,但读起来流畅平易,欲罢不能。为什么?有解套的快感。以第一层为例,少川的身份渐渐解密,作为父亲年轻时的恋人海棠的女儿,她钩沉了父亲的历史、父亲和海棠的历史,还通过女儿对"黄冈秘卷"的追问,勾出堂弟刘声智即老十一这个复杂的矛盾对立面,整个情节富有丰沛的张力,像穿梭的丝线,灵动,跳跃,不呆板。长篇小说能写出这种阅读感受真是不易。

当然,如果在整个结构和人设上再藏一点巧,小说的逻辑就会更加有力了。

王跃文:"美学的""历史的"的美妙结合

作家王跃文在长篇小说《家山》出版后谈论创作时,有两个细节引起了我的浓厚兴趣。这两个细节,一个是在写的过程中作家经常泪流满面,另一个是作家在研究了很长时间的家谱之后动的笔,小说里诸多人物都有原型。这不禁让我想起南宋诗人陆游的同题诗:"鹿食苹时犹命侣,鹤冲霄后尚思归。家山不忍何山隐,稽首虚空忏昨非。"对家山家园的眷恋挚爱,人同此情。但王跃文为什么用"家山",而不直接用"家园"或"家乡"作为书名?这里面除了起名学讲究的异质感、独特性考虑,可能还有方言因素——这个没有考证——以及作家的诗人情愫"作祟"。此外,从家园到家山,是不是还有更加深沉的寄托?

50万字长篇小说《家山》是一部内涵丰厚饱满、具有宏大交响效果的鸿篇巨制,它以湖南沙湾一隅之变,呈现从大革命时期到新世纪这八十多年间湖湘大地上的历史风云,生动充分地萃取地域风土之精华,并借由音韵生动的语言文字,化为纷繁新鲜的人物、饱含生活气息的细节和传奇跌宕的故事,把乡村志和地方史有机地嵌入历史的大背板,让小逻辑与大历史并行不悖、自洽互补。长篇小说《家山》既表现出令人感佩的历史眼光和历史思考,又漫溢着诗性浪漫的情怀,让我们看到了"历史的政治的"灵魂,仿佛置身于百年风云变幻的历史现场,真切地感受历史转型发展进程中的跌宕起伏、崎岖曲折以及日常生活的巨大惯性,也看到了"艺术的美学的"灵魂,众多的人物形象构筑成生动可信的历史生活画卷,独特而富有地方性和诗性的语言让我们深切地体会到文学的巨大魅力。小说对20世纪前半叶中国乡村社会的生产形态、经济关系、宗族文化、生活方式、风物人情的时代嬗变进行了既浓墨重彩又虚实有致的深描,特别是对大革命时期到中华人民共和国成立之前这段中国新民主主义革命最为艰难复杂的历史时期进行了客观、辩证、生动的再现,为中国当代文学书写中较为少见的思想性、艺术性和可读性相得益彰的文本。

第一,小说《家山》对近百年特别是20世纪中叶长江中下游地区乡村历史变化的观察、思考和书写,建立在历史呈现真实可信的基础上,深透、有力、新鲜。

小说是对生活的想象,作为虚构书写,长篇小说创作最被看重的往往是想象力。对于长篇小说创作来说,想象力固然特别重要,但对读者来说,想象力和叙事建立的世界最后能够站得住脚,真实可信更重要。真实与否,决定想象力能否落地、能否被认可。从长篇小说《人世间》《装台》以来,中国社会各个历史时期、各阶层日常生活和精神生活的信息量和真实性,成为大家褒赞的理由。与其说这是现实题材创作的胜利,不如说是审美标准中"真"的原则的巨大胜利。

《家山》让真实可信再一次成为小说的主要魅力。真实可信,既是描绘历史事实的基本前提,也是对历史想象的最高要求。真实性原则,现实题材绕不过,历史题材和历史书写更是如此。历史题材和历史书写是对历史事实的记载。无论文艺批评的理论创新多么丰富,真,依然是历史题材书写迄今无法回避和绕开的重要指标。也是因为真,许多作家作品翻了车。显然,真,不是一地鸡毛,不是偶然性和失规律性。真,是人类经验的自觉对标和验证。

面对丰富复杂的历史现场,真实如何把握,素材如何采撷,取决于作家的历史感和历史意识。以湖南历史书写为例。"十步之内,必有芳草",湖南是中国共产党和中国革命的重要策源地。从大革命时期工农运动到土地革命,从浴血抗战到解放战争屡建奇功,湖湘子弟用铮铮铁骨写就的浴血荣光和苦难辉煌,在各种文艺形式中都有表现。同样以湖南革命历史为宏阔背景,作家王跃文独辟蹊径,书写挥斥方遒的英雄儿女心中时刻萦绕牵挂的家山家园,描绘他们成长、成熟、分道的路径,这是对历史的理性思考,也是对人性的深切观察。比如同样是书写抗日战场和解放战场万千湖湘子弟保家卫国的英雄气概,小说《家山》更加着重描绘湖湘子弟的志气、血性和才华的养成和培育。所谓"其来有自",《家山》以一个长江边的古村庄沙湾为点,从宗族血亲、文化习俗、私塾新学、农田水利等方方面面入手,真实、全面、具体、细致、形象、客观地呈现了当时中国社会的国情，不乏重大事件，更见血肉肌理，把大时代里的日常生活逻辑、传统乡村生活的鲜活百态，像百科全书一样呈现于笔端，并由此深入展现中国传统社会运转发展的内在的动力和逻辑，探讨现代历史演进的必然规律。这种百年家族史的写作，以一家辐射一地，以一地辐射全国，由点及面，看似浅，实则深重，看似日常，实则非常，与其说是高明的文学笔法，不如说是高级的历史观所致。作家的历史观是科学的、辩证的、高级的，才配得上"历史的"这一定语。

第二，小说《家山》主题虽"风云变幻"，甚至"血雨腥风"，但整个调性隽永、优雅、清新，从容不迫中见激荡起伏，一方面是叙事艺术高明，极富匠心，另一方面也是作家叙事美学的充分表达。

长期生活在湖湘大地上的作家王跃文，是用丰富的文学形象在构筑自己的家山，展示自己的经验世界。小说细致地描绘湖南怀化溆浦一带的乡村山水、人伦风情，对农业文明及相关行业的魅力如数家珍，真实、生动、透彻地再现了当时的百姓与土地、国家之间的关系。小说里，小到脚下的沙湾、万溪江、长江，大到整个中国，土地是生存之本，领土是主权。由此,产生各种邻里争斗、族群械斗、国家之间的战争。人类的安全与土地的安全拴系在一起。"穷则独善其身,达则兼济天下",阅读《家山》,既让我们血脉偾张,被邵夫、齐峰、五疤子等陈氏子弟随时跨马提刀杀强敌的豪气鼓荡,又让我们倍感深情,可以学佑德公、逸公、陈扬卿,解甲归田种"阳春",这也是自古以来儒家推崇的传统生活形态。小说《家山》从族群械斗打官司写起,写到抗战时期村民组织自卫队,写到"闹红",写到成立湘江支队,最后写到解放战争胜利。笔调看似徐缓,其实一步紧似一步,从一场小争写到一场场大战,用意颇深:面对各种外力外敌来侵来犯,村民国民都团结一心共御外侮。由小说《家山》可见,在历史风云变化这个"大逻辑""大背板"下,百姓日常生活如养儿育女、耕作生产尽管看起来井然有序,但没有哪个个体能在大的战乱中保持独善其身,这也是沙湾村子弟拿起武器投身战争,在各个历史变化时期"都不缺位"的逻辑起点。团结就是力量,同时,这也是一个家族、一个民族、一个国家共克时艰、从长计议的内在韧性的体现。家山,也只有在共同的守卫下才能屹立不倒。

当然,在被小说《家山》蕴含的强烈的历史意识和深沉的历史思考震撼之时,我们首先是被作家呈现在文本中的鲜活而感人肺腑的第一手经验深深打动。长篇小说《家山》是作家为自己家族的家谱里流传的一段可歌可泣的历史进行的文学"存真"。小说里的历史和人物大多不是凭空捏造,大多有原型,比如关于湘江支队的描写都是来自经验世界。面对血雨腥风的历史、命途曲折的人物、牺牲壮烈的家园,作家感同身受,每每情不自禁,掩面长泣。小说只有首先感动作家,其次才能感动读者。这也说明,小说的历史意识和历史思考,无论用怎样的语言去概括和提炼,都不及一个鲜活的形象或者一个动人的故事更加富有感染力。

50万字的小说,叙事却能从头到尾做到疏密有致、滴水不漏,充分体现了作家匠心独运的宏观叙事能力。除了百科全书式写作,从美学风格上,小说是"雌雄同体",既显示出男性作家的宏阔阳刚的整体叙事能力,又具有女性作家的隽永、细致和绵密,令人称奇。特别是后一种,这是特殊的能力,小说对众多女性形象的塑造,如瑞萍、容秀、红枝等等,无论是心理描写,还是性格塑造、情感抒发,既生动,又准确,还多样,不禁又让我有误入大观园之感。称小说《家山》是"湖南版乡村《红楼梦》",虽是戏言,却是对其叙事风格极类《红楼梦》的一种直观感受。

　　一方面,小说叙事"密不透风"。小说里出场的林林总总众多有名有姓的人物,个个有"腔调"、有"动作"、有"下落",几乎没有一个人物形象"下落不明"。作家的这种形象塑造能力和节奏把控意识,让我想起《红楼梦》对荣宁二府不同圈层人物以及同一圈层不同个性人物的各种个性化书写。《家山》里,沙湾村出场的诸多陈氏子弟,不同年龄层不说,同一年龄层同一背景下甚至同一个小家庭,作家也能写出人物性格的差异,还要写出人的成长、变化和变质。一方面,这说明作家对生活环境和人的关系清楚了然;另一方面说明作家忠于生活经验和生命体验的小说艺术追求,他在试图为我们书写一个完整的生活世界和生命世界。比如对大革命以来县政府走马灯似的替换的各类长官的形象描写,将民国军阀混战、豪强四起、鱼龙混杂的历史场景栩栩如生地勾描出来,其中蕴含的丰富性和复杂性,非亲历难知也。小说对南方乡村各种传统农事的描写,也是熟谙详尽。比如描写扬卿致力修建红花溪水库以改善沙湾水利灌溉生态这段文字,极尽细致描写之能事,几乎所有与水利工程有关的环节,包括各种测量数据,都一一书写。这种百科全书式的知识性书写,读来令人受益多重、不忍释卷。这是小说对真实生活的记录,也是对历史现场的塑造。小说通过生动可信的笔触,把我们带入历史生活现场,回到历史演进时期,用丰富可感的细节信息,几乎更新了我们对那段历史现场的认知,也重塑了曾被简单化、教科书固化的历史形象,让历史生动地走进了我们的经验世界。通过阅读小说获取历史认知,这是小说散发的巨大魅力,是任何历史教科书都无法替代的魅力。

另一方面,小说叙事也是"疏可跑马"。如果说,直接发生在沙湾的人和事是工笔细描,那么,远离沙湾发生的人和事则是大写意,是沙湾人和事的背景和延伸,用的是勾描法。比如写邵夫在外带兵抗日、参加解放战争,用的就是勾描。尾声部分,通过贞一给女儿念梓的信,交代1949年到21世纪初扬屹、贞一到台湾后四十年的经历,有起伏有变化,语言生动流畅,信息一目了然。把家族史放在历史大背景下书写,若干有代表性的家庭和人物成为线头,同时并进、互有策应。这种大写意和工笔写实相结合,写得不好就漏洞百出、捉襟见肘,但作家王跃文令人感佩的是其节奏感极强,好似沙场秋点兵,胸有丘壑,从容不迫。

世事洞明皆学问，小说家必须是思想家，还应该是杂家、生活家。王跃文或许得益于此，他的丰富神奇的创作能力来源于见多识广。拥有真实生活的丰富经验和真切的直接感受，才会形诸生活原型之真、生活经验之真、人物形象之真。

作家只有见多识广，才能写活丰富具体的农业生产、风俗礼仪、手工技艺，才能写透政治、经济、军事、社会等方方面面的故事。以《家山》的传统文化书写为例，包括传统的农业生产方式、传统的婚丧嫁娶生活礼仪、传统的伦理道德观念，小说中都有星星点点但均不雷同的生动书写。哪怕是练武打仗，也有各种不同场面的细描。这说明作家不仅懂得武术常识，还能精准地写出妙处。梁启超说："可以强天下而保中国者，莫湘人若也。"小说充分彰显了湖湘大地日常生活美学，同时对以曾国藩为代表的湖湘有识之士修身养性、为人处世、交友识人、持家教子、治军从政的精神传统之美，也进行了文学化、形象化的书写。此外，作家还必须深情多情，小说才能写得有情有义，小说中的人物包括对理想化人格的书写才能进"封神榜"。

通过《家山》，看到了新民主主义革命历史，看到了具体的中国家族、中国家庭、中国人,也看到了家国情怀、湖湘文化。这大概就是家山。家山不是一座山,而是一个地域、一种文化、一个族群的精神支柱。家山看起来是王跃文的家乡湖南溆浦实实在在的山,但其实是赤子心中挚爱和捍卫的精神世界。从这个意义上,《家山》被誉为"生生不息的家族小说"是有道理的。当然,这也是我的阅读臆测。作家认可不认可,那是另外一回事了。

1847 年,恩格斯在《卡尔·格律恩〈从人的观点论歌德〉》一文中提出了"美学的历史的"最高批评标准。真正把"美学的"和"历史的"高度结合的创作非常之少。总而言之,小说《家山》让我欣喜地看到了两者结合起来的美妙。虽然这部小说也有个别描写值得商榷,但相比起来,那已经不值一提了。

蒋韵:好小说触动灵魂

因为是作家蒋韵的作品,出于信赖,从一堆书中特地挑出来阅读。许久不曾看到这类气质的小说了,读完迄今不能忘怀。哪类气质?它让我想到舞台上的《麦克白夫人》。

"让人家瞧您像一朵纯洁的花朵,可是在花瓣底下却有一条毒蛇潜伏。""这是什么手！啊！它们要挖出我的眼睛。大洋里所有的水，能够洗净我手上的血迹吗？不，恐怕我这一手的血，倒要把一碧无垠的海水染成一片殷红呢。""我仿佛听见一个声音喊着：'不要再睡了！麦克白已经杀害了睡眠。那清白的睡眠，把忧虑的乱丝编织起来的睡眠，那日常的死亡，疲劳者的沐浴，受伤的心灵的油膏，大自然的最丰盛的菜肴，生命的盛筵上主要的营养——'"……这些曾经耳熟能详的台词，通过戏剧演员的生动阐释，把麦克白夫人纯洁美丽的面庞下潜伏着的欲望、残忍和罪恶，痛快淋漓、毫不留情地揭披在世人面前。古典时期的莎士比亚戏剧《麦克白夫人》对人性的表象与本质进行的揭示，到了19世纪，就成了陀思妥耶夫斯基笔下的《罪与罚》，这部长篇小说是作家在对俄国当时社会阴暗面、复杂性以及人性内在善恶的长期深入观察的基础上，对人性和悲剧根源进行了深刻全面的解剖，因此也被称为"一个罪犯的忏悔录"。《罪与罚》某种意义上是现代心理小说写作的滥觞，通过描写内心世界的激烈斗争，对人性进行探索，这种既讲究写实深描又追求哲学探索的小说写法，对后世作家包括我国当代作家影响很大。

没错,《你好,安娜》就是这样一部承继优秀传统、具有典范意味的现代心理小说。小说人物生活的年代从半个多世纪前开始,故事的发动机是一本具有特殊意义的笔记本的丢失,看起来是一群少女少男——主要是少女们——的青春萌动、情感纠葛,探讨忠诚、信仰、爱情、友情以及欲望、谎言、嫉妒等各种源自内心世界的幽微表现。

《你好,安娜》是一部20万字左右的"小长篇",乍一看,可以归在爱情小说或青春小说一类。爱欲是统率一切的发动机,它荡起了这些年轻男女的生命的浪花。人是情感动物,爱情是重要而丰富的情感,人类社会的许多活动都由此激发、派生、推动。"哪个少男不多情,哪个少女不怀春",青春与爱情是好伙伴,它象征着人类社会的繁衍和希望。青春的爱情,绝不同于被权利和责任规约的婚姻,不同于饱经世故、惯于拿捏的中年人的"客厅"情感,更不同于惨淡经营、最后一搏的"黄昏恋"。一方面,青春的爱情不计后果,它真挚、冲动、勇敢、少功利;另一方面,它脆弱、无力、支持少,往往无疾而终。《你好,安娜》讲述的就是一段特殊到令人震颤的青春期的爱情以及友情和亲情,它的特殊在于,整部小说的语言气质纯净、清灵,人物的命运和故事的过程其实质却残酷悲哀。一个少女对另一个少女的嫉妒,导致了死亡、失踪和分裂的极端后果。残酷悲哀的缘由是复杂人性,甚至是能被体谅和默认的人性的本能。这就导致安娜的自杀,除了素心是始作俑者,三美也成为某种意义上的同谋。

少女安娜只在全书前三分之一存活,然后她和她的自杀就以一种特殊的形式,在她的发小和男友的生命中烙下无法磨灭的深印。安娜答应为男友彭保存一本写有小说的笔记本,笔记本却被女友素心"不小心弄丢"了,来自信任的伤害是如此惨烈,单纯的安娜以自杀来自罚。笔记本被素心悄悄地藏起来,她却对安娜报称"丢失",起源于嫉妒、报复和女孩的小心眼的这个谎言,看起来是如此自然,在特殊社会背景下却又如此残酷、无情乃至罪恶,它不仅导致一个花朵般的生命毁灭,此后也几乎改道了所有与此有关的人的人生命途。素心自此背负了沉重的心灵的十字架,三美被内疚和痛苦包裹而选择了自我放逐,彭看似刻意回避却始终无法遗忘。青春年少,爱情是纯美的,也最能引发人的本性和本能的动力。因此,古今中外青春和爱情都是文学永远青睐的题材,常写,常新,常能打动人、荡涤心灵,并让人难忘,但写好真难。《你好,安娜》题材不讨巧,但写得如此出彩出色,像一部青春的"圣经",让曾经经历过青春的我们为此停驻。

所以,这部小说同样是写青春和爱情,但绝不是《少年维特的烦恼》,也不是《傲慢与偏见》。生活的日常是误会消除,花好月圆,"皆大欢喜",《少年维特的烦恼》和《傲慢与偏见》是关于青春少年日常化情感的经典写作。《你好,安娜》总体上是一部具有青春特质的青春的悲剧,小说选择以三美为视角展开叙事独具匠心。对四五个少男少女在他们长辈的照拂下经历的既微妙又真切、既美好又残酷、既浪漫又感伤的情感故事的描写,是从第一人称限制叙事视角开始。三个好友中,如果说安娜是"只有死于青春,才能留住它",素心"只有罪恶,才能使一个人脱颖而出",三美这个无意间的同谋,却因为这场事故性情和人生发生"大变"。由三美这样一个有爱憎是非的女性视角开始的心理叙事,充满了感伤色彩。

读《你好,安娜》不忍快读,因为它的悲剧感让人咀嚼。此外,更重要的是,它不是快餐,它是文字和文学的正餐,没法像吃果冻一样吞下去即可,它吸引我们慢慢品味。小说的文字是那么清丽、雅致,甚至有趣。所以,这部小说对我来说,既不快读,也不慢读,是偶尔会停顿、需要思考但不会停息的那种读法。小说从情节上看简单极了,无非是一个爱情故事,"而'我',小说中的主人公,一个因爱情而盲目和痴狂的少女,就是窃取了原本不属于自己的东西,整个余生,被罪恶感所折磨和惩罚,陷入深渊。只有一次,仅此一次,她把吗哪带回了帐篷。可变质的,不仅仅是白色的小果实,还有她那灿如春花的生命"。小说也几乎没有生难僻字,没有舌灿如莲,除了几封书信有点抒情,整个小说都是在平静地叙述几个年轻女孩的一段伤感的往事。这个伤感的故事,既包括朦胧炽烈的爱情,也包括无望的单恋,包括青春期敏感脆弱的友情。故事线头不多,有矛盾,但不是外在的冲突,而是心理隐秘的起伏,甚至也不复杂,但解决的方式决绝、剧烈。整个叙事单独看好像很简单,连在一起,句句不多余、有深意,像青柠一样滋味绵长,色泽却清淡。这真是蒋韵的笔力,自自然然,仿佛是家藏,信手拈来,却包浆深覆。

如今能够写好心理小说的作家历历可数了。这么说,不是对小说叙事艺术高低的臧否。一个时代有一个时代的审美风尚,每个时代都应该有多种艺术探索。《石头记》手抄本争相传看,网络段子手也风靡风行,这是叙事艺术丰富性的魅力。大家的心理学专业知识越来越多,但能写心理小说的作家越来越少。光有心理学知识不够,写好心理小说的前提——其实也是所有小说写作都应具备的基本前提——是对人类社会的内外在世界具有广泛深刻的了解和理解。人的内心世界既是对外部环境的反映,也是造成外在行为和事件的动力,因此,心理小说要写人的内部世界,首先必须了解外部世界。了解不了解外部世界,是对一个作家的观察力和思想力的考查。观察力还好说,真有思想力的作家是太稀罕了。作家有思想力,作品才会有思想,有持久和深层阅读的可能性。思想是公平的,不唯男女,不唯老少,不唯强弱。思想又是无情的,有或无,高低立现,决定了一部小说的最终分量。

好小说触动灵魂,并让人不断咀嚼。据此,就更显得蒋韵这样深藏功名的作家之难能可贵,也能明了《你好,安娜》这部花城出版社两三年前出版的长篇小说让人们愿意一读再读的原因。

当代女作家作品短论

真和纯的陌生美

看到二十多年后才出版的诗集《青衿》,我想,也许何向阳的诗歌才华被其评论家的身份遮蔽了,但这有什么关系呢?一个人的才华迟早会显现。不论是评论,还是散文、诗歌,何向阳都自成一体,风格突出。这种风格,表现为文风和诗风的清奇文秀,也表现为文本内在精神的深沉和纯粹。尤其是她的诗歌,这种风格一目了然。

作为诗人的何向阳在《自序》里写道:"诗歌犹如我的编年,我是把诗作为日记写的。"作为日记书写的诗歌,"今天,我不想掩盖。不想掩盖的还有平静水面下沸腾的火。那些不可想见的灵魂的厮杀,至今让我心悸……心,却在烈焰里,越来越具有或接近了钢的品质"。诗歌是生命的自白,比其他任何文体更接近一个人的本能和本真,因此也更需要天赋。只有拥有特殊感受力和表达力的人才拥有这种天赋。不过,在感受力和表达力之间还有一层特别重要的关系,叫真。这个真,许多人已经失去直面的勇气,也就失去了写出好诗的可能性。

何向阳诗歌的好,来自真和纯。透过诗句,我无法揣测一颗晶莹剔透的水滴磨炼成钢的细节,但我已经开始信任她的文字。《青衿》收录的108首诗基本写于20世纪80年代——所谓文学的"黄金时代",在审美趣味几乎翻了几个筋斗的今天,这些诗歌浓郁的古典气息,呼唤的不仅仅是陌生化的美感,还有诗歌写作的"返本"问题。返什么本?生命的本原、本真,以及诗歌的本原、本真。诗歌,吟咏性情也。性情乃生命存在的重要内容和表现。吟咏生命的本真活动,应是诗歌发生的本义。

何向阳这些古典气质的诗歌,真和纯的情感特质极其一致。我们可以看到具体的真人在诗里面,当然对于具体的真人,我们也不要过多地去解读,否则我们就上了诗的当。何向阳的诗,虽然是这么鲜明的真,但我觉得诗人写作的方式不是实写,她在虚和实之间写,这是她作为一个诗人的高明之处。

另外一个是她的纯。纯是情感的质地,跟真关联在一起。纯也往往与单和弱关联在一起,但是,诗人何向阳的纯,不弱也不单,她是纯粹。比如对爱情、对世界、对生命,包括对海等很多具体东西的体验,诗歌表达的情感的质地是纯洁的,浓度很厚,甚至浓厚到难以排遣,因而产生极致化审美,可以把它叫作浓情或深情。

乍一看,《青衿》里绝大多数是爱情诗,或者疑似爱情诗。写爱情诗可以写出复杂、曲折的心路,因此,爱情诗是书写生命本真的常用形式。比如,《诗经》里的大多数诗句,我们可以看作一次具体的爱情书写,也可以看作生命活动的泛表达。同样,《青衿》写的是爱情诗,但我不认为诗人一定都是在写爱情,她有时在借爱情说志向。精神气质上何向阳是一个比较典型的知识女性,她在《青衿》里面写纯度很厚的情感时,我们依然可以看到她的价值取向,比如写到坚守和坚贞的问题,"我甘愿等待/即使等到你身躯佝偻,两鬓斑白/等到你历尽沧桑,容颜已改/我还是从前的我/我甘愿等待"。在诗歌里,对于情感的表达,诗人何向阳很坚定,这就是建立在厚度之上的纯粹。

另外,这些诗歌文本的内在结构,也是吸引我的原因。比较而言,我更喜欢这本诗集里的短诗。她在有意地建构自己的诗歌语言。有人说何向阳的诗有李清照之风,大概言其起笔随意自然,落笔往往不羁出奇。这些看似自由的句式,内部是有音乐性的,有节奏感的,节奏的形成有赖于韵脚之间相互呼应,并形成内在情绪的变化和起伏。诗人擅用丰富的意象和精准的动词,同时弃用形容词和副词,因此,她的诗的语言既不华丽也不艰涩,而是像流水一样流畅、清灵和细腻,读起来并不觉其简单,因为放置了许多出人意料的意象,情思会停顿、沉积和放泄。这种诗歌结构,得益于诗人收放自如的语言驾驭能力,也得益于其感受力的敏锐和丰富。

特别有意思的是,这些诗歌,如果遮蔽掉写作时间,我们不一定能看出它们是 20 世纪 80 年代的诗。它们写出了人类的经典情感,弹拨了我们的心弦,发出了回响。

城市书写的爆破

东北文学版图由一南一北两位女作家构成并置双峰,

她们就是黑龙江的迟子建和辽宁的孙惠芬。比较而言,迟子建以"诗性"见长,孙惠芬以"知性"见长。同样是女性,同样写东北大地,创作风格差别却很大,说明主体的差异性决定创作的最终取向,比如孙惠芬的知性从何而来,值得研究。

我关注孙惠芬,是从长篇小说《歇马山庄》开始的。一见则喜,文字印象中,孙惠芬应该是一介朴素、敏感、悲伤的农妇,她写得不多,但几乎都掷地有声。及至后来看到她的《上塘书》《生死十日谈》《后上塘书》,一种不曾经历的生命经验和生命体验中巨大的悲伤裹挟并严重地影响了我。也许是深受俄罗斯19世纪以来文学传统影响的缘故,我一向对真正严肃的写作和作家抱有好感。我认定的孙惠芬,是一个保有良知和道德坚守的知识分子,她的写作是使命般的自觉写作。问题意识、忧患意识、现实意识,是她的写作动机。作为一个严肃的作家,孙惠芬所有的写作都是重的,包括美学气质,也包括文本分量。作为一个严肃的作家,她出手缓慢、认真、审慎,每一部都追求突破。这本《寻找张展》同样如此,不仅爆破了孙惠芬自己,也对当下长篇写作实现了爆破,她写出了新青年,写到了城市关系的本质。

自我爆破,显然主要表现为创作题材和人物塑造的突破。就题材而言,《寻找张展》的生活空间是"城市",话题和人物的人文背景是"教育",因此也被称为"成长小说"。长期以来,孙惠芬给大家的印象是主攻乡土写作并长于对乡土中国的观察和描写。写于2014年的《生死十日谈》对城乡生活和人物虽有关涉,但还是以乡村为主。《寻找张展》则完全不见"乡村写作"的痕迹,小说对城市生活和城市平民、中产阶层的表现之熟稔、细致,迅速引起共鸣,为近年来所少见。由此可见,孙惠芬作为一个优秀的作家,具有不可限定性。对于作家,题材不等于"价值",写作的价值在于,面对大量的芜杂的漂浮的信息,最后写出了什么,写到了什么程度。

在《寻找张展》里,孙惠芬写出了什么？她挖出了一口深井,从容不迫地揭示了城市生活的一种本质。小说写年轻一代,不是概念化和模式化的华衣鬓影、昼伏夜行——这是《小时代》的模式,也不是图谋积虑、叽叽喳喳——这是《杜拉拉升职记》的模式。对于我们日夜生活的城市,这两种模式即便代表一类或两类生活,也不过占千万分之一,而余下的大多数人的生活才是普遍的生活,普遍的生活包括沉沉浮浮、不沉不浮,包括认命和不认命,包括对抗与和解、误会与沟通。如果关注这些生命轨迹,我们会从生活中获得许多发现,比如孙惠芬,就从同样大小的儿子的经历中发现了张展,这是生活给予一个敏感的作家的馈赠。青年张展与父母的紧张关系是看得见的表层,他内心对爱情和友情、亲情的追求,他的孤独、彷徨和自救,是"少年维特的烦恼",也是"麦田守望者"。读完《寻找张展》,张展这个在现行教育"摧残"下完成自己的"蝉蜕"的青年深刻地触动了我们,我们像作家孙惠芬一样惭愧于对他的遮蔽。通过小说,我们发现张展、理解张展、信任张展、喜欢张展,同时,我们是不是更多地发现自己的狭隘、粗暴、异化和落后?我想,这或许才是孙惠芬的创作意图。

作为母亲同时也是作家的孙惠芬,从生活中发现和打捞出青年张展,不仅仅出于一个母亲的自觉,而且表现出一个知识分子型作家的现实关怀和高度敏感。小说从中学及高等教育这个话题出发,展开对母子关系、父子关系、夫妻关系、恋人关系、朋友关系的探讨,写出了令人忧虑的教育现实。

小说从成长小说、教育题材出发,延展出一个现实变革中的中国社会。在市场化时代,因为生产方式和生产关系的改变,整个社会关系发生了本质性的变化,权力和资本对婚姻关系、家庭关系,对亲情、友情和爱情进行篡改。旧有的伦理、农耕时代的规则,以及我们内生的一种对文明生活的向往,能不能对抗这种篡改?作家能不能给出解答?这部20万字的长篇小说在有限空间里深扎,结构清晰精致,细节生动,令人感佩。这些问题,这种写法,都需要我们结合各种经验慢慢去体悟。因此,可以说,即便是对于不经常写的城市题材,孙惠芬不仅超越了她的大多数同代作家,而且也从对社会揭示的本质性、内在性方面超越了绝大多数年轻的城市生活写作者。

这个时代的上海玫瑰

在"上海玫瑰"前面,应该加上"这个时代"。这是潘向黎时代的闺秀。

张爱玲时代的上海闺秀,是《倾城之恋》里失婚、恨嫁并最终俘获如意郎君的白流苏,是《红玫瑰与白玫瑰》里的白玫瑰、红玫瑰。白流苏的传奇不会人人经历,白玫瑰和红玫瑰倒是关于婚姻生活的一种概括:"也许每一个男子全都有过这样的两个女人,至少两个。娶了红玫瑰,久而久之,红的变了墙上的一抹蚊子血,白的还是'床前白月光';娶了白玫瑰,白的便是衣服上沾的一粒饭黏子,红的却是心口上的一颗朱砂痣。"朱砂痣、白月光,在今天的网文里,成为专有名词。

同样,在上海的都市天空获得滋养,又同样都是对世情人性兴致勃勃,同样都是汉语书写的妙手,在潘向黎的文字中,能够影影绰绰读到张爱玲的味道不足为奇,更准确地说,我们读到的不是张爱玲的味道,而是海派文字的味道。对此,潘向黎不避讳。

你看,新鲜出炉的短篇新作《天使与下午茶》刚刚写到第九自然段,白玫瑰、红玫瑰就相约而来。"不要一说女性好看,就想到红玫瑰和白玫瑰。杜蔻的美还到不了红玫瑰那么浓烈和深邃,她更像一朵粉玫瑰,不过这朵玫瑰不是普通的温温吞吞的粉,而是一种叫'苏醒'的玫瑰,特别浓的艳桃粉,甜美到令人振奋、忍不住嘴角上扬的那种。而卢妙妙也不像纯白玫瑰那么绝对,她更像一种叫'小白兔'的白玫瑰,白色里面带着一些绝不突兀的淡黄色,花瓣像旋涡,旋涡中心还透出若有若无的粉红色,是一种有微妙的波动的白色。一朵红玫瑰和一朵白玫瑰，插在一起注定是不和谐的，但是一朵甜美的艳桃粉玫瑰和一朵有微妙变化的白玫瑰，她们在一起，就不但和谐，而且悦目，而且让两朵玫瑰都比原来更好看了。"之所以把这一大段文字——某种程度上也是文眼——摘抄如上，意在通过历历在目的具体的词语运用和文风，真切地体会作家的兴致、情感和笔墨意图。语言学家认为没有绝对冷静的描写，通过分析惯用词语和句式也能部分抵达作家的内心。这也是语言分析学派存在的逻辑。单看上面这段文字，潘向黎不仅是花卉学家，还是工笔画家，白描、勾线、用色，功夫好极了。在这段出场亮相的文字里，两个姑娘都还"待字闺中"。从红玫瑰、白玫瑰写到粉玫瑰、白玫瑰，能看到这些描绘带着情感、欣赏、好奇，甚至有点戏谑。杜蔻和卢妙妙这两个上海姑娘是大学本科同学，也是可以分享心事的闺密，一个现在是公司财务总监，一个还是文艺学专业在读博士，常常相约在港湾酒店喝下午茶。如果排成舞台戏，这两个姑娘在演对手戏，那个后来成为杜蔻丈夫的新加坡贵公子、酒店侍者以及双方父母都可以处理成画外音或打光成远景。我们都是坐在台下的看客。

整个短篇,除了场景描述和情节交代部分用的是全知视角,其他基本上都是卢妙妙的角度,特别是心理活动部分,这也是最富有上海闺秀气质的部分。对话部分分量也大,贴着两个人的性格和状态写,给人留下深刻印象。读完短篇小说《天使与下午茶》,至少有数十种感受在心里奔涌。小说突出了太多的侧面,显然,这不是潘向黎写作生涯的一次简单的文体回归,也不是传统意义上的上海书写,它写出了全球化和互联网时代的上海新世情。

没有一个小说家能够摆脱小说的魔力。《天使与下午茶》是作为小说家的潘向黎继短篇小说《白水青菜》获第四届鲁迅文学奖后憋的一新招。它不仅与旧上海决裂,与想象中的张爱玲撇清——《白水青菜》对此还有些许延续——也区别于《繁花》和金宇澄的今时代的"老克拉",《繁花》和金宇澄的上海是市井和本土本邦的上海。而潘向黎的上海和她的闺秀们,是新时代的上海,是被开放文化改变了颜色的玫瑰。

在这篇取名《天使与下午茶》的短篇小说里,和谐雅致的港湾酒店,随着季节变化从花卉系列变成蓝色条纹的杯碟,保养得很好的银叉,以及阴湿的空气或阳光好的天空,等等,是小说主人公的活动空间。用舞台艺术的行话,这些都是舞美。潘向黎是极有耐心地甚至如数家珍似的勾描着这些精致具体的都市风物,当然,这种叙事风格沿袭了海派书写的精细优势。这也是海派书写被许多人喜欢的缘故。

好小说是常识教育。海派作家对城市生活肌理的书写,在潘向黎的文字里得以承传并有风格性的发挥。我认识的潘向黎,包括读到的她的各种文字,于人情,于物事,于诗词歌赋,于杯盘美食,于山水河川,都有兴致勃勃的热爱、熟谙和体悟。在都市面目高度雷同之时,对城市生活知识的掌握造就了潘向黎,在日常生活流中梳理出不日常的事件或命运典型。

好小说也是情感教育。以《天使与下午茶》为例,杜蔻似乎是演绎了现代版的灰姑娘故事,卢妙妙似乎是改版的继母和姐姐。任何一种叙事都要取恰当的角度。《天使与下午茶》里的两个女子,从小说现有展示看,一个是典型的上海闺秀,一个属于非典型上海闺秀。角度泄露作家的立场或兴致。小说很短,从杜蔻27岁的春天生日写到孩子1岁半,自始至终取的是卢妙妙的视角。家境好,优越感,心思缜密,恨嫁,文艺学女博士,围绕卢妙妙的这五个关键词展开的幽微细致的心理书写是潘向黎的功夫,其中,最核心的词是"优越感",最调皮的词是"文艺学女博士",这是受过很好教育的曹七巧和完全可以独立自主的白流苏的合体。

既然是对手戏,临水照人,卢妙妙是水,照的就是杜蔻。在卢妙妙波澜起伏的心理活动中,杜蔻,这个新上海玫瑰跃然纸上。在潘向黎的文字里,这个对手戏的主角之一杜蔻,似乎一直处在浑然天成的"真人"状态,是史湘云式的人物,大大咧咧,天真自然。杜蔻这个形象完全超越了我们对传统上海闺秀的想象。传统上海闺秀在卢妙妙的身上是一改良,与卢妙妙不同,小说甚至没有指出杜蔻是否老上海出身,以潘向黎的细致,这显然是小说故意的留白。一个好的小说家,善于书写,首先是善于发现。在国际化信息化的历史进程中,大量的移民正在改变都市上海的主体结构。非典型上海闺秀杜蔻和她的婚姻,与其说是传奇,是小说家的想象,不如说是开放的现代的上海都市生活的一种现状。文化出身不明的杜蔻,成为今天上海新人的代表。

潘向黎毕竟不是张爱玲,潘向黎就是潘向黎,潘向黎的玫瑰也基本上不是张爱玲的玫瑰。这是这个时代的上海玫瑰。甚至，也可以把"上海"两字去掉。

"饭局可以无聊，小说不能无聊"，好像是王安忆说的，深以为然。美人要有姿有态，姿是硬件，态是软件，真正的好小说也应如此，无论长短，故事要有意思，表达要有味道。文如其人，潘向黎的小说就像她常穿的那件旗袍，再怎样复古的民国样式，也禁锢不了她的天足大步。

根植于生活的开阔

长得水灵，写作却是土性的葛水平一直是我喜欢的作家。土性，在我的词汇库里是赞美，相当于根性。葛水平的文字，就像她每次慢慢腾腾说出来的话，似乎不经意，实际上靶的明确，笔下有道。所以，第一时间读完《养子如虎》之后，我一直在想，已经写出《喊山》的葛水平为什么还要写这样一部中篇小说？

难道呼延展实有其人或有原型？呼延展是内蒙古伊金霍洛旗的一个矿工，年幼时被父母过继给亲舅呼得福，后为养家放弃高考下矿井，娶妻生子，成长为年工资三十多万的采煤队队长。木匠呼得福一生未婚，年老体衰患绝症，由养子呼延展陪护到北京看病，逛完故宫和长城回乡，不久病逝。养育是大恩，我养你幼，你养我老，养子不仅成了小气候，有孝心也有能力为养父养老送终，看起来是讲这么一个伦理逻辑支撑下的清晰简单的故事。故事读完并不轻松。清晰简单是小说的结构品相，就好比人长得水灵干净，没有枝枝丫丫。不轻松，是文字的内涵分量，就好比人的精神底蕴。

《养子如虎》读来不轻松，缘于生活本身的艰难不易，特别是人物命运的坎坷周折。物质匮乏，穷病交加，生活艰难，这是中西部地区许多农民的生存现状。在这样一个客观国情下，呼得福、呼延展两代人生之路都被"贫穷"改了道。"呼得福35岁上还没有女人愿意跟他，寡妇也不跟他。"不孝有三，无后为大。"姐姐怀着怜爱相交混的复杂心情决定把最疼爱的长子送给弟弟。"被过继的长子呼延展"成长得不是太顺，饥饿陪伴着，嘴唇因倔强而坚硬，像啄木鸟，面对虫子致命的伤害，他说不出什么温情的话，却显得格外自尊"。自尊是对外部环境的应激反应，是对抗，是动力，是整个小说人物命运的发展逻辑。从呼得福到呼延展，两代人最终脱了贫，吃上了肉，去北京看病，逛故宫、长城，这种具体到个体家庭的变化，固然与经济发展水平好转有关,也与个体自身的"挣命"有关。或许这正是小说取名《养子如虎》的原因。虎性来自自尊,来自改变生活的强烈愿望。

"自尊"一词是文眼。小说对养子呼延展的心理性格和外部行动的表现,都以"自尊"为动力。"也害怕自己被别人认为不存在,说话的嗓门大,众声喧哗中高调表态,笑声也响亮。"从嗓门大这个细节入手描摹一个少年懵懂的心气和不甘的挣扎。成年后发愿并付诸行动帮养父偿还跟感情有关的债务,懵懂的心气成长为自尊。结婚时赊欠彩礼得到岳父的帮助,是对另一种恩情的体验。葛水平的笔下,养子的自尊不断成长,并最终成为与外部环境对话的积极力量,成为支撑养父的"虎"。与养子对比,写的是贫穷而嗜酒的养父形象。哪怕起初在养子眼里没有自尊的养父,最后也是自尊地死去。写养父,主要从养子的角度写,"呼延展突然感觉养父呼得福老是过着夏天似的,冬天对他从来都不觉得寒冷,因为酒,酒带着天真的微笑等着他,酒如春阳温暖着他","呼延展觉得养父是一堆提不起来的淤泥,有点太伤呼延展的自尊了。贫穷带来的羞耻,连带养父搅和一锅难以下咽的感情杂烩,于一个青春年少的人来讲,唯一的是离家出走"。在养子"大步流星走着,甚至觉得只有走才不会被生活抛到身后"时,后面突然响起了养父的脚步。可见,养父这个形象不是养子的对立面,而是另一种补充的书写。对于养父的描写,在立足父子恩情时,写不良嗜好对一个有自尊的壮汉的摧毁,写一个几乎被贫穷压倒的壮汉用醉酒遮掩内心犹存的自尊。他们是父老乡亲,他们是兄弟姐妹,作家心有关怀,笔端含情,在至为朴素的生活层面,用一个小中篇的篇幅,通过大量丰富的细节,特别是心理描写,婉转生动地写出人心的大义和可贵,令人心悸、难忘。

社会向前发展,人心思进,土屋坍塌,贫穷和苦难终将成为既往。作为作家的葛水平看到并写出了变化,也看到了超越表象的本质,并写出了不变的"永恒",这是一个优秀作家的开阔。

下半场的母亲

题目原先想叫《后半场的邵丽》,后来一想,不对,后半场有美人迟暮之嫌,而对邵丽而言,这时间轴上的后半场恰恰得分率最高,是重要的半场。邵丽创作的前半场当然也精彩，但近十年的作品，包括小说的各种类型，几乎篇篇落地有声。创作主体的艺术追求更加鲜明生动，题材和角度变化迅捷，经验和思考以一种令人意外的姿态呈现。后半场的邵丽，不再只是一个中原作家——虽然她依然在故乡的天花板下写作，不再只是一个女作家——虽然才貌双全。抛弃了很多标签，邵丽的写作进入了"无限型"序列。这相当不容易。当代作家的写作，有限写作甚至故步自封者，不在少数——包括许多已经功成名就的作家。邵丽这十年不断地大幅度进步。

河南确实是神奇的土地，这块土地上的人和故事如此微妙、多义甚至神秘，让在乡和离乡者都沉溺其间，获得极为丰富的写作资源。从这块土地走出去的作家，几乎都不愿，也不会抛弃故乡视角。不愿，是情感使然。不会，是文学创作的需要。离乡者以写《故乡面和花朵》的刘震云为代表，在乡者以写《羊的门》的李佩甫为代表。邵丽属于今天河南在乡写作的主力。同样是中原文化哺育，邵丽却用文字凿出了自己独特标致的风格和模样。

以最近发表的中篇小说《黄河故事》为例。《黄河故事》是中篇的体量，在故乡的天花板下，居然积聚了极大的力量,砸出了长篇的动静。动静有多大,不说了。我感兴趣的是,这部中篇到底好在哪里?有哪些不一样或特殊表现?

关于这部作品,有很多话可以说。一层一层来剥。先说小说的题目《黄河故事》。这个题目属于开宗明义,指出小说讲述的地理空间,同时也指出文化空间。古老的黄河是中华民族的母亲河,形成了民族集体无意识也即共同记忆。但黄河两岸水土流失,生态恶化格外严重,河水泥沙含量大,在中下游形成悬河。历史上黄河数次决堤,也留下了苦难深重的民族记忆。著名作家李准的《黄河东流去》,以抗战时期花园口决堤给黄泛区人民带来的深重苦难为素材的书写,给读者留下了深刻印象。黄河与两岸人民的关系非常特殊,既紧密相连,又充满苦难,是爱恨交织。以《黄河故事》为题,小说"先天"预设了这种复杂的情感和美学底色。事实上,小说中人物的关系也是爱恨交织,复杂、微妙、暧昧。

黄河作为一条地理意义的河,是导致父亲溺死或自杀的那条可恶的河。"子在川上曰:'逝者如斯夫。'"奔流不息的黄河在过去的岁月里留下了饥饿、屈辱、死亡的悲伤记忆。"我的父亲叫曹增光,他生于黄河,死于黄河,最后也将葬于黄河岸边。他再也不是我们家的耻辱,我要完成的正是我父亲未竟的梦想。"这是小说的最后一段。青春时愤而出走的女儿回到家乡,重操父亲做餐饮的旧业。

黄河作为一条情感牵挂的河,是母亲客居深圳十年后挂在嘴边的家门口的那条河。正是由于这种牵挂,小说开头就写到母亲动议为父亲寻找墓地,"我"因此回郑州办理此事。此间是不断闪回的记忆、补叙。小说结尾,死去多年未曾入土的父亲被安葬,在岁月的照拂下,牵肠挂肚、寝食难安的黄河故事获得了似乎圆满的结局。

再说这篇文章的题目,《下半场的母亲》。黄河故事获得和解的关键是母亲。小说中的父亲是讲述和记忆的对象,真正的主角是母亲。母亲决定了夫妻情感的方向,甚至也决定了整个家庭命运的方向。"下半场的母亲",是字面上的"晚年的母亲"——这是时间纬度上的母亲,也是实指,象征寓意更加宽阔深邃。小说里实指的母亲,一个受过旧式家教的中原女性,通过包办婚姻嫁给不爱也不认可的丈夫,生了四女一男五个孩子,丈夫中途意外死亡,五个儿女在母亲的独力抚养下成家立业。按照想象的生活逻辑,小说里的母亲形象应该伟大、坚强、忍辱负重。但邵丽解构了这个人设构成,一反模式化逻辑,从晚年母亲的谅解开始,借由"我"的视角,回溯做出巨大牺牲和付出极大心力的母亲为什么会让父亲紧张、两个女儿痛苦,"我"甚至离家出走,其他三个孩子在母亲的影响下也各有各的不如意。

中原是孔孟文化的大本营,中原作家对于"家文化"具有特殊的书写敏感和探索热情。比如作家梁鸿的《梁光正的光》。邵丽这部中篇,重点也是探讨婚姻和人性。在母亲和父亲的婚姻里,母亲占据主导地位,是强势一方。父亲世俗生活的无能、拘谨懦弱的性格,包括贪嘴爱吃,与母亲对一个养家糊口、成家立业的男人的要求相差甚远。母亲背负着沉重的家庭负担。随着对丈夫从鼓励到失望到绝望到嫌弃,母亲也从一个受过中学教育的类闺秀人物蜕变成霸道、横蛮、偏执、势利、冷漠、强势的母亲。这是母亲的上半场。

终其一生,母亲对父亲其实不认可,更没有爱情。虽然小说最后也出现了母亲珍藏的一只纳好的鞋底子,但我宁愿把这个细节看成作家的一厢情愿。因为贪嘴和无能被妻子严重嫌弃的父亲离家出走后,掉进黄河,意外死亡,成为横亘在两个女儿与母亲关系间的毒瘤。这个毒瘤,被下半场的母亲亲手剪除。

　　作家在讲述母亲和父亲的关系时,垫了一个特殊的时代背景——物质供给困难年代,故事的表层是贫贱夫妻百事哀,但小说已经触及更深的认知。母亲和父亲关系的形成,虽然有因物质匮乏产生苦难的因素,但本质上是"三观不合"。在母亲眼里一文不值的父亲,在儿女的记忆里,是温文尔雅、具有特殊技能的父亲。生于中医世家的父亲,拥有特殊的秘方,具有特殊的烹调技能。五个儿女,最终都是通过从事餐饮获得了经济上的翻身。特别是"我",在南方获得事业的成功的同时,也收获了爱情。这当然是传奇式的写法了——唯有这点让我出戏。黄河边一个普通家庭几十年的生活变迁,在这部中篇里得到了令人难忘的呈现。

　　其实我最难忘的是这部中篇的副产品。小说写五个儿女的婚姻颇费了一番心思,但除了离家出走到深圳的"我"的婚姻是童话式的幸福,其他四人基本上被安排了悲剧或失败结局。大女儿的婚姻,是父母婚姻模式的翻版,内里疮疤可想而知。大女婿的头,被大女儿压得几乎要"低到尘埃"里。二女儿的婚姻虽然和谐,但在作家的安排下,她失去公职,没有孩子,本人得了绝症,二女婿则早年因公致残。

深得母亲欢心的四女儿因为母亲近距离的干预而离婚。老五是唯一的儿子,却入赘做了强势无理的女人的小男人,似乎也是父母婚姻的另一种翻版。"我"的童话式婚姻是唯一的亮色,善良勤劳的灰姑娘被开朗年少的王子苦苦追求并终成眷属。如前所言,在整个现实主义风格语境下,我其实是存疑的。我更多地把它看成作家的叙事平衡。

总之,上半场的苦难和悲剧气氛越浓郁,下半场母亲的解局和释放越深刻。这是叙事的用力。前戏做足,后事才有发展动力。母亲是作家着意塑造的形象,包括对几个女儿的书写,也是对母亲形象的侧面补充。

《黄河故事》是邵丽的题材转向。邵丽的笔下,有很长一段时间,"父亲"都是重要而特殊的角色,似乎始终有一个"父亲"的形象在俯视。以母亲为主角的《黄河故事》,塑造了一个既背负着生活的苦难重担,又背负着思想包袱的母亲形象,表面上是角色的性别变化,其实具有很深的文化反思意味。我甚至认为,这是邵丽对中原文化也即传统文化反思的一个重要表达。正是从这个层面上,这部小说某种意义上具有欲言又止的象征意味,并不是典型意义上的现实主义风格——也许是我想多了。

对于女性爱的能力的发现

没有无缘无故的写作,我一直坚信。所以阅读文本时,常常会不由自主地揣测作家的创作动机。比如,早已凭借中篇小说《香炉山》获得鲁迅文学奖的叶弥,新写的这篇短篇小说《对岸》,一定是对某种技巧或者经验的表达。问题在于,是对哪种技巧或者经验的表达?

从技巧运用的角度看,《对岸》可以说"去技巧",几乎素面出场。五个中年女性的月夜谈话,从讲述"每个人心里最后的秘密"开始,到集中分享一个女同学的遭遇,以被讲述的女同学也即茶馆老板娘突然主动现身和继续自述为高潮。全篇不到九千字,是一个长近景,加一个大特写和几个追光远景。月夜交谈是近景。女同学的生动出场是特写。女同学的坎坷遭遇是追光远景,包括在丝织厂做女工时脱年轻男机修工的短裤、被父亲逼嫁并离婚、做股票开茶馆之后邂逅暗恋对象,以对话式讲述为主,以见缝插针的场景描述为辅。

对话这种形式,对语言本身的要求高,语言表达要契合人物身份或者能准确勾勒人物特征,好处是视角多元化,劣势是容易让人掉线,话剧常用,小说写作其实是忌讳的。或许因为语言细腻生动是叶弥的擅场,艺高胆大的叶弥,不仅用了大段对话,而且采用的是简约结构。从这个叫柴云妹的女同学正式出场后,小说进入高潮。追光打上去的三个远景,都是与紫云妹的性和爱有关的人生经验。这个叫紫云妹的女性,从灰扑扑的乡下姑娘到愣乎乎的工厂女工到美滋滋的茶馆老板,实现了经济地位的翻身。结合改革开放以来长三角地区的快速发展,紫云妹的变化的人生是有代表性的,也是可信的。

但这些不是本小说的重点,也不是我看到的亮点。小说让我感兴趣的是写出了这二十年来中国式女性的爱的能力的变化。紫云妹这个角色,极好地诠释了中国式女性由未嫁靠父亲、出嫁靠丈夫的传统依附关系,进化到经济独立后的离婚和不婚。即便是我们这个相对开放的年代,一个没有经济来源的女人,她的婚姻仍然不能以爱为前提,仍然要通过婚姻解决吃饭问题。因为贫寒,刚刚读完高中不久的紫云妹,急急忙忙到工厂当女工,嬉闹中脱去男工友的裤子,这一发生在工友之间带有明显的饥饿色彩的性游戏,改变了紫云妹此后的人生。在一个传统社会,她因此失去针织女工工作,经济不能独立,要重新寻找"饭票",不久被迫与父亲看上的到家偷衣服的小偷结婚。这个情节是极端叙事。作家无非是借此强化说明,哪怕是极不般配的婚姻,在传统社会里,也好过没有婚姻、没有"饭票"。经济依附必然导致精神依附。紫云妹由此开始的精神压抑,看似是工厂事件的后果,实际上是长期没有经济自由的后果。随着社会发展,女性经济独立的机会增多,能赚钱养活自己的紫云妹,获得了身的自由,也获得心的自由。

要为叶弥点个大赞。我知道叶弥不是通常意义上的"女权主义者",她无意间窥破了所谓男权女权的秘密。一旦老百姓也即个体实现经济自由——这个"个体"主要指女性——对性和爱的需求也会调整。小说写到紫云妹被丈夫抛弃,离婚后,又结了两次婚,又离婚,直至不思婚姻。不断离合的经历,看起来坎坷不顺,恰恰说明中国式女性恋爱和婚姻的自由越来越多。通过对婚姻和性的试错,紫云妹拥有了正常的爱的能力,其中,以邂逅早年暗恋的男同学后重新萌发恋爱的感受为最。所以,文章结尾写到"往常这个时候,祝风还在电脑前码字,回去也不会睡觉,所以她一时还不想走。今晚实在是让人拍案惊奇,她得想点什么,或者说,当她发现自己也是一个孩子时,她要有一点时间接受这个事实",是"卒章显志",也是女性的角色反思。

之前的近景,是几个中年"杜拉拉"的"自白",聚焦职场女性的情感和婚姻,间或把笔墨刺探到原生家庭。三个自述,"我从小就咒我爸死""我从来就没爱过男人""我十年前就得了精神病,严重的焦虑症。每天都要服药",重口味,反传统,异质性。作家用的是极致化的笔法,直接把人物送到健康、伦理、道德甚至法律的边缘,比如同性恋、杀父、精神病,勾画这些现代文明背景下细致羸弱的精神世界,目的是为后面的故事设置一个整体性背景。这个整体性背景很刺激,像都市情感题材分集电视剧。这些都是前奏、铺垫,是后面故事的反衬。后面的主要人物的故事,反而平和、优雅,这是指故事讲法,用的是对比法。小说的结尾,另外五个女性的怅然若失,其实还有一种解释,即经济地位的巩固未必与身心健康同步。

小说的基本要素,简言之,是"故事内核"和"怎么讲好故事"。短篇小说更如此。一个以自述和他述为主的对话体小说,如果没有硬核故事,真的很难吸引人。短篇小说要精彩,故事要有硬核,讲法要有意思。硬核故事是前提。以

《对岸》为例,小说写六个中产阶层中年女性月夜消夜时的"精神会餐",硬核就是一个女人的性爱遭遇和性爱能力的觉醒。这是现代版的"祥林嫂"和"丑小鸭"变成白天鹅的故事,是女性的成长故事。有了这个硬核故事,怎么讲?叶弥动了心思。性和爱本身有色彩,也可以添油加醋,讲得更有色彩。但这不是叶弥的兴趣,也不符合叶弥的语言习惯。这篇小说延续了叶弥一贯的细腻、清灵的文风,哪怕写性和爱,也是干干净净,具有主观浪漫主义色彩,而不是烟火气。一个带色的话题,偏偏用至为简约的形式,也符合紫云妹这个人物拙朴的底色。我想,这就是叶弥的经验,即便是看懂了人生,也还是像孩子一样天真。技巧上,叶弥是圆熟的,但我感兴趣的恰是这些关于女性的无意间的发现。

思想者的书

柔弱的陆梅是个思想者。有人说读《像蝴蝶一样自由》(明天出版社 2016 年 11 月出版)需要哲学准备,因为它探讨死亡、灵魂、自由、信任、恩情等形而上问题,有点像哲学小说《苏菲的世界》。作为一名中学生的母亲和一名儿童文学创作者,陆梅当然深知,终极问题的思考和及早教育对于一个生命的健康养成是有益的和必要的。弥补终极问题思考和教育不足,这恐怕也是作家陆梅写这本书的原生动力。

《像蝴蝶一样自由》是关于生命哲学的文学讲述。我们通常会低估孩子的接受能力,而高估哲学的难度。这种经验用于儿童文学创作,不仅会窄化和矮化创作,而且会导致青少年在成长的重要时期缺失一些必修课。哲学是塑造灵魂的科学,但哲学遥不可及吗?不是的。生老病死,恩怨情仇,日常生活和非日常生活充溢的种种,其深意可能就是哲学和哲学维度。哲学是理性的、逻辑的,但讲述可以是感性的、诗意的、亲切的。

关于生死终极问题的探索,是这本书的中心问题,也是陆梅想跟孩子们交流的重点。"越过铁栅栏,新砌的水泥门吱嘎一声洞开",生活在当下和"此岸"的上海小女孩老圣恩与二战时期被纳粹杀害的十三岁的犹太姑娘安妮在神秘的白日梦中相遇。这也是这本书"穿越色彩"的由来。怎么解释这一"生"和"死"的不期而遇?显然是阅读的作用,"日有所思,夜有所梦"。安妮是《安妮日记》的作者,也是这部既美好又令人悲伤的作品的当事者。在密室里躲避疯狂的纳粹分子时,安妮在日记里写道:"我希望我死后,仍能继续活着。"陆梅在这本书的最后一章《致安妮(代跋)》里坚定地回应:"你的确活着,活在一代代人的记忆中。"文章末尾再次写道:"可是,聪明的安妮,以你智慧的头脑,你早该知道,我的点滴文字,同样是为了对抗遗忘。"说的是生和死的相对性——对生命和自由的热爱以及对死亡的坦然,也是阅读和文字的价值。遗忘是生理使然,文字是用来对抗遗忘的武器。对抗怎样的遗忘?苦难,命运,恩情,等等。安妮用写作,让许许多多的老圣恩和她们的妈妈们记住了自己,记住了历史,获得了永生。

老圣恩、安妮、母亲、偶尔出场的父亲、只出过一两次场的门卫,简简单单的几个人物、几个白日梦、几个场景,谈的是沉重的生死问题、历史问题,调性却温婉、典雅、明净,文字如陆梅其人,真诚、谦和、细腻,洗去了火气,立场和观点却很坚定,像包了浆的老玉,充满了古典主义的和谐。但实际上,这本书的整体结构非常现代,广泛地使用多种文体:跳进跳出的梦境描述、对话体、诗歌引言、信函等等。这种形式,形象生动,结构出戏剧化的场面,比较符合少儿阅读的特点。

每本书都有自己的预期读者。这些年,儿童文学市场增大,出版码洋多,许多写作者为了码洋的厚度写得越来越快、越来越糙。陆梅作为一个具有专业素养的家长,同时又是文学工作者,一定遭遇了很多问题,迫切想跟大家分享经验。这是这本书的写作预期。我也不怀疑在写作中,陆梅毫无保留地把自己的经历和情感摆了进去,她就是女孩老圣恩的那位作家妈妈。在老圣恩眼中,妈妈"写得很慢","总是读得多写得少"。读到这里,我想笑,这是陆梅对自己的不满足。但我不认为慢是错。慢工,是匠心,出细活。儿童文学作家跟教师一样,都是灵魂的塑造者。面对这样的责任,写得细点、写得慢点,肯定是好事。

具有长跑素质的选手

我把李凤群归类为厚积薄发、具有长跑选手素质、用作品说话的作家。

第一,从文本呈现的美学风格来看,李凤群的创作属于非典型女性作家创作,是长篇小说里的"学士词",须关西大汉弹拨铜琵琶,手打铁绰板,慷慨有力地高唱"大江东去,浪淘尽,千古风流人物"。显然不是柳郎中词,只合十七八女郎，执红牙板，低吟"杨柳岸，晓风残月"。也正是基于这样的一种审美感受，我曾经在一篇文章中，把李凤群比喻为南京城里盛开的紫色泡桐花。紫色是高贵的、大气的，泡桐花又是加长的、生命力旺盛的，这两者结合在一起，形成一种难言的丰富的意蕴。李凤群的长篇小说，大气、丰富、开放。李凤群显然与诸多作家特别是中青年女性作家不同，出道不久，迅速展现和形成独特的美学气质。

厚重多变。厚——体量，每一部都沉甸甸。重——质量，部部留声留痕。多——从十年前开始，几乎两年一部。变——几乎每一部无论是题材还是写法上的技术处理都有诸多不同处，求新求变。

第二，文本呈现出非典型女性作家创作风格，但作为一个女性作家，李凤群对女性的观察、女性意识的觉醒，又是异常分明，不仅不回避、不隐蔽其女性身份，而且对女性命运的体察和理解、同情，是格外用力，是写作的逻辑动力和重心。

作家特别善于从女性的视角，来观察时代生活、跌宕人生和风俗世情。

1. 几部长篇小说，虽然有第一人称和第三人称之分别，但叙事视角都是女性。

2. 几部长篇小说的中心人物或者是正面(英雄)人物，几乎都是各种年龄段的女性，如《大江边》中年青的吴革美，《大望》中年老的老李。

李凤群的长篇小说大多具有自我省察，或者大多从自我省察开始，书写女性意识和性别觉醒。通过对女性在社会和家庭中的地位、角色的观察，包括女性和自己的角力、和男性世界的角力、和外部大环境的角力，来书写女性的奋斗和成长。

我们可以看到，无论是城市，还是乡村，李凤群的小说里，女性都有共同的生存背景：在儒家文化长期影响下，在农业生产作为主体生产方式的背景下，在大农业文明环境下，女性生命和价值的扁平化，女性在社会和家庭中被不公正对待的丰富表现，在新的时代，随着新的生产方式的出现、新的生活方式的引进，旧有的伦理关系产生松动变化，出现矛盾、斗争和改革，出现新的事、新的人，这些都形成了李凤群小说里鲜明的女性意识的由来。

这与李凤群作为一个作家的成长资源有关。《大江边》是半自传体小说。李凤群生长在长江中下游的吴楚文化交织区域的安徽以及江苏。这个处于江河边的大文化区域,宋明以来,受儒家文化和程朱理学的长期影响,文化传统叠加刻录在人们的日常生活和精神底色上。对强大的传统的质疑、撬动,无论结果如何,这个过程本身就是精神演进的过程。

如果对我们每个人的人生都作整体观,会发现从生到死,从年轻到年迈,都是在追求、质疑、变化中,接受和形成新的习惯,最后成为惯性力量中的一个分母。如果直到最后的岁月,还能保持质疑精神,我们就会被评价为保持"青春气息""战斗性""孩童心态"。

如果是一个女性,她的这种质疑特质会被解读为"少女气质",如果读了一点书,又很敏感,会被评价为"小布尔乔亚"。小布尔乔亚的典型是冬妮娅,是子君,是娜拉。她们的共同特征是对爱情、自由等女性自身幸福生活的追求。

《月下》里的余文真,是中国式书写里的小布尔乔亚形象之一。

"余文真是多么渴望被看到",这一句,是一个精神和肉体被圈禁在县城的普通姑娘的"青春梦""情爱梦""生长梦"。

《月下》让我想起了加拿大女作家爱丽丝·门罗的《逃离》。《逃离》讲述主人公卡拉人生中的两次逃离。第一次是从"已经没有感觉"的父母家,跟着父母都看不上眼的克拉克出走,去追求一种更为真实的生活。第二次是从克拉克身边向更远的地方逃离,就在离陌生的城市越来越近时,卡拉下车给克拉克打了电话。这一次逃离是不彻底的逃离。卡拉的两次逃离,既可以看作是对现代自由生活的追求、对传统妇女角色的逃离,也体现了后现代主义的人生追求的不确定性和模糊性。逃离主题,是女性意识觉醒书写的普遍主题。但是,小说《逃离》不是单一的女性小说,而是探讨永恒的女性成长主题的小说。门罗出生于加拿大安大略省的一个小镇,长期生活在荒僻宁静之地。门罗在生活中经常面对根深蒂固的风俗和传统,所以,将渥太华城郊小镇平民的生老病死的严肃主题写进《逃离》。

《月下》的厚重,就在于不只是女性情绪和情趣的单一书写,而是以一个女性人物的跌宕起伏的经历为叙事线索,对长江中下游小城市的传统、习俗和文化进行深刻观察、深入体悟和生动表现。小说采用全视角模式,通过空间视角和人物心理视角的综合应用,不但成功地描绘了女主人公对现实的不满、对未来的盲目憧憬,而且客观真实地反映了主人公所处的生活环境对其行为的影响,充分地描绘出余文真试图挣脱原生家庭和城市环境束缚,但又最终选择回归的迷惘。

从女性意识觉醒的角度,余文真其实并不彻底。这也正是李凤群在《月下》书写中体现出的反思和对传统女性角色的反讽,是这部小说的珍贵价值,既有认识论价值,也有艺术形象塑造价值。

什么叫性别觉醒?除了性和爱的觉醒,其实更大一部分是对人的主体性的认知,比如人对自由、平等、平权的要求。涉及女性,则是对女性长期被剥夺、压抑、束缚的反抗。余文真的反抗,是从读书的时候就开始的。这些看起来是无效的反抗,是余文真的一种"刷存在感"。这种茧房式生长,是存在痛感的生长,即永远对蝴蝶和绽放的渴望和追求。这种茧房式生长,由于过多包裹,对外部世界是无知的、充满浪漫虚幻想象的,免疫力低下,一旦有机会,很容易破防。被章东南用文艺腔、普通话和各种具有都市信息的气质破防,破防后的余文真,是用所谓爱情的名义,给自己重新加了一道牢牢的枷锁。这个爱情一旦不能满足她对婚姻的要求、物质的要求和人际关系的要求等等,她就不满、愤怒、报复。她追求的精神自由成了虚妄。小说最后,她把男性性爱的追求,转移或移情到儿孙亲情层面。这是诸多传统妇女成长的共同心路历程,只是表现方式有所不同。从始至终,对于"社会"来讲,余文真的各种刷存在感,都是无效的。

可以看出,李凤群对这个人物的书写,既有深刻的同情,也有冷峻的批判。同情不言而喻,是对女性尴尬的社会和家庭角色的理解。批判在于,这种女性改变命运的路径并不彻底,真正的自由和改变,在于精神的"独立"。不仅仅要有独立的空间,还要有独立而不依附的精神和独立创造价值的能力。也因此,余文真在职场上日益被边缘化和自我放逐这一笔,在我看来,特别有意味。女性意识的觉醒,应该体现在社会分工和社会角色的平权。女性自由的获得,是通过自身价值来体现和实现的。但是余文真,解决问题的方式和思维,依然是依托男性的权力和力量——未嫁是父亲,出嫁是丈夫,丈夫靠不住或者不想依靠时把丈夫换作情人,真正独立自主的女性人格并没有由此完成。余文真成年以后的种种不甘心、逃离和寄托,是不完全的女性觉醒。这种半拉子的觉醒,没有让余文真获得预期的自由和幸福。

这是作家对这个人物既理解、同情又批判的态度决定的。无论这种态度是自觉还是不自觉,都体现出作者本身的认知高度。这也是小说的胜利。小说并不是要写一个成功的、完美的人,而是表现真实的、生活着的、不完整的人和人生。

陈彦的文学观和方法论浅议

文学创作,从行为和动机的角度,个体特征比较突出。但作家成名以后,对作家及其作品的研究,必须要放在"史"的大盘子里探讨,才能对文本的价值进行有说服力的解析和判断。这个过程也是文学经典化的过程。这个"史",既有作家个人创作史的意味,更有鲁迅所说"一时代文学所反映的整体时代精神及其嬗变线索"之意味。研究个人创作史,探讨的是一个具体作家的"长成"和"组成"。千差万别的个体构成文学史的全部,提炼出规律性和独特性,个别研究就有了总体性价值。研究文本对"整体时代精神及其嬗变线索"的反映,是从文本出发,把具体的、个别的创作放在"时代"和"历史"两面巨大的镜子前,以此为鉴,以此为坐标,对文学创作的历史表现和时代意义进行判断。后一种研究,客观上逸出了文本本身,试图建立文学创作与时代、历史的关系,其价值在于突出和强调文学创作的社会功用,使文学创作超越职业化行为,成为一种重要甚至必要的精神活动。

从这个角度看当代文学,相对而言,陕西作家群对现实主义风格的坚持和开拓比较用力,成果也明显。具体到陕西作家群内部,柳青、路遥、陈忠实、贾平凹在现实主义风格大旗下各有擅长的场域,表现出独特性,包括凭借长篇小说《主角》获得第九届茅盾文学奖的陈彦,其创作风格也十分清晰。与同时代大多数作家相比,陈彦及其创作属于其来有自,文学信仰正统,价值表达恒定。

新与旧,特殊性和普遍性,都是相对而言。从"返本""开新"的角度研究陈彦文学创作路径,或许能解释很多问题。

"为人生"和"在人间"

正统文学信仰和恒定价值表达,这里指的是五四新文化运动以来以鲁迅为代表所主张的"为人生"和"在人间"的文学追求。"为人生"和"在人间"有紧密逻辑关联,具体到陈彦的创作,是创作动机和方式方法的关系。

(一)经验表现的独特性和时代性

把文本作为具有道德优势和知识优势的个体表达,是现代小说写作的一种当下趋势。这种趋势的写作,脱离人文环境的具体性和丰富性,过度倚重创作主体的想象力和虚构能力,与实际生活经验对立,越来越多地陷入重复与自我重复之中。现代小说写作的这种趣味,不仅大量存在于书斋写作,就连许多从底层成长起来的作家,也开始倾向放弃对生活经验的信赖,标举"想象力",认为这是"洋气"的写法。任何事物走向片面化,便是死路。最早把这条路走到死胡同的是先锋小说。先锋小说包括现代小说为什么会有这样的表现,原因很多。其中,缺乏和轻视生活经验应该是本原。文艺创作离不开想象力,也离不开技巧,但相对于想象力和技巧,文学创作的逻辑前提是对具体环境中的体验经验的再现和表现。能否提供独特的、新鲜的、发人深省的、令人回味的生命体验和现实经验,是文学作为一种精神活动的逻辑起点和始终应有的追求。

"如果要问我这几年中国当代文学最大发现是谁,我会毫不犹豫地首推陈彦。……他扎实的写实功底、深厚的文化底蕴、细腻的人物塑造、绵密的叙事风格赋予其小说独一无二的品格,在中国当代文学的大家庭里称得上是奇花独放,令人惊艳。"从2014年1月出版第一部长篇小说《西京故事》,到2019年8月凭借《主角》获得茅盾文学奖,前后不到六年时间,陈彦创造了奇迹。由结果反推,陈彦以"拙"为"新"的写实路径和叙事风格是有效的、富有感染力的。通过小说和剧本,陈彦努力描述确切而不含糊的人生经验,表达稳定而不摇摆的价值观念,散发出新鲜动人的生命滋味。新鲜指经验的保鲜度,动人指经验的形象性。

珍视经验,让生活进入创作现场,陈彦的写法不难辨析,但恰恰是这种老老实实、看似守"拙"的写法,体现了文学创作记录和再现的要义。在当前各种时尚洋气的写法中,是"返本",是"反动"。

小说作为20世纪以来中国本土文学中发展最快的一种创作样式,从白话小说雏形到现代小说经典,进行了多种多样的形式和内容的探索,积累了大量丰富的经验。小说作为一种艺术形式,如何审美地重构生活、表现生活,可能是永恒课题。人类对审美创造的主观期待不断延展,客观生活经验不断变化,人类的想象力和文学重构方式不断遭遇挑战。在重构生活和生命经验的艺术探索中,现实主义创作风格是重要收获。坚持现实主义精神,追求有效介入生活和历史现场,着力塑造典型环境和典型人物,努力通过真实性和形象性写出深刻性,用现实主义风格再现和表现毫不含糊的时代以及个体经验,成为陈彦长篇小说创作的重要特质。

时代变迁,生产力和生产关系急剧变化,急剧变化带来的人的生活和命运变化,是陈彦文学创作的关注重点。比如在历史的背景下,写出职业的特质和社会性,写出现实生活中的人和时代、人和职业的关系。两部以戏曲为题材的长篇小说分别以装台工和戏曲演员为表现对象。《装台》对装台工的生存环境的观察,填补了当代文学创作这一题材的空白。在《装台》里,作家像细工木匠,一笔一笔地刻画刁顺子这个人物以及他的生命空间,通过狭小的个体空间,及时并鲜活地展示了时代背景下变化了的装台工生活,既从微小的侧面表现时代征候,又充分描绘出人物独特的生命哲学和生命方式。《主角》记录和刻画剧团和戏曲演员的生活空间,在经验提炼的有效性层面和形象塑造的新鲜性层面,都有独特贡献。《主角》对秦腔剧院大小新老演职员的艺术生活和日常生活进行近景观察,通过这个群体的情感方式和行为方式,比如忆秦娥的经历经验,再现一种珍贵而独特的艺术人生。刁顺子也好,忆秦娥也好,这些人物及其经验因为独特性和时代性而深刻和珍贵。

(二)儒家文化精神内核的体认

陈彦通过对富有生活质感和特殊经历的典型人物的塑造,写出了今天这个时代背景下民间散落的儒家文化遗存,这是他戏剧和小说创作的意外收获。

陈彦通过刁顺子这个人物形象,描绘小人物身上的忍辱负重、人性的自强和自救,充分展示市场化时代儒家文化的纵深传承。这里面涉及"义利观"的当代辨析。从古典社会进入商业社会,刁顺子这个底层人物身上隐伏的情义,是对社会变化大背景下的一种反差经验的信任。小说从四个层面构筑刁顺子的"情义世界"。一层是"信",主要是写刁顺子的职业操守。一层是"义",对装台工弟兄们的情义,包括同工同酬、同舟共济,把小工头的职业形象拉宽了、改写了。一层是"忠",先后娶了三个妻子,死掉两个,走掉一个,对待继女的态度尤其具有典型性,对刁顺子这个人物的性格塑造极为有力。刁顺子与亲生女儿菊花、继女韩梅的关系,形象地折射了"义"和"利"、儒家文化与市民文化的紧张对立。一层是"仁",对忤逆、背叛行为的宽恕,写出仁者之心,甚至表现出道家的味道。描写刁顺子与朱老师、师娘的交往细节,对待父母兄弟的孝悌,其实是在写儒家看重的"礼"。也用一些细节写刁顺子对父母兄弟的孝悌。刁顺子有着七情六欲,有着爱憎,小说实事求是地甚至着力描写了他的狡黠和幽默。因此,我们看到的刁顺子,是大好人,但不是滥好人,更不是无用的好人,而这往往是写人物正向特征时容易误入的歧路。刁顺子的性格特质是符合真实生活的逻辑的。如果没有这种性格特质以及柔韧的生存能力,刁顺子早就被生活压垮,当然,也就不可能成为富有人格魅力的典型形象。小说是作家的话筒,是有主张的精神活动,表达了作家对生活的理解和主张。陈彦的现实主义创作精神表现为遵循生活逻辑,不拔高,也不拉低,写出人性固有的丰富有趣的一面。通过刁顺子这个现代游侠形象,围绕"仁义礼智信忠孝"书写人物精神,写出了困窘下的侠义。现实人性丰富复杂,小说理应写出真实具体的人性。然而,是津津乐道于人性的低劣,还是善于发现人性的高级,这是两种透视路径,小说呈现的面目也因此大不一样。

小说对现实和人性的处理,包括对有价值和美好事物的发现,也是一部好小说和一部平庸小说的区别。

从两千多年前西汉王朝"独尊儒术"至今,儒家文化对西安也即长安的日常生活产生了深刻影响。刁顺子、忆秦娥、罗天福这些小人物身上的儒家文化基因,被陈彦从急剧变化、多元表现、看似无章的生活里提炼成形。以陈彦的"现代戏三部曲"《迟开的玫瑰》《大树西迁》《西京故事》为例,分别书写奉献牺牲、家国情怀、自强进取三个主题。也是由"现代戏三部曲"开始,陈彦确立其创作的基本面向:平民视角、现实题材和都市生活。"为人生""在人间"成为其创作追求。

《西京故事》里民办教师罗天福为了照顾在西京读大学的儿女,带着有病的妻子从乡下进城打工。处于"食物链底端"的罗天福一家进城务工的坎坷不易描写得越真实恳切,种种打击和磨难下内生性痛苦越强烈,在压力下人物身上的德行、朴实情感和良好趣味越值得珍惜。罗天福的行为是儒家以义为先理念的反映。作家为人物灌注了文化灵魂,鲜明、生动,具有强大的感染力和共情力。秦腔《西京故事》演出反响热烈,同名小说于 2013 年出版。追溯这部戏剧和小说获得社会共鸣的原因,与素材和经验的独特新鲜有关,也与对素材开掘的深度有关。没有真正的痛苦和真正的思考,就没有社会的革新。近二十年来,农民大规模大范围进城务工,许多新的问题陆续产生,比如农民工子弟就业、城市原住民与新移民的关系、城乡文化差异等。同时,也产生许多新的经验,新旧交汇、碰撞和交融中的阵痛,这些都是社会现实,也是文学发现、辨析和描述的对象。作家通过文字书写,记录国家和民族历史发展进程中的经验和困难,试图探讨解决问题的路径和方式。这种努力,体现了作家的现实感和人文情怀。

(三) 有态度的现实主义

陈彦的现实主义写作,不同于写实主义,不是一比一,也区别于以揭示和批判为目的的"揭批主义",而是有镜有鉴,是有理想主义底色、有态度的现实主义。这个态度,表现为作家的文学观,即对文学创作社会功用的确信不疑,主张文学疗治人心、改造社会。这是受俄苏文学影响的现实主义风格。狄更斯和契诃夫的小说在揭示生活真相的同时,善于发现和书写微光,让微光成为客观存在。路遥的小说也有这种特点。从个体情感提炼理想人格,最终将理想人格塑造成情感共同体和理想型文化,也是社会主义文艺的重要特征。《装台》里,这种微光是人世间各种情义。《主角》里,这种微光是艺术热情。《西京故事》里,这种微光是仁厚。

从发现到再现到表现,对现实进行提炼、重塑和加持。再现的完成度,决定于笔力,决定表现效果。生活经验层出不穷,文学创作常感力有不逮。笔力不逮,首先是眼力不逮、脑力不逮。陈彦在长篇小说《装台》里,视角下移、内移,用温润的笔墨,塑造城市夹缝中坚韧乐观地生活着的刁顺子这个文学形象,写出了古城西安光滑表面下的粗糙不平的内里,写出了"了解之同情"和"理解之赞赏"。《装台》这一独特新鲜而重要的经验被评论界敏锐地捕捉到,"作为深浸于传统戏曲和传统文化的戏剧家,陈彦也许在这个问题上并未深思,而是提起笔来,本能地就这么写下去。这个传统说书人的牢固本能,使得《装台》成为一部罕见的诚挚和诚恳的小说——在艺术上,诚挚和诚恳不是态度问题,也不是立场问题,不是靠发狠和表白就能抵达,而是这个讲述者对他讲的一切真的相信,这种信是从确切的人类经验中得来的"。

"文章合为时而著,歌诗合为事而作。"中唐诗人白居易在《与元九书》中提出这个观点,经后世文艺理论和创作实践的不断积累,成为唐宋以来中国文学赓续流传的重要传统。这个文学传统,简言之,说的就是创作动机以及创作与生活的关系。创作动机决定创作主体的取景框,决定题材选择、主题提炼和美学表达。文艺创作是精神活动,陈彦的"为人生""在人间"的文学观,决定了其后的文学实践方向和命运。经历长期的历史实践,任何国家和民族都会形成本国家、本民族独有的文化传统和美学范式。文学是对文化传统和美学范式的表现。鲁迅以"吾国吾民""吾乡吾土"为对象,提出"为人生"的文艺观,是儒家"经世致用""文以载道"文化传统的对象化。这一中国现代文学的重要遗产,对中国当代文学产生了深远影响。当代文学的经典作品,题材和风格虽各有偏重,但都可以发现"为人生""在人间"的精神传承。在互联网技术高度发展的今天,文化消费方式和趣味都快餐化,陈彦为什么能凭借三部写法看似传统的长篇小说,在短暂的时间里跻身文学创作一流阵营,值得深思。

在具体的文本中,"为人生""在人间",也会具体到个体、族群和职业。通过打一口或几口深井,掘进去,带出泥,对井和它周边的地理气候进行探研,写出不同侧面的肌理血肉。一个作家、一部作品,能不能关注到生活和时代的肌理血肉,对世态和人心、人的命运书写得到位不到位,是判断这个作家或这部作品的历史价值的重要指标。具体的关注点会各有千秋。比如,同样是在陕西这片文学高原上写作,柳青和路遥的取景框则更倾向探讨在政治和经济杠杆左右下的人性,表现社会重大政治生活和普通人的关联性。来自商洛地区的贾平凹和陈彦,把笔墨较多地探入日常生活的内部,通过描写复杂微妙的日常性和普遍性,记录时代大背景下特异的精神和心灵变迁。

西安书写和文学新空间

无论是孤篇独存,还是洋洋万章,让作家最终能在文学史上留下痕迹的,还是文本表现和美学贡献。陈彦对经验的表达,主要通过两类题材予以呈现:一是西安书写,一是戏剧书写。西安书写是地理空间,戏剧书写是人文空间。

（一）以西安为天花板

城市不仅是地理，也是文化，城市的个别性和多样性、丰富性和模糊性，远远没有被充分、及时、准确地书写。没有个别性，就没有精准性，也就没有层次感和丰富性。城市题材书写总量不少，但大多停留在城市生活表层和模板层，如青春、爱情和职场，很少触及城市内在生活肌理，也没有形成城市风格的独特表达。关于城市的文字，往往是漂浮的，甚至是架空的、千文一面的。而中国社会发展现状是，城乡差距缩小，城镇化发展水平提高，城市居民在某种角度已经超越农民，成为国民形象构成的主流。面对变化了的社会构成和社会生活，除了北京、上海、广州、深圳这种特征突出的重大城市，其他众多城市和居民生活缺乏具体、详备、可信的文学书写。即便是北上广深的城市书写，也不尽如人意，一是具有广大影响力的作家作品不多，二是美学风格和文化气质日渐模糊。

为什么会形成这种状况？原因较复杂，其中有两个重要原因。一个是城市自身的同质化。从相对稳定封闭的古典社会进入流动开放的现代社会，城市风貌、市民结构、文化气质进入同质化阶段。文学是生活的反映，千城一面的城市,在文字里同样缺乏独特性。以北京为例,虽然近年有人提出"新京派"概念,但事实上,作为一个开放的国际化的移民城市,固有的地域性文化特征逐渐消失,新的独特的文学气质尚没成气候。上海因为方言在小范围内保留,情况稍微好点。这也是当年"老上海"金宇澄的长篇小说《繁花》用方言形式写出来之后评论界感到兴奋的重要原因。另一个客观原因是,从比率上看,今天的城市文学主要由青年作家担纲,而长期活跃在创作一线的作家群体主要是50后和60后,包括少量70后,这些年龄段的作家目前虽然基本生活在城市,但大多是通过考学、参军等方式从乡村走进城市,具体的生活经验和强烈执着的原初情感,都还围绕乡村展开。城市生活经验还没有转化为文学经验,还处在"望乡型"写作阶段。比如作家格非从苏中乡下走到上海,在北京定居,但成名作和代表作多是乡土题材。这种经验结构,导致当代文学乡土书写一直保持高出镜率。人群结构多样,生产生活方式分层,特别是近年来城乡流动性加剧,城市的复杂性和丰富性远远大于乡村,城市与现代性有天然的血缘。一方面是城市书写层次不够丰富,面目不够鲜明;另一方面,城市是文学的富矿,需要被书写,也应该被书写。取材于西安,以"西安"为书写对象,充分体现了陈彦的文学敏感和文学自觉。

"人文的东西,需要不断地去讲述、解说。文献资料、故事传说、诗词歌赋等,这些文字建构起来的都市,至少丰富了我们的历史想象与文化记忆。"在西安复杂多元的题材空间里,陈彦深钻进去,用热度拔出来,已经是打碎、提炼、融合、重塑的文学西安。发掘和重塑的路径,源于陈彦的景深。陈彦笔下的西安,不同于报刊新闻里的西安,也不同于同代同城其他作家。陈彦通过三部长篇小说和三部戏曲剧本,在北上广深之外,用文字搭建了一个积聚压力和张力的天花板,建构了一个陈彦视角的文学西安。"移民"陈彦,生活和工作在西安之后,着力描写西安,意味着陈彦的经验"移民"和情感"移民"。

从地理层面,西安是西部的政治、经济和文化中心。从经济层面,西安既是西部头羊,又是背负沉重的老牛。从文学创作层面,当代文学重镇,名家辈出,撬动了整个中国文坛。现实生活中的西安色彩丰富。从历史文化层面,西安是古都,崇文尚武,文化习俗自成一体,比如写字、画画、吟诗、作曲、唱戏、拉琴等,这类"风雅",也是贾平凹创作《废都》的经验依据。这样一个面向丰富的西安,是以日常和平民的面目进入陈彦的文字的。从家乡商洛到省会西安再到首都北京,陈彦其实经历了三个经验差别较大的文化带。西安在陈彦的笔下,首先是刁顺子、忆秦娥、罗天福生活的城市。这些都是小人物,是平民,甚至是城乡交界的边缘人群,但又都是一个社会和一个城市的基础民众。在时代转型中,小人物最容易被抛出生活常轨,受到的考验最多。这个城市,有古都历史人文底蕴,有温柔敦厚的儒释道文化滋养,才有刁顺子的情义、忆秦娥的戏痴、罗天福的达观。在现代文明发展背景下,西安面临经济发展、社会转型的巨大压力,新与旧的角斗下的诸多矛盾,才有刁顺子的坎坷遭遇、忆秦娥的命运起伏、罗天福的艰难困苦。

文学重塑记忆。小说作为虚构的艺术,难点和魅力是在文本和读者之间建立"信"。读者情感被无间隙代入,对小说产生充分的"信",小说才会对读者产生深刻的感染力。小说的"信",源于作者的了解。作者写出"了解之信",包括准确无碍的转达。区别于贾平凹笔下欲望失控、精神危机的20世纪90年代初期的"废都",也区别于被市场经济异化的其他大都城,陈彦灌注于文字中的西安,是笃定不移、温润如玉的古城,也是充满情义和文化魅力的现代西安。三部长篇小说《西京故事》《装台》和《主角》都以西安为天花板,目光向下,写城市平民和城市贫民,这里面既有从农村进城的罗天福一家,又有长期生活在城中村的西安老居民刁顺子,还有生活在文化单位大院里有着各种来源的剧院职工。这里面有看得见摸得着的古城墙、大小院落,也有听不懂唱得响的方言、戏曲、村话、俚语,还有厨房的劳作、舞台的表现,有女性间的矛盾,也有男人的粗蛮。古都西安和现代西安交杂的日常生活和盘托出,使得人们对西安的认知富有质感。

一个优秀的作者,一定会像建筑师一样,建造自己的文化空间。《装台》《主角》和《西京故事》从不同侧面,细致地展现逆境中的人性光辉,以及人物、事件和情节的内在发展动力,形成对这个时代西安城市的观察和记录。"在一个居住了30年的城市,写她的肌理与骨感,还是略有把握。我对这座城市的感情,全都集中在我的作品里了。"

(二)以戏剧为圆心

戏剧和舞台,几乎是作为小说家的陈彦独有的题材资源,也是他进入文坛独特的姿态。

陈彦的文学创作包括小说和剧本两大块，这使他从创作类型上区别于一般作家。这么强调和界定，是因为很长一段时间以来，戏剧和影视剧本创作似乎已经与文学"分家"了。我曾试图从文体意识和文化意识角度，探讨陈彦的创作。从剧本到小说这样一个创作路径，对于推动陈彦作为一个小说家的成长和成熟具有特殊的作用。比如对塑造人物的用力，对情节结构的设计，特别是对故事和事件本身节奏的控制、矛盾的把握，都是戏剧创作对陈彦产生的影响。

从剧作到小说的"文体皆备"，对"戏剧艺术"的格外用力，突出的戏剧意识和相关生活经验积累，是陈彦创作《装台》和《主角》的前提。特别是《主角》，以改革开放四十年秦腔、剧团和演员为对象，书写经济转型时期和文化转折时期的传统戏曲演员的生活和经验，借此深入探讨戏曲文化的魅力和命运。《主角》获得广泛关注，有两个重要原因。

一方面是题材独特。以戏剧为观察对象和创作动机，打开新鲜神奇的生活空间。能够写好戏剧题材，必须具有深厚的剧院生活基础，在当下作家中，长期工作在戏剧界并曾长期生活在剧院的陈彦，具有得天独厚的条件。与从戏剧门外掀开帘子探访的作家不同,陈彦为笔下的戏剧和戏剧界人物祛魅,是普通人,既有台前光彩,更多还原成台下和幕后。古老戏剧进入当代生活,孕育了丰富、复杂、悲伤的人事变化,成为陈彦笔下的故事。

另一方面是价值观雅正。自古以来,戏曲艺术都是古典社会高台教化的重要媒介,其中蕴含着当时当代的主流价值表达,比如儒家文化。陈彦对儒家文化情有独钟,与长期从事戏剧工作不无关联。

此外,戏剧是有节奏的艺术,讲究故事结构和人物形象塑造。故事讲述饱满,人物形象典型化,这两点特色也形成了《主角》和《装台》的技巧优势。一个优秀的作家,必然是文体家。在文学写作类型日益细化的今天,陈彦的跨文体写作优势反倒显现出来。从戏剧到小说,文辞的古雅和动作性都得益于戏曲唱词的影响,人物语言和人物身份的密接感也是得益于舞台塑造人物的经验。

一点启示

恩格斯说地球上最美的花朵是思维着的精神。一个优秀的作家必然是思想家。作为思想家的作家,才有可能借局部写出整体,由当下溯及历史,从现象钩沉本质。但小说毕竟是小说,小说最终要能引人入胜、动人心魄。鲁迅作为一个具有强大思想力的文学家,文学实践力也强大。今天尊鲁迅为"白话小说中短篇之父",不是因为理论主张,而是因为鲁迅卓越的创作表现,如《孔乙己》《祝福》《伤逝》《闰土》。鲁迅在中短篇小说创作方面,留下了富有先锋性和建设性的创作成果。以《狂人日记》为例,思想领域的研究不说了,从现代小说的角度,《狂人日记》的心理描写和精神分析、意识流手法、第一人称受限视角等,都令后世学习者"望尘莫及"。特别是语言,虽是"白话初期",但指陈有力、含义丰富,是思想性、艺术性和可读性结合的典范。鲁迅的短篇小说为中国现代文学人物画廊贡献了孔乙己、祥林嫂、闰土等形象。从这些人物普通且普遍的遭际,我们读到了20世纪初中国社会发生翻天覆地变化前夕的现实面貌。这个面貌,既是地方风俗的白描,又是广义社会学的精研探索;既具体可感,细致到方言、土地、食物和人的命运,帮我们触摸到一个时代的血肉肌理,产生深切的共情,又留下思考和想象的巨大空间。借由这些形象和文字,我们读到汹涌澎湃的历史潮流,读到辛亥革命在江南等地率先爆发的青之末。在此,文学发挥了介入社会的功用,留在了历史书写的丰碑里,影响和改变了一个甚至几个时代的精神文化。这也是鲁迅后来被称为"革命家"的由来之一。鲁迅作为作家的路径无疑对陈彦有很大的影响。

一方面,作为小说家的陈彦,懂得掌控小说的叙事节奏,起承转合,水泼不进,比如《装台》。另一方面,发挥小说"思""想"自由,把丰富的思想文化研究成果"形象化"后,写成小说,通过文字用力探索世俗精神和伦理力量的来源、锻造、坚持。以《西京故事》为例。在舞台上和文字里揭示中国农民和他们的子弟进城后的命运,既是政治学和经济学层面的观察,也是哲学和人类学层面的记录。在文字里,陈彦将自己对儒家文化的"信"灌注其中。城与乡、穷与富、正与邪、男与女……各种矛盾和压力,构建了当代生活的多面性,在此客观背景下,现代性不是形式上的戴上墨镜穿上超短裙,而是认知上的超前和实事求是。对于文明转型时期的人的处境和人性的艺术呈现,是哲学意义上的写作,也是人类学意义上的写作。

有思想力的作家会站在生活的高处,视野具有总体性和整体性。有这样追求的作家,其作品的生命力才会长久。

试论陈彦长篇小说的文体意识和文化意识
——以《主角》《装台》为例

一、文体意识和两个问题

《主角》是不是《装台》的延续?《主角》的主角是谁?至少是带着两个疑问,我开始阅读作家陈彦新近出版的这部七十八万四千字的长篇小说。

为什么会有这些疑问? 两年前,陈彦凭借长篇小说《装台》在当代文坛开嗓、亮相。2016 年初,《装台》领跑"中国好书"和中国小说学会年度排行榜。《装台》这出戏唱火了,陈彦"一书成名"。一年后,《主角》问世,同样写舞台,从传播学的角度,人们有理由认为,《主角》将借助《装台》的火势,写成《装台》后史,让刁顺子这个引人注目的新型人物继续活下去,并活出名堂来。

结果是,陈彦完全重起炉灶另开张。

(一) 个性化叙事腔调

"陈彦就是在这样一个基本语境下写作的,他要打开不可能性,他必须说服我们,让我们相信刁顺子原来是可能的。陈彦似乎从来不担心不焦虑的一件事,就是他作为小说家的说服力。是的,取信于人的说服力首先取决于语调。好的小说家必有他自己的语调。《装台》的语调完全是讲述的,引号里边是活生生带着气息带着唾沫星子带着九曲回肠和刀光剑影的'这一个'的声音。而叙述者很少越出人物自身的边界,他设身处地、体贴入微,他随时放下自己,让每个人宣叙自己的真理或歪理。"

无疑,陈彦是一个胸有成竹的讲述者。从结构上看,《装台》是典型的梦境写作。作为小说家的陈彦,一亮嗓,我们就听出了他那与众不同的腔调。因为这种独特的腔调,他的小说叙事具有了很强的识别性,并从同类作品中脱颖而出。这是什么样的叙事腔调?语气欢畅、幽默、生气勃勃,从中可以看到古典和民间的情趣。所指和表达细致、精准、一丝不苟,由此可以分享一种新鲜的生活经验和生命体验,也可以看到作家自身生活经历和体验的宽度和厚度。

陈彦的小说叙事语言,表层是一种少量夹杂着陕西方言的陕西普通话,内里混合了两种语言痕迹:一种是由传统文化化来并保留古典痕迹的大西安地区文人化语言,这来自作家目前自有日常语言;一种是陕西中部和南部地区城乡平民语言,这是作家对人物语言的刻意贴合和模仿。这两种语言在作家的笔下被熔冶,形成一种丰富、从容、活泛的表达。语言是小说家的门脸,从陈彦目前使用的语言看,至少有四个特点比较明显,这些特点也是许多同时代作家所欠缺的。这四个特点分别是:1. 细致准确。这一点在描写人物的个性、动作和心理状态时尤占优势,可以说体贴入微。缺乏白描能力,更不用说细致准确,是目前许多中青年作家被诟病的一个方面。许多人读经典作品,往往被作品表现出的思想力所激发,而忘记了形成这些思想力的卓越的描摹。描摹能力不足制约了文学创作的现场感。2. 生动形象。作家善用各种引类譬喻,把不熟悉的东西日常化、抽象的事物形象化,整个句式生气勃勃,跳脱、灵动、好看。而大量自带喜感的生动的比喻,让整个文本充满了浓郁的生活气息和令人会心一笑的民间智慧。因此,即便写苦难(如《装台》),写沧桑(如《主角》),小说也不显很沉重,也是这个原因。3. 方言俚语。对西北方言口语的熟稔和灵活运用,是西北作家的普遍优势。比较起来,陈彦对方言俚语的灵活运用,表现为注重语言与文本的整体性关系,让方言俚语的生动性和传神性成为整个叙事的有机部分,而不是让方言跳独舞,贻害小说文气的整体和谐——在这一点上他更像前一辈作家路遥和陈忠实。所以,陈彦的小说,总体上还是使用普通话,方言俚语只在必要时出现,比如塑造人物,作为有效信息出场,彰明来历,调节节奏。4. 文雅畅达。陈彦在比较圆熟地化用典章文献和传统戏曲文本信息的基础上,已经形成了风格化的书面表达。

从便于理解的角度,我把陈彦小说语言归纳出上述四个特点,其实这四个特点在具体的文本中不分家。高度杂糅,是陈彦小说的语言特点。

混合的风格最难指认,不得不说,这种语言风格读起来既让我们感到熟悉,又让我们体会到复杂。有时候,听到有评论家说陈彦的小说有古典白话小说比如《红楼梦》的基因,但有时候又觉得该作家深受西方现代派写作影响,比如心理叙事、意识流之类手法的运用炉火纯青。总而言之,它是杂糅的。这种杂糅的功夫,显然来自陈彦的长期文化积累。杂学种种,杂取种种,学养到位,才可能通过消化,吐出自己的结晶体。陈彦是艺高胆大。其实,杂糅最难,杂糅得不到位,往往四不像,所以从写作训练的角度并不建议初学者学习这种语言。

《装台》《主角》都使用第三人称叙事法。第三人称叙事,成败案例都很多。这种叙事法,作家可以随心所欲,但也很容易因为创作主体标签贴得太多,让描写对象失去自己的独立性,人物塑造也因此失去可信度、层次感。小说创作大多从第一人称叙述起步,然后转到第三人称,从第一人称到第三人称是从"我"的经验转换到他者经验,不仅经验的格局扩大,小说创作技术也跨越了一个门槛。作为"新司机上路"的陈彦,在《主角》和《装台》这两部长篇小说里,一上来就老练地使用第三人称全知视角,并利用第三人称叙事的自由,将作家自己的观念和情感贯穿到对象的生命体验中。这种放下身段,将创作主体完全附体于描写对象的写法,既有利于表现描写对象的处境和情感,又便于借描写对象之口耳心悄然表达作家自己的立场。被创作主体附体后的叙述对象,情感、能力、习惯等等,所有的信息被"全知全觉",也被文字全息表达。这个时候,作家就是调度和导演,特别要注意每个角色都要被设计贴合身份的表达,设计出音调以及配合音调的动作,轮到角色上场时才上场,追光灯打到的时候才可以独白、聚焦。能做到这样,我们才会认为小说语言具有层次感。

陈彦的小说语言在层次感上有自己的设计。

首先,人物各有贴合自个儿身份的语言。这是作家对小说人物的体贴和用心。比如,在《主角》里,忆秦娥的舅舅胡三元的语言就具有"村""干""硬""瘦"几个特点。"村"表明胡三元的出身,没有受过什么教育,性格又比较倔强直率,故而用词比较直接,不善于表达感情,语言里经常夹杂村语粗话,即便对与他相好的胡彩香说话,也是用骂骂咧咧代替柔情蜜意。这种处理符合胡三元的出身。胡三元作为一个从农村走出来的民间艺人,在城市没有根基,但又有点恃才傲物,脾气很坏。他与胡彩香的地下情,既源于男女最表层的荷尔蒙吸引,也有患难知己的味道,即有"阶层基础"。受教育少、脾气臭,决定了他的语言粗鲁不逊,甚至以骂代爱。胡彩香受教育也不多,也能接受和回应他的这种表达方式。而忆秦娥的追求者、行署副专员儿子刘红兵是干部子弟,语言完全是另一种风格。比如:"只听刘红兵在门外嘟哝说:'老婆,真的想烫死我呀!我是死猪不怕开水烫哟,就怕烫成一身疤子,更不配你了,懂不懂?'"这段话虽然也充满民间气息,甚至有一股死缠烂打的痞气,但总体语言还是干净的,畅白中透着活泼、俏皮。境遇决定性格,并决定语言。刘红兵家庭环境优越,养成其游手好闲、大方、富有活力的公子哥性格,这种性格在忆秦娥的朋友圈相对罕见,最终他能把忆秦娥追求到手并结婚,也与这种相对新鲜的来历有关。

小说在叙述和交代情况时使用的语言相对简单,基本分为两类:作家本人的语言和契合人物生活环境的语言。《装台》的叙述语言主要是后一种,在《装台》里,作家为了贴合人物生活语境,主动降格,大量使用俚语俗语和口头禅就是一例。而《主角》的叙述语言则要复杂一些,有遵从人物特殊语境的叙述语言——这部分比例较少,大多是遵从作家自己的日常语言习惯。《主角》叙述语言的这种定位,我想大概是因为忆秦娥的生活语境特别是进入剧团后的环境,与陈彦自己的日常语境高度重合,作家完全可以回到自己熟悉的语言体系。事实上,小说也确实借朱团长、古孝礼、忆秦娥以及其他戏曲演职员之口,说出来一些专业化程度很高、分量很重的话,比如院团管理、传统戏传承等等。这些话,对于当过多年院团长、长期从事戏剧创作的陈彦,肯定都是真金白银的经验和体悟。通过小说,他说出来,是表达,也是分享。我甚至认为这是陈彦创作《主角》的一个重要诉求。可见,写作对于陈彦这样的作家,是言志抒怀,并非无聊或单纯竞技之举。

陈彦小说的美学吸引力,从根本上说来自叙事魅力。从阅读的角度我们看到,刁顺子的眼、嘴、心都活动起来,而不是被静物式地速写;我们看到忆秦娥的成长、观察、思考、表达、宣泄,自主地往下游走,成为小说的有机成分,而不是被第三方旁白或交代。这说明从传统戏曲中获取营养的陈彦,在小说写作时却试图打破传统小说和戏曲惯用的第四堵墙,进入无隔叙事,借此建立一种自由把控的叙事节奏,这是他对小说现代性的追求。依靠强大的叙事动力,将整个故事特别是人物命运有头有尾、有板有眼地往前推演,这又迎合了传统小说和传统审美对故事讲述有头有尾的追求。有意思的是,虽然《主角》重起炉灶另开张,但《装台》的主角刁顺子在《主角》里还是作为护院甲乙丙丁之类闲角,若有似无地露了下面。虽然不过一页纸的篇幅,不到半场戏,足见作家的调皮,当然也是一种技巧:通过同一人物的"互文",完成人物存在的延续性,以佐证虚构空间的真实性,类似于传统白话小说里的章节起缝"各位看官,这位王小二就住在我家隔壁,前两天我亲耳听他说……"之类写法。在陈彦的小说里,我们看到新旧营养杂存。

(二)有效塑造典型人物

许多优秀作家都热衷于写小人物。在我们的日常生活中,小人物举目皆是,可能是我们自己,也可能是我们的邻居,对小人物的熟知程度决定了对小人物书写的衡量尺度相对严苛。书写小人物似乎容易出彩,容易产生共鸣和同理心,但因此也更难写,它考验观察能力和描摹能力,考验写作的基本功。比如,忆秦娥像不像戏曲界的人物,刁顺子是不是进城务工的农民,这些看起来最基本的衡量标准,对于当下许多作家来说,反而成了难题。就好比画画,实地写生应该是常态,如果平常忙于画各种行画,临到画大作品时,就只能用所谓大写意其实是类型化写意来对付了。写作同样如此。小说人物不是从日常观察中获得,而是凭空虚构,人物必然是类型化、概念化。类型化是文学写作的最大敌人,没有远大前途。文学与戏曲、影视都属于线性叙事。讲故事，写人物，是线性叙事艺术的基本路径。故事和人物能否成立，能否写出真实感和合理性，最终决定这部作品流传的命运。同理，一个作家最终是否成为优秀作家，也要看他能否写出流传后世的人物。

从对典型人物的刻画和塑造角度，尤其是对小人物和人性书写的深度，《装台》贡献出刁顺子这个形象，一招制胜。

"这几天给话剧团装台，忙得两头儿不见天，但顺子还是叨空，把第三个老婆娶回来了。顺子也实在不想娶这个老婆，可鬼使神差的，好像不娶都不行了，他也就自己从风水书上，翻看了日子，没带一个人，打辆出租车，就去把人接回来了。"这是《装台》的开头，小说对刁顺子的描写简练生动，像速写，寥寥几笔，有动作，有心理活动，有叙述，线条清晰，通过勾勒刁顺子的状态、情感、特征，交代了装台工刁顺子正在做娶第三个老婆过好日子的美梦。梦，到头来都会醒。刁顺子的美梦，以女儿的强烈干扰、徒弟的引诱、自己身体不适等现实诸多不配合而告终：第三个老婆蔡素芬留下一封信，离开了他。小说刻意采用章回小说体例，写到第八十，也是最后一节，第四个老婆周桂荣进了门，女儿菊花在外面游荡一圈又回来了,刁顺子"突然想起了《人面桃花》里的几句戏,虽然意思他也没全搞明白,但那个'无常''有常'啥的,还是让他此时特别想哼哼几句:花树枯荣鬼难挡,命运好赖天裁量。只道人世太吊诡,说无常时偏有常"。刁顺子每天跟戏曲演出打交道,不会唱来也会哼,用哼唱表达情感再自然不过了。哼唱只是一个动作,中国传统戏曲故事包含的人生道理,其实已经渗透他的情感。人生无常,心安即归处,佛教对于生活和生命的得失有无之解释,让刁顺子获得了平衡,成为打不倒、苦不死、总努力的刁顺子。人生无常,美梦醒后,刁顺子妻离子散伙伴死,无力感让他想痛哭,但刁顺子最终还是面对各种不适,平静地认真地继续生活。很快,他又开始了下一个美梦。有性格自身坚韧的原因,也有传统戏曲长期高台教化的作用。不自暴自弃,对他人也宽谅仁义,这样一个性格特点或者说生活态度支持了刁顺子,戏曲的长期高台教化也是形成这种性格或生活态度的一个原因。刁顺子这样一种人物的发现和写作,刷新了我们对于一种人性的认知理解。

总体而言,《主角》和《装台》都承续了陕西作家由柳青、路遥、陈忠实而来的现实主义写作传统,但同样站在现实主义大旗下,《装台》和《主角》的写法又几乎是两码事。

《装台》大致可以归类为写实现实主义。什么是写实现实主义？我的理解是,既要写出本真的实,也要写出本质的实。这个本质的实更有意义,可以考量作家发现的深度。也就是作家用笔削出一个尖头,当作钢锥,扎破表皮,狠狠地扎进生活的血肉,以致扎出晶莹的血珠,这些血珠最终深深地扎痛了阅读者的眼睛,留下划痕。《装台》留下的这一道划痕,就是"刁顺子以及他的命运"。《装台》对于小人物的思想情感和生活现状的再现和还原能力,令人刮目相看。作家的人物写实功力以及对世俗人生的体察,让我想起了巴尔扎克的那柄显微镜。显微镜下面,是"人间喜剧"四个大字。马克思曾高度赞赏巴尔扎克的《人间喜剧》对于资本和社会关系的再现价值。随着演出市场社会化,装台这个技术含量不高的工种也已经社会化,成为一群半工半农半城半乡的男性劳力的职业。这么一群社会地位和经济地位都不起眼的人,他们的苦乐爱痛、生活进展、生命感受,具有身份转型时期的典型性、具体性。书写近在咫尺的社会现实,作家除了有自觉和热力,还要有冷静的观察和准确的表达。《装台》通过文字描写,把一个陌生的行当和一群特殊而又实实在在存在的装台人的状态和人性,准确、生动地复活了。小说引起那么多反响,客观地说,也是一种久违的文字力量的刺激和苏醒。

作品是最后的完成时态,之前,大量的是对生活本身细致深刻的观察,这个观察甚至也包括对堆积在眼前的丰富的生活素材的提炼和抓握。有什么样的心灵,就有什么样的眼睛。有什么样的眼睛,有什么样的取景框,就有什么样的作品。许多人认为现实主义是客观写作,事实上,文学写作作为一种精神行为,不可能是绝对客观的等比照录。《装台》和《主角》的描写之所以令阅读者动容,恰恰是因为描写有"温度"。作家主体情感的附体和渗透,在《装台》和《主角》里表现得很突出,作家既满腔同情地写出了这些人物的苦和难,也满怀敬意地写出了这些人物身上的不屈不挠。礼失求诸野,写出了这些小人物的底线坚持、伦理担当,写出了支撑这个社会的平民的脊梁。认真读完《装台》,我们无法忘记那个已经低到尘埃里却仍然乐观向善地生活着的刁顺子。说实话,刁顺子打动我的,甚至不是他的苦难,而是他的旷达、善良和不自暴自弃。有人把《装台》归类为"底层书写",我更愿意称其为小人物书写。"底层"是政治学术语,"小人物"是社会学角度。职业差别,政治和经济地位高低,是人类社会绝大多数时期的客观存在。文学是社会科学,记录、再现和表现不同行业不同人物,是由起和天职。小人物和大人物有本质区别,大人物往往决定历史走向,小人物甚至不能掌控自己的命运。但是,小人物终归是社会的大多数,是历史实践的主体,他们的故事构成了历史的存在。从文学书写的角度,小人物也很容易成为主角。小人物的生活相对艰难,他们的愿望与他们的实际人生落差大,矛盾的戏剧张力也大,容易照见丰富、复杂、微妙的人性。就人性而言,小人物的处境相较大人物来说,更加不自由、不轻松、不容易,对于人性的磨炼和拷打就会更加日常化。从写作的角度,磨炼和拷打容易出戏剧性,推己及人,小人物的命运也更容易引起共鸣。写小人物也是近现代以来中外文学家们所提倡的。大人物的成长和生活基本被各种模式写完了,而千姿百态、质感丰富的小人物的生活才是生活的本义,也是文学的本义——以人和人民为中心。中外文学史里,特别是近现代以来,写小人物并能写好小人物的作家,一定是大作家,比如18、19世纪以来欧洲文学里的巴尔扎克、狄更斯、卡夫卡等等,不胜枚举,这也是现代小说与古典文学差别最大的地方：创作目光下沉，对平凡的人性格外关注。小说创作的这一特征符合小说的"本来面目"。从中国传统文论的角度，小说者，"稗官野史之流也"，市井杂说之录也；从西方小说起源论，小说最初不过是中产阶级妇女客厅的消遣品，简·奥斯汀的《傲慢与偏见》之所以风行一时，在于她写出了资产阶级和中产阶级兴起后，开始打破现行体制，政治结构调整，社会阶层重组，小说从文学的角度写出了平民阶层的强势崛起，对历史进行了如实的生动的记录，这是不经意间的巨大贡献。

近来大家都在讨论典型人物写作问题，有评论家撰文认为当下文学对典型人物的书写需要加强。我理解，造成典型人物创作不理想局面的原因，不仅仅是作家的文学观有偏差，主要还是今天我们的许多作家丧失了书写可信人物的能力。所谓可信人物，是有性格逻辑和生活基础，不是坐在书桌前空泛的想象和虚构。对于书法美术，可能草书和大写意要比楷书和工笔画更受待见。但对于文学书写，草书和大写意不如工笔和精雕细刻。特别是塑造人物时，准确客观的描摹能力非常重要，在写出人物特征的基础上写出社会环境的典型性，非常考验创作主体的书写能力。

作家在《主角》的扉页上打上一句"小说纯属虚构,请勿对号入座",我理解,这句话之所以打在这里,不是一般性的循例,而是为了避嫌和杜绝不必要的麻烦。作为在剧团生活了二十多年的前剧作家,陈彦的这句声明分明有瓜田李下之虞。当然,他不知道,文本一旦完成,付诸出版,进入公共传播领域,作家对于小说的命运已经没有掌控权了,甚至连解释都是多余。譬如《主角》,虽然作家强调小说文本与真实生活无关,但小说文本自身强大的合理性逻辑和真实性环境,让我们忍不住对这部长篇小说塑造的人物和书写的历史抱有莫名的信任,也因此会浮想联翩,会进入作家虚构的梦境,会试图破译小说与作家自身生活经历的关系。塑造典型人物这一艺术追求,是陈彦作为小说家的引人注目之处,在人物写作普遍钝化和扁化之际,他似乎有点逆流而上。单从这一点看,作为小说家的陈彦也是有前途的。

(三)追求多样化写作

一个优秀的小说家,对自己的小说风格,一定有特别的执念。但是,许多作家或者说更多的作家,不会满足于只写一种形式,一定会尝试各种实践,去探究自己写作的底有多深。至于效果如何,另当别论。

追求多样化写作,从《主角》的变化已经可以看出陈彦有较强的文体意识。如果把《装台》比作人物工笔画,《主角》就是一幅工笔加大写意的人物风俗文化全景图。比较起《装台》的写实性,《主角》的写作呈现出较多的主观现实主义特点。这也是很多看过《装台》的读者再看《主角》,觉得不习惯的原因。视觉暂留效果还没有完全消失。但也有不少评论家更喜欢《主角》。《人民文学》杂志主编施战军在《人民文学》杂志 2017 年第 11 期卷首语中按捺不住激动,写道:"这是一部富含营养的长篇小说……从每个角度切入,都可以获得有滋有味的营养。有营养,对文学创作来说,我认为是基本的又是严苛的要求,《主角》做到了,而且在用高妙的艺术完成度来给我们以文化和精神的营养方面,注定会给中国故事的长篇讲法留下属于它的诚恳的样式。"我用省略号代替了文章中列出的一系列创新角度。我也赞成施战军的这个判断。从艺术完成难度来说,《主角》更难,不仅仅是主角、次主角,几乎连每个侧写的人物,都有自己的一副腔调和一个有头有尾的命运,这种挂而不漏,就像一个大指挥家在指挥命运交响曲,所有的乐章都有饱满的情绪,都在努力地堆积,都在不断地往一起簇拥,最终合奏出整个人物群体命运的历史和现实的宏大乐章。这是这部小说的"宏大气质"。但从讲述技巧上,它又很聪明,选取一个极有代表性的人物,以点连面,通过一个秦腔女演员的半个多世纪的命运流转,讲述人和舞台的关系,诠释传统戏曲时代变化转型中的特殊性和普遍性。小说中,忆秦娥的命运主调清晰分明,其他复调、辅调、和声、伴唱各司其职,只有在追光或聚光打到时,其他角色才在自己生活和命运的小舞台上独白和独奏。小说尽管跨越半个世纪,线索复杂,有名有姓的出场人物众多,但一点也不觉混乱,足见作家具有强大的结构能力和逻辑能力。

　　整部小说的叙事结构具有明显的起承转合、抑扬顿挫。这是戏剧写作的"后遗症"。在《主角》里,陈彦把小说的结构处理成戏曲的矛盾冲突结构,牢牢把控主次人物关系,不断调整矛盾的演变节奏,锣鼓点敲得恰到好处,不抢戏、不拖戏,最后把主角的性格和命运走向和盘托出。比如说,在处理主次角戏份时,同样是写女性,写旦角,小说突出写了两代四个主演。忆秦娥被招进县剧团,就与长一辈的旦角胡彩香、米兰结识。这两人对其演艺生涯都产生了至关重要的影响,胡彩香是领她入门的师父,米兰是她进剧团的主考官。在忆秦娥往后的生活里,长辈旦角之间的恩恩怨怨以及命运差异化变迁,既是对忆秦娥生活的一种补充、衬托和影射,也是一种历史感和时代感的写作。小说里代际这条线始终在蔓延、发展,临到结尾,还不忘写到胡彩香和米兰的聚会,通过这种沧桑巨变写出一种人生感喟。从代际写,既打通了历史和文化相传的脉络,又展现了人性的对比性和丰富性。对同时进剧团的一批旦角的描写,则构成忆秦娥成长的直接和重要生态——主要是压力、矛盾和动力来源,其中重点写个人条件不错、生长环境相对顺利的楚嘉禾。忆秦娥从一个烧火丫头长成一个光彩照人的大青衣,势必要拿走原本是中心和主角的楚嘉禾的戏。不仅如此,小说还写了一个具有女性特征的矛盾:楚嘉禾喜欢的男孩最后爱上忆秦娥,情感矛盾加上职业前途矛盾、性格差异,形成几乎无法解开的仇怨。在近八十万字的描写中,忆秦娥和楚嘉禾的矛盾也相伴始终,几乎成了忆秦娥的命运的辅线。从衬托主角、构建戏剧矛盾的角度,楚嘉禾在小说里基本担负着挑起矛盾、引发事件、推动事态恶化的责任。楚嘉禾是一个基本招人恨的反面角色,这一点让我不满足,作家对人性的处理在这里有点简单粗暴。虽然如此,这个角色也没有类型化。在楚嘉禾的身上,集中了以自我为中心的年轻漂亮女性、一心想唱主角的女演员这两种极致化女性的特点,她的表现偶尔也能让人同情,更多是让人厌恶。作为演员,争戏抢戏恐怕是常态,只是从作家的价值尺度出发,长幼有序之外,还要有真才实学,有唱主角的能力。怎么呈现矛盾,怎么处理关系,可以看出作家用了很多心思。第一,写出矛盾存在的客观环境——剧团生态,但注意不把演员之间的矛盾铆着劲写成打打闹闹尔虞我诈的职场戏,否则这篇小说就在题材上庸俗化、雷同化了。第二,着力通过两个人的环境差异写出禀赋和性格差异,由此对比突出忆秦娥能够成大材的秉性和特异性:大智若愚。这才是重点。从而写出压力下的成长,靠的是唱念做打真功夫,而不是阴功夫或其他功夫。这么处理,表达了作家本人的人生观和价值态度。当然,要这么设计,作家必须写出逻辑合理性,否则就会成为道理或道德的说教。陈彦的聪明,在于写出了忆秦娥的本真性格和艺术前途的关系:一个放羊娃偶然闯入秦腔界,单纯、坚韧甚至是笨拙,挽救了忆秦娥,给她打开了一扇艺术精进的窗户。第三,更多地写出了人物命运的传奇性和成长性,一个大青衣或一个大主角的与众不同,在于历经各种磨砺,又吉人天相,所谓"老天爷赏饭"。这句老话也是对命运的必然性和偶然性的一种认识,忆秦娥的一生也是对这句话的形象诠释。看完《主角》,难免会想,一个角儿的出现,往往是天时、地利、人和各种条件聚合而成,是"时势造人""命运使然"。

这么看来,《装台》通过写日常性写出平凡人物的不平凡性,并写出普遍环境;《主角》则通过写惊涛骇浪般的传奇人生写出平凡人的向前和向上伸展的潜力,写出特殊环境。总而言之,通过《装台》,陈彦贡献出刁顺子这个人物,通过《主角》,陈彦贡献出忆秦娥、朱团长等新型人物。不过可惜的是,胡三元和胡彩香这两个人物上半部戏份很足时特别出彩,简直栩栩如生,到了下半部,随着忆秦娥从县城到省城的生活环境的变化,大量新的人物出现,胡三元和胡彩香被甩出了主要视野,他俩的戏份明显减少,人物命运的交代有点匆忙。

在长篇小说写作既被关注又被怀疑的当下,长篇小说应该怎么写才能打动读者?从创作角度,半个多世纪以来,文艺的分类、分家、分工越来越精细,从组织管理角度是便捷了,但是从创作本义,特别是文学创作,我认为知识越丰富,逻辑性越强,美感度才会更突出,也即提供给读者的审美经验才更开阔。由此想到文学写作的跨界问题。这些年来,文学创作特别是小说创作,在技巧方面有很多研磨,但在知识力方面长进不大,知识力包括生活知识和专业知识。博物馆式的写作有持久魅力,在时间为轴的流传中才不会被嫌弃,比如《红楼梦》。《金瓶梅》更是典型案例。对《金瓶梅》的研究超越简单的性与情,进入知识层面的研究之后,文本才有大价值。小说创作犹如武学,即便有独门秘籍,也要研习内功,支撑独门秘籍的是雄厚的综合实力。这也是许多跨界写作看起来比较容易成功的原因。我与陈彦同时担任文化部国家舞台艺术精品工程评委时,对其戏剧创作实力就有领教,陈彦的《迟开的玫瑰》《大树西迁》《西京故事》三部曲被称为近年来现代戏创作重大成就。可见,被文学界视为黑马的陈彦,第一,并非年少英俊婉转试啼,而是行走江湖多年,"建功立业既早";第二,具有打通戏曲和文学的独特优势,从宽泛的角度看,戏曲、影视与文学原本就是一家,在一个文学不发达的国家,也很难看到戏曲或影视的独自发达,本质上,它们是一荣俱荣、一损俱损。

这方面郭沫若、老舍等前辈的写作早有示范,只是这种打通式写作近年来稀罕了。在年产4000多部的长篇小说"生产车间",陈彦作品具有鲜明的异质性,让人欲罢不能、欲说还休,却又必须认真地对待。院团长和戏曲编剧的经历为陈彦的小说创作"增殖"。跨界写作虽然不是本文的话题,但陈彦的这种跨界写作对作家们可能会有启发。

二、文化意识和两个戏码

(一)平民情怀

这一点其实来自前面所说的小人物的书写。

像刁顺子这样的小人物,占中国今天人口的大多数。提倡文学创作看到他们、发现他们并书写他们,提倡写作要忠实于历史和现实。但笔握在作家的手里,写什么,怎么写,是他们的自由。对小人物的关注和书写充分展现了作家陈彦的精神情趣,他除了书写他们的苦难,更不惮于通过书写,传播他们的尊严和尊贵。陈彦的写作是有大情怀的写作,平民意识一望而知。这一点特别令人尊敬。

作家通过《装台》的书写,打通了与民间社会对话的空间。通过《主角》的写作,打通了与传统艺术对话的空间。

装台工的报酬和社会地位,决定了装台工的佣工来源是农民、贫民和平民,而三教九流中的传统戏曲界演职人员的基本来源也大多是平民乃至贫民。比如忆秦娥,是黄土高原上的一个放羊娃,被在县剧团打鼓的舅舅胡三元带进剧团找口饭吃。小说在一开头就交代了人物从易招弟、易青娥到忆秦娥的人生三个阶段:"她叫忆秦娥。开始叫易招弟。是出名后,才被剧作家秦八娃改成忆秦娥的。易招弟为了进县剧团,她舅给改了第一次名字,叫易青娥。"三下五除二,把忆秦娥这个神秘的主角的身世交代得清清爽爽:这个角儿不是天生的,而是从最不可能的角落里升起来的,整个小说的调性很明确。这个开头甚至比《装台》的开头更有独创性——《装台》的开头与《白鹿原》有相似的成分。忆秦娥由低处向高处升起的过程,也就是这个女孩传奇命运的讲述,是小说的重点。小说通过写时代和社会转型中的偶然性和必然性,写出了我们很不熟悉却又特别好奇的戏曲演员的不容易的生活,写出了一个女人的独特性格和她的盛大命运。小说为我们"去"了一个魅,却又加了一个魅。前一个魅是戏曲演员职业的魅,是神秘。后一个魅是人物自身的魅力,是光彩。

在丰富跌宕、真实比虚构更加戏剧化的现实历史条件下，人类一定遭遇了前所未有的精神考验。但遗憾的是，至少目前，文学创作并没有表现出与时代变化同步的力度，真正动人的作品难得一见。在此焦渴之际，《装台》脱颖而出，获得了一种解渴式认同。

先说文学层面。作为一个作家，应该有自己的一套理解和塑造人物的独特逻辑。比如陈彦写刁顺子的一生，"人生如梦太无常"是文眼。刁顺子认认真真娶了三个妻子，结果不是病死就是走了，到头来似乎还是孤孤单单；含辛茹苦抚养两个女儿，结果被继女遗弃，被亲闺女各种虐待；和伙伴们老老实实地干活，结果，不是被拖欠工钱，就是伙伴在工地上死去……这些从日常性到极致性的遭遇，都发生在刁顺子身上。勤劳、踏实、厚道、仁义，这些构成了刁顺子这个小说人物的日常德行，这个日常德行里面还包裹着一层坚韧和乐观，坚韧和乐观支撑刁顺子渡过生命的大小难关，使这个人物的表现超出了日常性，散发出特殊的精神光亮。《主角》亦然。从文学的角度，忆秦娥这个人物最大的魅力不在于她在舞台上担纲主角那一刻，而是她在从一个烧火丫头到秦腔演员各种艰难爬坡时的坚持，遭遇各种矛盾和低谷时各种发自天性的耐受力。我不支持把《装台》简单地归类为"底层写作"或"苦难写作"。《装台》包括《主角》都已经超过"发泄"和"宣泄"的范畴,它的更确切的名字应该叫"表现",是对现实生活中那些具有异质性的新鲜生命的写作,主要是写出了一种历百劫而不垂头丧气的人生。从哲学和宗教的角度,这样的写法,或者说这种对生命的认知,应该是抛弃了功利层面,回归到对生命本体和生活本质的热爱。说实话,具有这种生命观和宗教感的写作极为难得,它能给匍匐在暗黑人性中的众多写作一些有益的提醒。

《主角》的主角忆秦娥与《装台》的主角刁顺子是平行世界的人,如果一定要有一个政治学意义上的身份,他们都属于"芸芸众生"。从陈彦之前的戏曲也能看到这种相传一致的平民视角,比如被称为"现代戏三部曲"的《迟开的玫瑰》《大树西迁》《西京故事》。特别是《西京故事》,以进城务工的乡村民办教师及其儿女求学就业前途为线索,写逆境中的守正不移。从戏曲创作到小说创作,陈彦这种平民意识和平民美学一以贯之。我的感觉是,作为小说作家的陈彦,要比剧作家陈彦更加深沉、更加丰富、更加辩证,对矛盾的把握更加自然。这当然也可能是小说与戏剧的媒介区别带来的变化。他把受舞台限制不能尽兴的表达,转换为具有表现力的文字。

文学写作主张记录现实,记录的前提是发现。作家能够在芸芸众生中发现特殊的生命形态,首先要拥有犀利的眼光,其次要有情怀支持,要有善于感知的心灵。在《装台》和《主角》这两部小说中,我们能明显感受到"陈彦"的主体色彩。作为长期浸染在儒家文化传统里的剧作家,陈彦对于许多问题已经有了深思,因此提起笔时,取景框自然本能地对准了容易被忽视被误解的角落和人群。通过《装台》,我们能看到一个悲悯宽厚的陈彦。这个悲悯,既有对不幸事物的同情,也有对丑陋事物的宽恕,即能推己及人,对生命和人性有体谅。刁顺子身上的仁义平和,应该是寄托了作家自己的体验。通过《主角》,我们又能感受到陈彦身上那股刚健浩然、自强不息的文化气质。作为一个戏剧界业内人,如果从"好看""大卖"的角度,作家完全可以把《主角》写成花花世界,况且这也是一种人性的现实。但写这种花活肯定不是陈彦的志向。在陈彦的精神构成里,守正持中是主流。因此,明明有那么多花花故事可写并好写,但他不屑一顾。陈彦的写作态度是审慎和郑重的。剧作家出身的陈彦对戏剧和戏剧界感情深厚,有话要说。我理解,《主角》其实是陈彦的"以正视听"。他写一个命运坎坷传奇的秦腔女演员怎么通过自身努力和执着追求最终修成正果,当然,这不是简单的励志故事,作家这样安排人物的命运走向,本源在于他认为和相信被舞台光环环绕的主演,其真正和持久的魅力来自精湛的艺术,来自演员的表演和身上的真功夫,而不是表演艺术之外的各种花花肠子。写作要有格调,这个格调是什么?就是思想和情怀。思想短缺才是今天小说创作的要害问题。从这一点上,对哲学和文化素有钻研的陈彦,"思想境界"自然高出一筹。比如他也会看到和接触到文艺界的各种蝇营狗苟,《主角》恰恰要破的就是这些蝇营狗苟无往而不胜的"理"。他通过忆秦娥这个演员的经历告知世人,在艺术舞台上,不学无术,没有人能够长期占据主角的位置。相反,像忆秦娥这样既没有突出的天赋条件,也不会走"捷径"的乡下来的丫头,最终能成为大主角,靠的是用功、好学和众人拾柴。这样设计人物命运,自然就把投机取巧、华而不实等东西放在了真才实学、老老实实的对面。这是陈彦长期观察和思考的经验,也与他的儒家道统思想相承。"我十分景仰从逆境中成长起来的人,周遭给的破坏越多,用心越苦,挤压越强,甚至有恨其不亡者,才可能成长得更有生命密度与质量。"

为《装台》和《主角》撰写两大篇后记时,陈彦是热情洋溢、毫不隐瞒甚至积极主动地"代言"和"被代言"。"让笔下的人物借我的躯壳不住地抖动着。有人说,我总在小人物里转,我觉得,一切强势的东西,还需要你去锦上添花?……因此,我的写作,就尽量去为那些无助的人,舔一舔伤口,找一点温暖与亮色,尤其是寻找一点奢侈的爱。与其说为他人,不如说为自己,其实生命都需要诉说,都需要舔伤,都需要爱。"通过写作弥补人生的不足,介入式疗伤,甚至寻找支持,陈彦的这种"为人生"的文学观,把他与"技术派"写作划分开来。靡不有初,鲜克有终。希望陈彦能一直珍惜手中的笔,保持这种诚挚、诚恳、诚实的写作态度。

(二)戏剧精神

在小说《主角》里,作家不仅深化了与民间世界、世俗世界的对话,还打开了与传统艺术世界的对话空间。

传统戏曲是当下作家鲜有问津的领域。剧作家出身的陈彦,在县、市、省各级剧团浸泡了几十年,写剧本,管理剧团,担任过陕西省文化宣传主管领导,从宏观到微观,从政策到措施,从理论到实践,对包括戏曲在内的传统文化的历史沿革、发展现状方方面面几乎了如指掌,不仅是戏曲界的人,而且是戏曲界的"大腕"。用小说的形式,通过人物和事件的讲述,把艺人生活和秦腔艺术发展状况展示给世人看,是剧作家出身的陈彦的野心。他应该还有一个野心,就是把自己几十年来关于戏剧艺术创作的一些基本问题,比如老戏的传承、现代戏的程式、编剧的作用,特别是角儿与戏剧的关系,也即文化观和戏剧观,通过《主角》的写作表达出来。上海文艺出版社此前出版了陈彦的《说秦腔》一书,用非虚构的形式,对秦腔艺术理论、秦腔历史和秦腔发展史上的重要人物作了既理性又感性的阐述,可作为《主角》的兄弟书阅读。

从题材看,《主角》对传统戏曲领域的描写,既是博物馆式写作,又是考古式写作。说它是博物馆式写作,源于其对秦腔艺术门类以及秦腔艺人培养环节作了一次细致、丰富、准确的文学性展示和阐释,这是戏曲史上前所未有的一次写作。说考古式写作,源于其对于艺人生活形态的新的发现、发掘和新的表达。博物馆式写作追求展陈丰富,考古式写作重在发掘新鲜事物。《主角》能够做到这两点,占了题材和作家自身经验的优势。

《主角》写并写活了与舞台和剧团有关的各色人等,以及近半个世纪以来中国戏剧界内外环境和兴衰沉浮。从表现历史的纵深度和生活的广阔性、层次感,对于各色人物的本色表现,《主角》无疑比《装台》占优势。从结构和容量上,如果把《装台》比作一台生动活泛的净末当家折子戏,《主角》则是一台剧情跌宕起伏的全本戏。全本戏是全活,剧情完整,有历史延展,关键是生旦净末丑行当齐全,生有老生和小生,旦最丰富,分出了青衣、花旦、刀马旦和老旦,就连花脸甚至也分出铜锤花脸和架子花脸。小说围绕着舞台和剧团,写编戏、排戏和演戏,写招收、培养演员。在编排、演戏这一环节,写编剧、导演和演员的关系,写团长和其他行政环节的表现,写历史戏重排和现代戏创排的起由始末。在招收、培养演员这一环节,写大历史环境的变化对小环境的影响,写几代秦腔演员的际遇沉浮,由此,写出了况味丰富的命运感,包括戏的命运和人的命运。比如写老一辈生旦净末丑演员曾经因为时代和历史原因离开了舞台,沦为门房、烧火师傅等等。演员的光彩是在舞台上获得和展现的,一旦退回到现实生活,他们是虚弱的和卑微的,甚至是怪异的。这正是作家陈彦生活经验的优势。他曾常年生活和工作在剧团,深谙褪去了舞台光环之后的这些成了名的角儿和未成名的演职员的真实生活和工作状态。《主角》作为内行人的写作,生动并真实地还原了秦腔艺术的生存和发展面貌,为戏曲演员这一神秘的职业祛了魅,写出了新老艺人的桩桩不易和种种努力。

《主角》是关于戏曲艺人生活的内部的展现和记录。《主角》的主角原生姓名叫易招弟,进剧团后改为易青娥,最后成了角儿,才改名为忆秦娥。说来凑巧,唐朝诗人李白一生留下来了几千首诗,我背的第一首也是最熟的恰是这首《忆秦娥·箫声咽》。"箫声咽,秦娥梦断秦楼月。秦楼月,年年柳色,灞陵伤别。乐游原上清秋节,咸阳古道音尘绝。音尘绝,西风残照,汉家陵阙。"这首相传为李白所作的词被誉为"百代词曲之祖"之一。另一首是《菩萨蛮·平林漠漠烟如织》。诗词伤今怀古、清婉动人,用作主人公姓名,大概也有喻其一生坎坷跌宕之意。忆秦娥与《装台》的刁顺子是平行世界的人,都是陈彦目光下沉捕捉和发现的人物。小说中的旧式艺人,甚至包括忆秦娥,都具有典型的民间性,以及与民间性相称的传奇性。小说写了一系列的旧式艺人,比如编剧秦八娃,忆秦娥的舅舅胡三元,忆秦娥还是剧团烧火丫头时拜的四个师傅古存忠、苟存孝、周存仁、裘存义,等等。四个师傅的名字构成忠孝仁义,事实上,他们的确也是一生竭尽全力地传承秦腔艺术,最后甚至死在舞台上。忆秦娥这样一个似憨非憨、似痴非痴、偶然闯入秦腔舞台并成长起来的放羊娃,之所以有后来的大起大落、大开大合的传奇一生,与她的这些起点有直接关系。作家用深沉虔敬的情感、生动确切的细节,写出这些老艺人历经各种磨难挫折初心不改。衰年之时,四个各怀绝艺的存字辈艺人最后都将保留艺术毫无保留地口传心授给忆秦娥。忆秦娥也正是得这些前辈的推举、教诲,一步一步走到舞台中央。舞台代有新人出,新的艺术发展,必须建立在对传统的继承和光大的基础上。《主角》写出了一个女演员的艺术生命的密度和质感,也写出了一门传统艺术盛衰发展的内外环境。

小说《主角》用扎实的故事表达理论性很强的戏曲观念。这就是戏曲的守和变。比如写忆秦娥最初一鸣惊人,完全是因为基本功扎实,会唱老戏并有传承老戏的绝艺。

这是写"传"和"守"。到最后,忆秦娥也退出了主角的位置,这是写"变"和"新"。传统戏曲的守和变是个开放性的理论问题,也是一个实践问题,始终困扰着中国戏曲界,很难产生唯一答案。但是陈彦有自己的戏剧理念,他不仅有大量丰富的戏剧实践和理论表述,他甚至用文学创作来传播。

"功底是不错,但毛病也不少。都是老'戏把子'那一套,拼命拿技巧向观众讨好呢。这在旧舞台上是可以的,但现在不行了,演戏得塑造人物。一举一动,要符合人物性格逻辑呢。不能为要技巧而技巧,得与内心活动有关联。"这是忆秦娥晚上带着礼物去拜访封导,封导教育忆秦娥时说的关于技巧、表演和内心活动的关系的一段话。这一段话显然是作家在借题发挥,对于今天我们怎么处理传统技巧和具体表演的关系都有启发。戏改这一段也是,特别是关于现代戏创作,戏剧界一直在探索,有经验,也有教训,小说通过忆秦娥等人的几个尝试,其实给出了答案:要探索,但不能走偏,不能完全丢掉传统。陈彦是写老戏出身,但十多年前,他的现代戏《迟开的玫瑰》获得中国舞台艺术精品奖2007年度第一名。之后,《大树西迁》《西京故事》也先后获得各种荣誉。这三部戏被戏曲理论界总结为"陈彦现代戏三部曲"。特别是《西京故事》，成为中国当代现代戏创作典范之一。唱腔留下来，表演经得看，故事耐人寻味，能够干预现实人生，这大概是他的戏剧创作追求。

  舞台以及剧团这个舞台的延展空间，是《主角》的核心书写对象。这与《装台》显然不同。在《装台》里，舞台只是写作的背景需要，是虚晃一枪的"银样镴枪头"。对于刁顺子这些为谋生而来的装台工，舞台这个职业空间，与菜市场、铸造车间并无二致，所以《装台》不写舞台和戏，只写与刁顺子的生活发生致密关联的家庭和人，比如妻子、女儿和同人。而《主角》，以舞台为核心，舞台上演的秦腔以及围绕演戏出现的人都是《主角》的内容。舞台上的主角，也是小说的主要人物忆秦娥后来成为戏痴，一个重要的表现是，站在舞台上，她是掌控自如、光彩四射的角儿，而一旦回到世俗生活，她往往很低能。正是忆秦娥这种异于常人的秉性，使其能够忘乎所以地投入排戏和演戏之中并成为一代秦腔名角儿，也使其当断不断轻重缓急不能取舍，以致一生波澜起伏跌宕坎坷。小说的结尾，经历了各种起落喜悲遭际，忆秦娥最终还是回到舞台，实现其性格逻辑和命运逻辑的统一性。显而易见,在小说《主角》里,舞台,除了是实体的舞台之外,还有一层哲学意味:人生如戏,在人生舞台上,有起承转合,是起起落落,最终,"绚烂归于平静"。从结构上看,一部《主角》,就像一棵葱茏葳蕤的大树,人和戏的关系、人和人的关系构成树干,从树干上生发出若干枝条,这些枝条纠缠勾结,把许许多多大小人物包括大小事件关联在一起,牵扯推搡,互为因果,其中,重大事件是小说情节发展和人物命运转折的分水岭。

敏于观察,勤于思考,还要善于表达,这是成为一个好作家的重要条件。从丰富的生活体验、理论经验到形象的小说文本,要经历复杂的文学重构。转换和重构的好坏才是关键。陈彦的两部长篇小说,尤其是《主角》,通过驳杂、丰富、个性鲜明的人物形象,写出一段历史时期(改革开放前后至今),中国西部社会的生活经验和生命体验,写出人性的常道,写出丰富的人情,使文本具有了灿烂的人本意味。并通过曲折婉转的人物命运变化、波澜壮阔的社会生活,写出历史的人文坐标,主要是写出历史的本质,表现了历史的深度,获得历史的美感,又使文本具有了深刻的历史感。从这个意义上,我对陈彦的小说写作高看一眼。

从梁庄到吴镇的梁鸿

创作中的作家梁鸿正在变化。以新近出版的《神圣家族》(在《上海文学》以"云下吴镇"为名连载)为据,虽然署名"梁鸿",但与《中国在梁庄》和《梁庄在中国》的梁鸿相比,变化显而易见。变化的本质是什么?怎么评价这种变化?

两个"梁庄"的"冒犯"

首先说两个"梁庄"。

2009年,《中国在梁庄》出版,梁鸿和梁庄迅即被各种文学评论捕获。这不意外。对于文学来说,"2009年"是个什么状况?广大的"底层"(虽然我不倾向于用这个词)凭借坚韧的现实存在,由近十年的"被冷遇"再度成为文学写作的"热情对象"。早在 2004 年,《天涯》杂志发表一组文章开始讨论"底层"和"关于底层的表述"。"底层写作者"得到支持。2005 年,还在流水线上作业的诗人郑小琼获得"年度华语传媒文学最具潜力新人提名"。2007 年,同样是务工出身的王十月加入中国作协。也恰恰因此,2009 年出版的《中国在梁庄》和 2011 年出版的《梁庄在中国》受到关注,有"书写底层"的因素存在,但不是因为底层的梁庄作为文学素材格外新鲜,也不是因为梁庄农民的遭遇格外曲折——显然,梁庄的现实无非是淮河以北村庄的普遍现实,梁庄农民的命运也是历史转型期的中国农民的普遍命运——从人类学的角度,梁庄既没有环境历史的特殊性,也没有族群形态的独特性,并非一个典型样本。从文学的角度,两个"梁庄"被文学界以及后来的大众传媒广泛关注,正是因为有力地主张了一种文本样式——非虚构写作,重张了一种写作方法——田野考察。文本叙事的独特性和采信的可靠性,使众人在震惊之余,迅速地把它们作为当下现实的一个细节和缝隙接受了。

人类学田野考察在欧美国家被当作基础方法使用是有道理的,文学是人学,由具体环境里的人类个体进入,才能了解个体和环境、历史传统的关系,理解和思考它们的形成要领。这种田野考察方法,梁鸿之前的当代文学有没有人使用?有。写《黑骏马》和《北方的河》的张承志,写的是小说吗?还是散文随笔?当年有人嘀咕,但没人计较,为什么?作为历史学者的张承志,在行走和调查中写他认知的宗教、历史和族群,强烈的情感代入、深刻的思考和可信的现实呈现形成了文本的独特价值,作品用哲学厚度、美学深度和情感浓度打动了大家。

"非虚构写作"和"人类学田野考察"这两个名词,作为单独的话题已经议论得很多,此不赘述。通过田野考察,用非虚构叙事法结构文本,把非虚构写作和田野考察关联在一起,是梁鸿写"梁庄"的自觉。梁鸿离开书斋,回到村庄,追到城中村,与亲友们再度在一口锅里搅饭勺,踏着一辆三轮车走街串巷,目的是重新了解和熟悉土地上的人以及暂时离开土地的人的进行时态生活。作为学者的梁鸿,厉害之处在于,一是有行动能力重新回到乡村,带着情感去介入和观察变化中的乡亲的生活;二是有眼光看到乡土中国的转型以及转型中的独特文化形态和精神气质,并能占据一个较为宏阔的视野进行思考和判断;三是有能力把自己的体验和经验凝结成具有冒犯力量的独特文本,而文学文本的魅力正在于这股冒犯力量。两个"梁庄"也使梁鸿的作家身份迅速超越了学者身份。梁庄是真实的梁庄,同时也是梁鸿眼里和笔下的梁庄。梁庄不是简单的复现,而是经过作家文字重构的梁庄。作家梁鸿的重构,使梁庄既熟悉又陌生,从而产生了美感,进入了美学范畴。

"梁庄"冒犯了什么?

第一,它冒犯了非虚构写作的叙事真实原则。

梁庄是真实的存在吗?福伯、五奶奶、堂叔堂婶、堂哥堂弟和堂侄等等,出现在文字中的梁鸿的诸多亲友和生活的村庄,是真实的指代吗?不是!梁鸿首先否认。在中国河南穰县的地图上,我们找不到"梁庄"。梁庄是梁鸿虚构的一个村庄名字,我们为什么就相信这是梁鸿自己的家乡?仅仅因为她写出了艺术真实,符合可然律吗?噢,不,梁庄是梁鸿的家乡,除了物理上的村名不对、人名不对,生活的基本走向和形象细节都没错,原汁原味,却非原型原态。原汁原味是什么?想到了一个字:"豆"。一把黄豆洗净隔火蒸熟,撒上盐油,这是最基础的做法,豆的本质和外形基本没变。一把黄豆粉碎研磨成浆再点卤做成豆腐,黄豆的营养成分没变,形态完全变了,口感也变了。一把黄豆研磨成浆掺加莲蓉、蛋黄、面粉、蜂蜜、黄油烘烤制成莲蓉蛋黄月饼,黄豆成为月饼的诸多配料之一。在这三者中,蒸黄豆需要一把火,做豆腐需要研磨点卤,烘烤月饼需要掺加许多其他食材。前两者讲究原汁原味,豆占据主料。蒸黄豆是原汁原味并原型原态。做成豆腐,还是原汁原味,但型和态已经过"料理"。理论上,这两种"原汁原味",都被纳入非虚构写作处理素材的筐中。这两种"原汁原味",对于接受个体来说各有所好,对于写作者,后者的技术要求和时间要求要远甚于前者。研磨和点卤是制作豆腐的技术要领,研磨是对素材的物理形态的处理,点卤则通过添加少量"异物",形成新的物质形态,是化学处理。在非虚构写作中,从黄豆到豆腐,是从客观素材到非虚构文本需要完成的重构,研磨容易理解,这个点卤如何完成?对于文学创作来说,卤是什么?仍以两个"梁庄"的写作为例,回乡知识分子梁鸿不是一台简单的照相机,她既怀揣情感,又具有很强的思考能力,这个特点决定了梁鸿对梁庄的素材处理,既是一台亲切的扫描仪,情感热烈地牵着所有的梁庄的线索往前走,又是一台主旨明确的编辑机,在素材的取舍、剪裁、合成中进行底色设置、细节曝光,同时依据自己的逻辑想象和趣味进行补光、补叙、补白,使主线和主旨更加典型突出。"梁鸿"的在场,既是对梁庄的生产生活常态和乡土固有情感的整理,又是深埋在平凡生活表象之后的中国农村丰满真相的朗读者。整理者的选择,完成的是描述;朗读者的语调,完成的是情感指向。它们结合,最终完成了对乡土梁庄的重构和传播。因此,梁庄是真实的梁庄,同时也是梁鸿眼里和笔下的梁庄。梁庄不是简单的复现,而是经过作家文字重构的梁庄。作家梁鸿的重构,使梁庄既熟悉又陌生,从而产生了美感,进入了美学范畴。非虚构写作也好,虚构写作也好,本质上都是叙事行为。任何一种叙事都具有主观性,虚构叙事的主观性是通过想象试图再现和表现生活,而非虚构叙事的主观性是通过想象,补白、扩大和链接生活的断裂与不足,突出和显示生活的真相。

第二,它冒犯了乡土中国的牧歌化审美惯性。

"解甲归田""衣锦还乡"……这些中国文化传统中的美满,最终都落实在"田"和"乡"上。"田"和"乡"既指代生产生活的家园,也是精神和情感的家园。有人说这是中国传统文化天人合一的例证。这个例证从人和自然的关系的演变,反证了文明的发展与人的异化问题。在儒家思想长期占据主导地位的中国社会,由农耕生产生发的乡土精神成为精神本源。在城市化和乡村改造的进程中,个体联系紧密的农耕模式被流水线工业模式篡夺地位,城市对乡村形成空间、能源、劳动力资源的剥削,大规模的劳工迁徙由此产生。每一个离乡者都有乡愁和乡土记忆,在家园被记忆符号化的文学写作中,乡村社会成为现代文化的对立面,被赋予田园牧歌和世外桃源的象征。而现实的中国农村,经济形态变化,生产方式变化,生态环境变化,村庄组织结构变化,人际关系变化,伦理逻辑变化,这还是不是田园?或者这还是不是记忆中的牧歌?谁来讲述变化中的村庄?或者谁来判断村庄的走向?乡土文学是当代文学的一个重镇,创作总量不少,但近年来有重大影响者不多,乡土文学遭遇了创作瓶颈。其中,最普遍的问题也是被质疑最多者,是乡土文学的"现代性"问题。解决这个问题的关键不是写作技巧的翻新,而是主体认知的"跟上"。

一是如何认识乡村发展和整个社会发展的关系。把乡村看作独立于现代社会发展之外的桃源,显然是遮蔽现实。把乡村看作从不发达社会到发达社会必须抛弃的一种生产生活形态，更是重大误解。历史的发展是环环有序的链接，解决好乡村发展的历史固有地位问题，才能真正实现中国社会的现代化。对于农业发展，中央政策已经有所针对，这个当然也不在我们谈的范围。我想说的是，农业技术的现代化不代表乡村社会现代化的必然形成，乡村社会发展有其文化自在性。

这就要谈到第二个问题。什么是现代性？现代性不是传统的对立面，它是传统的当下实现。工具的现代化并不必然推动人的现代性。人是社会的主体，人的现代性是社会现代化的判断依据，人的现代性是个复杂问题。具体到乡村社会，人的现代性问题，涉及对乡土精神及乡村现代性的认识问题。这个认识直接影响到乡土文学的写作。中国的乡土精神经过20世纪几次大的思潮的质疑和解构，始终处在不自信状态，一旦外来文化入侵，首先自乱方阵，丢盔弃甲，溃不成军。两个"梁庄"的写作，既是对田园牧歌真相的揭露，也是对乡土精神旁落的揭露。把儒家文化的"尊者讳""长者讳""亲者讳"放在一边，梁鸿带着关切揭开生活的盖子：梁庄既不是牧童横笛的田园牧歌，也不是滞后野蛮的荒村野店，梁庄是变化中的中国，政治、经济、文化多种形态并存，人和土地的关系松弛，人和人的联系由紧密的家族血缘姻亲关系过渡到各种生产关系，如雇佣、伙伴、同业、同事等等。经济关系挑战夫妻、父子母女、兄弟妯娌关系等传统伦理关系，新型矛盾出现，生活形态和生命形态丰富芜杂。走出乡村的梁鸿，重新审看乡村社会，既投射不可避免的乡土情感，又不回避知识分子的价值立场，在旁观者看来，梁鸿的梁庄具有了相对客观的价值。

第三，它冒犯了职业化写作对于现实人生的隔膜和冷漠态度。

心中有，才会笔下有。写作作为一种职业，对于一个有良知的作家，最大的问题不是生存问题，而是为赋强作的痛苦。为赋强作的本质原因是，写作者缺乏热切的生命体验和值得分享的经验。经验源自了解、理解。职业化写作容易消磨作家的激情和才华，大量的无病呻吟、顾影自怜和伪装现实的作品就是这样产生的。因此，现代文学史上从鲁迅等当年力倡"为人生"的写作基点，到陶行知提出"知行合一"的行动人生，理想其实是一致的——包括文学在内的知识要学以致用，要介入现实社会和现实人生，要进入生活现场，了解民瘼，表现民情民生。将近一百年过去了，"为人生"的写作初心似乎被遗忘、被误读。

"为人生"的写作，主张文学干预社会和人生，也是儒家"兼济天下"思想在文艺领域的衍化。作为知识分子的梁鸿，不仅文字回到了乡土，身体回到了乡土，眼睛和耳朵也回到了乡土。文学如果不写身处的时代，不写活生生的人，还有什么意义？这是梁鸿寻觅的写作的意义。两个"梁庄"的成功，也是"为人生"的文艺观的成功。梁鸿是王富仁教授的学生，王富仁教授是鲁迅研究专家，鲁迅"为人生"的文学立场以及鲁迅的作品对梁鸿这样一位从乡土社会走出来的青年知识分子的影响可想而知，下文还会提到这个问题。

《神圣家族》的局限写作

"为什么写"是问题，"怎么写"也是问题。《神圣家族》应该是在探讨怎么处理生活经验和怎么构建美学形象。

"局限也可以成为平台，也可以成为风格，如果你有足够强大与自由的文心，条条框框可以成为彩绸花棍式的道具。"作家王蒙的这段茅盾文学奖获奖感言，表达了一个有丰富写作经验的作家对于局限写作的理解。"局限"在此不再是泛泛而论,而是具有特定含义的专有名词,指通过对写作对象生存环境的刻意限定,在不大的灵魂空间积聚能量,借助对有限现场的放大,厘清对象肌理,催生聚变条件,突破天花板,形成极致呈现,产生爆破美感。局限写作容易产生典型样本,成功范例不胜枚举,苏童、莫言、迟子建、王安忆、池莉等等,都可以算得上通过局限写作而"风格化"。余光中当年说,"上海是张爱玲的,北京是林海音的",从一个侧面反证了局限写作的深刻性和影响力。从两个"梁庄"到《神圣家族》,梁鸿是在试图进一步发掘自己局限写作的能力。梁鸿说,"我要前进,尽管人们还在看梁庄,但我不能停留在梁庄"。

有评论认为,从梁庄到吴镇,梁鸿是从文学的外部关系写回到文学的内部关系。这话没错,但这是不是意味着梁鸿的文艺观也从"为人生"的艺术转变为"为艺术"的艺术?因为"云下吴镇"里的12篇文章,似乎每一篇风格都有变化,作家看来是在写作的技巧上较劲儿。

《神圣家族》是虚构文学吗?许多人要问。文学必然和具体的时间、空间发生关系。这12个故事发生的空间是吴镇,有意思的是,在河南穰县的地图上,吴镇实有其名。

现实吴镇的街道布局、房屋户型、集镇风貌，真实地复活在文字中。空间真实的吴镇是不是村名虚构的梁庄的"集镇化表达"？不禁起疑。如果再机械一点，作家梁鸿的家乡其实就是河南穰县吴镇。空间移到了吴镇，人物移动了，时间移动了吗？如果认为吴镇是"梁庄"边上那个集镇，那么发生在吴镇的这些本事，时间在两个"梁庄"前，还是在两个"梁庄"后，抑或是与"梁庄"平行？

神圣家族生活在云下吴镇。"云下"与"吴镇"搭配，是文绉绉加田园。云下吴镇，既是文人化的理想情感的投射，也是大时代下的小空间的聚焦。先来看看吴镇到底是什么样的吴镇。吴镇是梁庄向集镇的蔓延。从梁庄移到吴镇，从乡村移到集镇，土地移走，集市和商贩进入。比较起两个"梁庄"的出出进进、动动荡荡，吴镇过的是相对安稳的岁月。吴镇的安稳，是因为集镇的生产方式相对稳定，经济来源相对固定。集镇是邻近乡村的政治、经济、文化中心，也是信息交流中心，集镇在文化气质上还是乡土味儿，人、事、物与乡村社会紧密相连，但集镇居民已经脱离土地，生产方式变了，生活方式自然也有别于农民。商贩再小也是商人，集镇再小也有市民，政治文化形态再粗陋也有知识分子，但都需要加上一个"小"字:小商人、小市民、小知识分子。这些个"小",不是小而精致,而是小而不充分、不纯粹、不满足。"云下吴镇"系列按照主要人物的身份,基本上可分为两部分:以乡镇教师为代表的小知识分子群体和乡镇里有故事的人物。这两部分着墨最多、形象呈现比较完整的是前者。"云下吴镇"对小知识分子这个群体的格外关注,与作家的成长经验有关。作为一个在乡村长大的学者,梁鸿对于乡村的第一手经验都是离开土地前的经验。这些经验中,最有代表性的是作家本人中等师范学校毕业后在乡村小学任教的人生经历。这一经历使她真正接触到了乡土中国的一个特殊群体——乡村教师,对这个群体的生态相对熟悉。这个职业的艰难和尴尬在今天尤显突出:一方面,长期低薪酬,经济状况不好,生活条件恶劣;另一方面,读书改变命运的人生道路不再被信任,乡村失学儿童增多,乡村教师的政治地位下降,职业荣誉感丧失。受过教育、尚有人生要求的小知识分子既对命运不甘又无力改变,既对现状不满又经不起现实诱惑,投身生活激流又往往水土不服甚至被溺死。对此,作家既怀抱显而易见的同情和怜惜,又对他们性格中的懦弱、犹疑和价值观的不彻底进行解剖和揭批。

《神圣家族》有9篇文章都以一个扩大的小知识分子群体为表现对象,乡镇中小学教师、乡镇医院医生、沦落的老初中毕业生……这些人物具体形态虽异,但在作家的笔下具有内在的联系。《一朵发光的云在吴镇上空移动》,调子起初很淡,有点像汪曾祺的白描,借少年阿清的眼睛扫描吴镇的"隐秘的社会",少年阿清是"前小知识分子",他站在树上看清树下的吴镇后,离开了吴镇。这篇文章作为"云下吴镇"系列的开篇意味深长,开放式的结构埋下诸多线头,让我想到了另一个树上的故事——韩少功的《爸爸爸》,树比地面高一点点,树上的视野已是对现实人生的俯视。我们可以发散地想一想,如果阿清不离开,他将过着小镇小知识分子一眼可以看到头的人生。他就是青年的明亮、中年的李风喜、老年的许家亮和德泉——社会和经济转型期被轻视的乡村教师,理想破灭、现实人生失败的失魂落魄者,被侮辱被损害的弱者。《许家亮盖屋》里的老上访户许家亮,穷困、孤独、落魄、年老力衰后哪怕是退缩和和解也会被碾碎。许家亮的悲剧,不仅仅是制度和人的互塑问题,还有彻头彻尾的无力感,这是12个故事中最令人悲伤的故事。为了调和这个故事的悲伤调子,作家类黑色幽默地写

"地下宫殿"建成后乡民的膜拜"盛景"以及色彩、造型和美感的张扬。"文人笔舌武夫刀,抚忧中华气量豪",这副原本荡气回肠的对联,在此因为处境和理想的巨大反差更显荒诞。阿清如果考进中师,当上教师,那就是《明亮的忧伤》里的明亮——青春梦想破灭、职场竞争失败后一蹶不振的小知识分子。这里出现了海红,这个形象的身上有梁鸿的自许,可以看作梁鸿的一种青春祭。《圣徒德泉》具有复杂的表述。小知识分子不彻底的自省,首先让自己找不到世俗的出路,身陷道德伦理危机后德泉疯狂了。"一本书,半卷着边儿,陈旧破烂",这个孔乙己般的德泉,与受难耶稣相似,都有一个令人抬不起头的风流妈妈,讲着上帝才能听懂的语言,做着拯救弱者和迷途者的事——试图用自认为散发出来的光明"照亮街道、树木、房屋和万物"。圣徒形象,是从小镇医生第三方叙事角度进行的一种讲述。而在多数吴镇人的眼里,德泉早已疯了二十多年。两种截然不同的叙事逻辑,形成了断裂的语境,我们仿佛看到了另一种《狂人日记》。《杨凤喜》里那个日夜在欲望中盘算的小知识分子杨凤喜不过是一个低级的于连,这个人物不值得同情,但这个故事的写法有讲究,生理欲望从杨凤喜的妻子周香兰丰满的胸脯开始蔓延,写到周香兰、杨凤喜、张晓霞这个三角恋的历史和现在,特别是张晓霞躺在病床上大呼小叫的十段意识流,将小镇小知识分子的婚姻、爱情和职业前途残酷地搅和在一起,成为一潭令人作呕的臭水池,吴镇的小政治大白天下。《那个明亮的雪天下午》也是梁鸿的青春祭,与《明亮的忧伤》可以对比着看。《肉头》带有传统话本叙事风格——基本是单线叙事,文中主要讲述人也即雪丽,从她的有限角度把乌镇的桃色传闻层层铺开,讲述人间或变化,听众也不断插话,这些都会短暂地改变叙事角度,使故事呈现不至于过于单调。《大操场》其实有志怪传奇的味道,写到恐惧和欲望、报应和报复时,中年世故的小知识分子毅志开始了内心反思。

作家的乡土,是作家创作的一个重要面向。阿清离开了吴镇,成为学者梁鸿,又回到了吴镇。寓言式的开篇隐喻了小知识分子在吴镇没有前途的悲剧性。这种命运的设计,暴露了梁鸿对于乡村文化前途的悲观。作家也意识到这一点,于是,在《好人蓝伟》里,试图要给小知识分子群体重构一个出路:把蓝伟对于现实的"无为"上升到一种主观自觉。"努力淡化失败感""无可无不可""并不是所有的坚持都是美的、对的,妥协也是美的"等等,这些作家梁鸿忍不住跳出来替蓝伟说的话和想的理,给吴镇小知识分子的人生画出一点精神的亮光。但是,"努力淡化失败感"的蓝伟,在想起没有勇气去探看的女儿时,"眼泪涌了出来"。这些画出来的亮光之虚假不言而喻,小镇知识分子的身份焦虑和精神焦虑一目了然。这是梁鸿的矛盾,她不想彻底剥夺亮光,却又给不出理由。

除了小知识分子群体,《神圣家族》的其余3篇,说实话,写得很别致。它们是《美人彩虹》《漂流》和《到第二条河去游泳》。《美人彩虹》写失去青春和梦想的小镇美人,题材不新鲜,但对夫妻关系的本质以及双方在这种关系中的钝化的把握十分精准,人物的体态和内外活动描写得凛冽、生动,既见现实白描功夫,又有后现代虚无感。《漂流》一文有明显的哲学意味。一个坐在轮椅上失去行为和思维能力的老女人,被或盲目或蓄意地推来揉去,最终还是停放在小镇上。这应该是梁鸿对人生的一种理解。不过,也由于说理意图强,文气反而不够舒畅。比较而言,我当然最喜欢《到第二条河去游泳》。这是一个农村青年女人的故事:嫁了两个丈夫,生了一个孩子,在妈妈喝药自杀后自己也投河自杀。这个短篇前半部分是情感节制,后半部分是意义解构。原本极悲怆的命运却写成了平淡的调性,一个女人人生的最后一天仿佛是在逛街、散步、走亲戚,冷静的动作,零碎的幽怨,小小的不甘,似乎都在撇去悲伤的色彩。漂流在水面这一段,显然是魔幻现实主义写法,死去的人集市般地吵闹、争议或纠结令人发笑又伤感,生命尚不足惜,其他的执着、执念有何意义?在漫不经心的死亡面前,生便显得无聊、无趣。这个女人似乎一直在为自己的死找理由。

  一个不想变化的作家注定不是个好作家。回到文学内部关系写作,是梁鸿对自己的要求,因此变化对于梁鸿是有意义的。至于读者诸君,只要她写得足够好,是虚构还是非虚构,接受效果是没有区别的。梁鸿,你写得足够好了吗?

徐则臣的前文本、潜文本以及"进城"文学

　　理论上,每个作家的写作都有前文本。或典型或不典型,每个作家在写作时都或隐或显、或自觉或不自觉地展现自己的DNA,这是写作不能摆脱的宿命。即便他或她某几次想创新或打破藩篱,也大体只是衣着、修养和气质的变化,生理性特征永久潜伏在他或她的文本里,只要有机会,就会暴露。这种无法摆脱的文化DNA,使一个作家的不同的文本具有了神奇的关联,使具体的写作产生了丰富的个性。在这些鲜明的个性基础上,文本如果有叙事和美学的突出建设,就可能形成创作风格。

　　但是,与一些作家近似迷狂状态的"非自觉"写作不同,徐则臣对前文本的继承属于高度自觉,他是新一代作家中自我宿命的缔造者,他在用理性设计自己的"进城"

文学。

徐则臣是新世纪冒出头的70后作家,不到二十年的时间,已经创作了一些有影响的作品,比如长篇《耶路撒冷》、中篇《跑步穿过中关村》《午夜之门》《如果大雪封门》,其中,《耶路撒冷》拿奖拿到手软,《如果大雪封门》也获得了鲁迅文学奖。这些作品,包括最近这部刊发在《收获》杂志2016年第4期的十万字小长篇《王城如海》,连起来展看,仿佛是一部松散、通调的连续剧:背景墙基本不变,主要人物在不同的剧集换上不同的姓名和职业出场,出身、情趣和命运有相关性,甚至有高度相似性。

这些人物的相似性在哪儿?

首先,他们的共同身份是进城中小知识分子。

这里有两个实词:"进城"和"中小知识分子"。"进城"说明他们的原身份是乡村或集镇,在徐则臣的笔下更加具体,是苏中地区的乡村或集镇。至于"中小知识分子",我们应该可以找到很多学院派解释,这里就不赘述了。"中"和"小"的主要区别是,主体受教育程度高低以及蜕变程度多少,也就是知识对个体命运的改变程度。中国现代文学自鲁迅以来,一向有把中小知识分子作为表现对象的热情。

一方面,中小知识分子身上新旧交替掺杂,改造最不彻底,心灵最纠结,自然成为人性最有表现力之部落。另一方面,中小知识分子是作家这个职业的基本构成,对自我的剖析和无情揭露是文学写作的优良传统,这种隐伏的自我表达构成了小说文本的潜在话语体系也即潜文本。鲁迅是写中小知识分子的高手,《一件小事》《孔乙己》成为这个方面的经典作品,就不说了。

现代文学史上写中小知识分子最用力的作家要数郁达夫,在郁氏的各种文本里,"我"的基本身份都是"畸零""多余""彷徨"的中小知识分子。另一个值得说的是大知识分子钱锺书,他在《围城》里极尽嘲讽和同情之能事的也是这些可怜、可恨的中小知识分子,拍成电影的《围城》由于传播影响大,甚至让这个群体的面目符号化了。中小知识分子这个群体,中华人民共和国成立后由于特殊政治原因有很长一段时间都是"臭老九",表现在文学书写中,他们的主角位置也让位给工农兵群体,以至于许多人产生了一种写作和阅读的错觉,似乎认为只有表现工农兵生活,才贴近生活,才是现实主义创作。这个影响如此深远,包括今天,有人一说创作要"三贴近",似乎认为只有下到村头、进入工厂才对。中国是农业大国,国民结构以农民为主体,随着产业结构调整,工业化程度加大,"工人"这个群体崛起。以农村和工厂为生活现场,以农民和工人为表现对象,镜头分配是合理的,对焦甚至是准确的。问题是,创作面向的生活无处不在,对职业空间的体验是一种体验,对日常化的生命体验也是一种生活体验,对普泛意义上的"劳动"群体中的知识分子的表现,也是文学书写的题中之义。

具体到徐则臣的进城知识分子创作,在徐则臣的系列作品里,中小知识分子主要是小知识分子是故事的主角,他们的共同特点是受过一定程度的文化教育,他们的"小"在于成长过程中蜕变程度小,他们虽然进城了,但精神和情感面向乡土,因而过着一种"痛并快乐"的生活。"快乐"不言而喻,因为拥有异乡的体验和新生活的福利,这是一个社会人的成长快乐。"痛"来自思虑和矛盾也即不彻底,是"知识"的痛,是念念不忘的痛。在徐则臣的笔下,小知识分子的不彻底,使他们与整个外部环境包括他人世界,容易形成一种疏离、对抗、角力,这是一种精神深层的观察和认知。如果只"向内转",容易成为心理小说或者哲学小说;如果只"向外转",通常会引进政治学和社会学的显微镜。徐则臣没有或内或外的趣味倾向,或者说这两者他都在使用。比如《王城如海》,整个文本从"形式"上看——包括标题、每个章节前面节录的剧本对白以及次生人物的"底层性"——似乎主要写社会性矛盾,这里有环境恶化、阶层成见和生存压力,这是当下文本。在我看来,徐则臣这部小说的最有价值的贡献,是写出一个知识分子精神内在的反省和批判,表现为道德的重负和自律。始终压迫着余松坡的道德重负是少年时期的一桩"帮凶"行为,它如影随形,束缚着余松坡此后的精神,形成了梦魇。这桩罪恶大不大?大!它可能是余佳山一生悲惨命运的落井石。小!它可能在事件中只是一个可有可无的环节。在抽丝剥茧般的解密中,我们看到了余松坡一点一点在收紧、痉挛、挣扎的灵魂。这种建立在道德反省基础上的挣扎痛苦的灵魂,以及外部环境自觉不自觉的压迫,让我想到了《悲惨世界》和冉·阿让。毫无疑问,《悲惨世界》一定对徐则臣写这部《王城之海》产生了潜在影响。冉·阿让一生在为偷窃了一把银勺子赎罪,被警察局局长驱赶,被罪恶感驱赶,最后成为一个道德圣人。"站在上帝的面前,谁能说自己无罪?我的罪既不比别人小,也不比别人大",我记得这是当年卢梭写《忏悔录》的初衷。一生被一桩罪恶追赶的余松坡,他的罪并不比在生活现场的我们中的任何一个人更大,这是不是徐则臣这部小说的潜台词?

回到这部小说。对新世纪以来小知识分子经验世界的零距离的深度观察和残酷挖掘,形成了徐则臣小说创作的重要内容。

小知识分子本身可能遭遇的生存压力,在现代城市残酷的外部竞争中显得更沉重。零距离,表现为创作主体的角色代入感强,这是一种写作技巧,但首先是一种经验的体现。在此,不免要对徐则臣"知人论文"。出生在江苏东海的徐则臣,翻看他的简历,不复杂——因为年纪尚轻,但也不简单——因为有一个弯道,这个弯道里的风景基本上构成了他如今的创作背景。弯道使徐则臣获得了加速度。这是什么样的弯道?徐则臣在获得最高学历北京大学中文系硕士研究生之前,在淮阴师范学院——由淮阴师专改成学院是近年的事——就读,后来又去南京师范学院进修。不是一帆风顺地进入最高学府,而是在二三流学校以及中小城市"逗留",这是徐则臣独一无二的生活体验和创作资源,导致他对"进城"有无比痛彻的认知和热爱。事实上,这些非一流的学校培养的学生,基本文化身份是"小知识分子"。徐则臣的这种曲折,使他必然最熟悉这个群体,对这个群体有设身处地、感同身受的同理心和理解,这是他的经验世界的先天优势,所以说作家要从生活中历练而来。熟悉小知识分子的身心,并且认同和热爱这种身心,这是徐则臣写作的腔调。徐则臣对笔下形形色色的小知识分子,不是进行对或错的道德判断,而是借助他们的选择、焦虑和命运,记录这个变化的外部世界和丰富具体的内部精神。只有具体的,才是深刻的、有价值的,徐则臣深知此理。于是,这些人物拥有了一个具体的故乡:苏中淮阴地区。这一片是徐则臣熟悉的乡土,这里产生了淮阴侯韩信,它的地域性特征是独特和具体的。以一种体系完整的地域文化为审美对象,是作家的情感需要,也是一种叙事策略。这一点,同时代的作家中,徐则臣属于比较自觉的沿用者。

徐则臣的江苏同乡苏童也是典范的文本自觉建构者。香椿街系列,是作为作家的苏童这么多年始终在不断添砖加瓦构建的空间和传奇,它早已独立存身于中国当代文学。苏童的这种自觉建构,不光表现为对"香椿街"这个地理空间的书写——空间当然也有一定的暗示作用,但主要是人物精神具有相似性和传承性。简言之,在物质化的讲述里,苏童建构了一个独一无二的叙事场域,在背景板上创造了一批鲜活的人物。

与苏童同时期的浙江作家余华也属于风格突出的作家,但余华的创作相对来说,文本的文化封闭性特征不明显。余华笔下的人物似乎可以生活在江浙沪,也可以放在陕甘宁,人物和空间的必然关联不紧密。余华这个特点,跟既写《一地鸡毛》又写《我是潘金莲》的刘震云很像。即便这样,余华依然被认为风格突出,源于他的写作的"先锋性"指向。"先锋性"是什么?今年是先锋文学三十周年,前一段时间议论已经很多,这里就不说了。同样是江苏作家,毕飞宇的系列作品有明显的新"里下河气质"。这种新,区别于老派的汪曾祺。毕飞宇的苏北特征与苏童的苏州特征各有擅场,如果一定要说出区别,大概一个要峭硬点,一个要绵柔些。

还是回到徐则臣。在《王城如海》里,徐则臣给他的进城知识分子余松坡贴上了高级的标签——美国哥伦比亚大学毕业的"海归"艺术家。这次,这个主人公终于可以被称作"中知识分子"。看到第二章,我们发现这个叫余松坡的进了城留过洋的"中知识分子",其实还是徐则臣的从苏中乡下走出来的子弟的升级版,在他的身上,文化 DNA 非常醒目。

扎根于这个角色的故事,在第一章里就一边打埋伏,一边做交代。表面看来,这是一个喜欢思考、不拘成法的艺术家,交代的是他的不安:对窗户玻璃被砸的不安,对话剧作品前途的不安,对立交桥上抱着塑料袋的流浪汉的不安。这三个"不安"互有关联。窗户玻璃被砸,让余松坡联想到他的作品引起不满,被年轻的"进城"者抵制。对话剧作品的关注,最终为余松坡招惹来各种社会关系,产生了一种类阶层性对抗。在这一章里,余松坡这个角色的目标意图交代得比较清楚,写了他的不安,还写了他半夜梦游的怪癖。要写出精彩的第一章不难,设计问题也不难,难的是接下来答案怎么给出。通常的做法是,在第三章揭示答案,第二章交代揭示答案的路径——这个章节显然不能太稳定,需要不断探究。

这个故事的张力在于,作家对余松坡这个人物的处理有一股异乎寻常的狠劲。作家因为花了很多时间去写人物,对人物一定充满感情,但一个故事真正的张力是这些人物的生活过得一团糟或者命运多舛。比如余松坡,遇到了很多坏事:第一次高考落第,当兵难,精神出问题,作品不被认同,"仇家"来到身边,等等。当一切都不顺遂时,人物做出的选择才是真实的、有分量的。这时候,从叙事角度有两种写法。一种是人物角色能够一个接一个地解决各种小问题,最终安全着陆,致命的问题是,如果这样写,人是一节一节地从树上走下来,而不是跳下来,没有了紧张感,会削弱高潮到来的落差;于是,徐则臣选择了另一种写法,让余松坡慢慢地被钝刀子割肉,疼痛,紧张,失去主张,因为身上背负着道德的重负,余松坡的所有的努力和进取虽然换来境遇的变化——读大学、出国、做导演,但似乎这个圆永远画不完整。他拼命地读书,第一次高考失败。他拼命地想当兵,想曲线救国,结果暗伤了远房堂兄余佳山,最终出于巨大的精神压力,主动放弃了当兵指标。第二次高考他终于成功了,毕业后为了逃避道德压力选择出国留学,却依然无法摆脱精神重负。他回国进行戏剧创作,因为《城市启示录》这部作品获得社会关注,却遇到了被他暗伤、一直在逃避的余定山,各种机缘下发生意外事故,自己和妻子不仅身体受到伤害,精心蒙在脸上的各种身份面纱也将被剥下来,难堪地甚至丑陋地裸露在世人面前。一个人万难逃脱自己的宿命，哪怕漂洋过海、乔装打扮、鸟枪换炮，一个小浪头打来，立交桥上偶尔的一瞥，就能将你打回原形。作家显然在讲一个宿命的故事。作家为什么要塑造这么一个"心事重重""来历不明"的家伙？换句话问，作家难道是对这些中小知识分子的灵魂进行无情鞭挞吗？

显然不是。对于余松坡，徐则臣的基本感情是同情，甚至还有欣赏的成分。区别于道德滑坡，有道德底线和道德感使余松坡始终背负着重担，这种自我惩罚是一种自我清洁，这种反思能力也是知识分子区别于其他群体的一个典型特征。在《王城如海》里，他通过余松坡这个角色要解决一个哲学问题，《耶路撒冷》要解决的同样也是这个哲学问题：诗意的远方和现实的远方，这种选择到底有多大意义？为了这个选择，余松坡付出了"道德"乃至一生安宁，余佳山付出了"健康"。进城，在这里其实就是不自觉地陷入了一个桎梏，即便这样，我们还在不断地"进城"，因为不满、不和解，小说从而具有了冲突和张力。这是徐则臣"进城"文学的魅力。

写知识分子的精神成长，为进城中小知识分子立传，是徐则臣的自觉。在《王城如海》第21页里,徐则臣以余松坡的身份出场,他写道:"然后,他们就戏剧中现实问题的超现实处理作了问答与交流。既是现实问题,也是艺术问题。余松坡也在中外戏剧史的谱系上谈到《城市启示录》的创作心得,一点不避讳它的潜文本和前文本。艺术薪火相传,谁也没法像齐天大圣那样,凭空从石头缝里蹦出来。"余松坡这个人物不是从石头缝里凭空蹦出来的孙猴子。他的前传在《耶路撒冷》里。

这时候,我们需要看看徐则臣的"前文本"和"潜文本"。

够得上前文本需要两个条件,一是人物精神气质的延续性,一是腔调和立场的延续性。在这部小长篇《王城如海》之前,是那部著名的大长篇《耶路撒冷》。《耶路撒冷》写了一群从小一块儿成长的小知识分子的命途,他们有的进了城还想去更远的远方,有的进了城又开始还乡,有的进了城也犯了事,个别留在故乡的人精神出了问题。在这个前文本里,作家是在写当代小知识分子心中的一个梦想——进城,去耶路撒冷也是梦想的一个表达。进城和去耶路撒冷是哲学象征。截至目前,徐则臣也只写了两个地方:淮阴和北京。当然,这是作家熟悉的经验世界,但真正的原因,如前所述,作家在刻意地建构有限空间的文化坐标。所以在徐则臣离乡和进城的书写中,城是具体的,又是符号化的。这个"城"可以具体到王城的"城"、北京城的"城",也可以泛指精神的围城。

潜文本是什么?为什么要潜伏?王城如海人茫茫,只是一种表面的表达,深意是上下求索路漫漫。

"路漫漫其修远兮",以至于精神出了问题,这是典型的中小知识分子阶层病。精神疾病和肺结核是中国现代文学常见的两种病,精神疾病在徐则臣的文本中也是偏爱的一种病。《耶路撒冷》里的铜钱、景天赐和留守家乡的吕冬,《王城如海》里的余佳山、余松坡,比率之高令人无法忘记。这种强调,有什么特殊原因吗?这个得问徐则臣。由文本可见,在精神疾病这个"意象"层面,作家有实写的成分,但更多的是象征和隐喻。这是徐则臣文本写作的设计意识所在。

文本另一个有强烈设计感的元素是"弟弟"这个意象。《耶路撒冷》里小伙伴们集体出走家乡的一个重要由头,是秦福小的弟弟景天赐的意外死亡。《王城如海》里保姆罗冬雨的弟弟罗龙河发现余松坡的秘密后,把余佳山带到余松坡家。在这两部作品里,弟弟这个角色都是故事的转折点,与弟弟相对的是一个人见人爱的姐姐。姐姐对弟弟都是无条件地挚爱,弟弟或愚傻或顽劣,统统不按牌理出牌,导致事态激变,成为作家解决问题的帮手。

在《王城如海》里与余松坡中知识分子身份相对的、同样有角色分量的是小知识分子罗冬雨。罗冬雨这个诗意的名字,作家没有给余松坡的妻子——他的妻子叫祁好——而是给了他们家的保姆,或者说有点文化修养的保姆。知识分子的行动逻辑徐则臣是熟谙的,但是,这个小知识分子罗冬雨的行动逻辑,虽然由徐则臣亲手设计,但并不十分令人信服。我们从罗冬雨的身上能看到《耶路撒冷》里秦福小的影子:同样都受过一点教育,同样道德教养良好,同样被周围男性尤其是优秀男性无条件地喜欢,同样爱弟如命,等等,通过罗列的这几条,可以看到罗冬雨和秦福小一脉相传。在罗冬雨、秦福小的身上,寄托了徐则臣对一个女性的美好期许——温婉、懂事、干净、自律、善良,一句话,符合传统审美标准。这个审美标准的形成,也让我开始揣测地域文化对徐则臣的影响。最后一章,罗冬雨在突然回家的祁好被误伤后与弟弟罗龙河仓皇出逃的行为,私以为不太符合小说在前面的章节对这个人物书写的逻辑。罗冬雨思前想后,从逃跑路上又折回幼儿园接孩子的举动,也不具备合理性和说服力。同时,也要说到祁好。祁好真好,专情、聪明、豁达,知识女性的优点占全。徐则臣把祁好和罗冬雨分成两个层次,前者似乎比较现代,后者似乎比较传统,但是,都写到了她们的亲情观、家庭观。以祁好为代表的要强能干的现代职业女性,家庭依然是她的重要面向。对祁好的认可,是徐则臣对职业女性的一种价值体认。站在祁好和罗冬雨对立面的是罗龙河的女朋友鹿茜,这个姑娘轻浮、现实、虚荣、庸俗,许多关于女性的负面词语都可以用在她身上。鹿茜的存在是现实生活的一种客观再现,也是小说情节发展的需要。不过,徐则臣这种对于女性截然两分的做法,让我怀疑他对中小女知识分子的熟悉程度不及男性。日常生活中的徐则臣说话慢条斯理,似乎顺滑,好消化,但图穷匕见,锐气暗藏,令人猝不及防。他的理性气质如此突出,是不是也导致他更擅长写男性知识分子?

　　一个主文本加一个楷体字的副文本形成每个章节,这是《王城如海》与《耶路撒冷》结构上的相似之处,也提一下。《王城如海》的副文本是对余松坡的剧本《城市启示录》的摘选,《耶路撒冷》的副文本是对初平阳专栏文章的摘选。这两段楷体字可以看作主要人物的内心独白,与正在发展的情节形成了一种平行互补。两部作品如出一辙地沿用这种蒙太奇形式,见出了徐则臣毫不掩饰的匠心,他在宣布自己对前文本的传承。

他跑到了队列之首
——关于徐则臣的长篇小说《耶路撒冷》

由于《耶路撒冷》，去年一年，徐则臣拿奖拿到手软。写作是一种天赋，比如想象力和感受力。但同时存在技巧，比如语感以及对生活经验和生命经验的处理，我倾向于认为它们是可以后天培养的才能。

知道徐则臣的写作功力扎实，但说实话，看完《耶路撒冷》，还是感到意外，意外在于《耶路撒冷》这部作品已经超越了某一年龄段的经验，比如所谓 70 后的生活经验，它不仅机智地呈现了理想主义这个集群的生命体验，而且在长篇小说叙事样式上，特别是结构和语感形态方面体现的自觉和能力，已经超越了同时期的诸多作品，远远地跑到队列之首。在这里，只想谈谈《耶路撒冷》的几点叙事策略。

气味和气味中的人

急刹车后,在"一股隔夜的口臭,还有变质的酒味"中,由京城还乡的小文人初平阳睡不着了。为什么?他"怕酒,也怕酒糟味和酒臭味"。这又是为什么?"酒",一个意象由此开始结构,埋下伏笔,在后文中不断地增厚、增长。从上铺爬下来的初平阳在走道的窗边坐下来,"他试着把窗户拉下来一条缝,一天里河流的最好的味道侧着扁身子挤进来。他抽着鼻子深吸几口,清冽、潮润,加上植物青涩的腥甜,这味儿在北京一百年都闻不到",在这个清甜的气味的蛊惑下,初平阳从车窗爬出火车,顺着小河,向运河和家走去。气味和家,让我们想到了什么?想到了普鲁斯特《追忆逝水年华》的开头。

"一百年",这话说得有点大,从一条河流和它的气味,小说开始了极致的乡愁。地点从小河、入河口、运河北岸一点点迁移,雷阵雨越下越大,为了避雨,初平阳躲进了河边的小屋,船老大何伯和他的儿子出现了,并出现了两股气味:何伯的"屋里有股湿霉的鱼腥味,门槛上粘着星星点点的鱼鳞",儿子"满屋子臭脚丫子味"。在两股气味和油腻不净的碗筷中,初平阳尝到了老何家至为独特的"白大雁"鱼汤味:"刚入口是一个味儿,咽下去又是一个味儿,咽完了留在舌面上的还有一个味儿,张开嘴两口气进来,出现第四个味儿;分层次,立体感很强","他喝了四碗,舌头差点咽下去"。徐则臣的同乡江苏籍当代作家中不乏"美食作家",比如汪曾祺和陆文夫,高淳鸭蛋和苏州美食在他们的文字里滋味十足。汪曾祺和陆文夫是美食家,所以能享受到食物的各种美妙,并能写出美味之文字。描写美味和美食,徐则臣显然不是对手,但徐则臣聪明,对于美味细节这个弱项他避而不沾,这个极简做法又极厚味道的鱼汤,在《耶路撒冷》里被处理为记忆的线索,是作品安排叙事节奏的一个重要的音符。老何一直想请恩人初医生喝这个鱼汤,初医生在他老婆难产时救了母子两条命,初医生不曾喝,初医生的儿子初平阳喝上了。也由于这份恩情,老何划着船,在风雨中,把初平阳送回花街。

老何在小说里是花街诸多故事线头的起点,由他的嘴,拽出了一串重要的元素:花街、御码头、沿河风光带管委会。这些地理人文是小说的内容,也是人物生长的环境。老何还拽出了初平阳的家世,拽出他从京城回家的原因,拽出了

"耶路撒冷"这个词。

显然,苏北运河边的老何,这个老派本分的渔民,不同于贾平凹笔下那些个口若悬河、仙中带妖的商洛老人,他是花街历史的见证者,是一个节制的讲述者和对话者,古意、细致、沉稳。他叙说的苦恼——花街大兴土木之际父子两人为是否参与新修的御码头旅游项目意见分歧,引出了"守成和更新"这一对既具体又宏泛的概念。守成不是简单的守旧,更新也不是粗暴的新造,但在淮海的政治环境里,包括整个中国的大环境里,从 18 世纪末以来,守成和更新始终是一对响亮的矛盾,宏大细微,既可能推动社会进步,又可能损害人们生活。

小说一开场,锣鼓点儿就敲响,镲儿一打,这个调门基本铺陈清楚。这场戏怎么开唱?生旦净末丑,一个个如何上场亮相?跨进门槛,老何吸溜一下鼻子,说:"这药味!"初平阳也吸溜一下鼻子,说:"淡了。"药味,是初家的象征。舞台转到初家。一句"淡了",引出了现状和变化:初家正在卖花街的房子,筹资供初平阳去耶路撒冷留学。初家不是叙事的重点,但是初家代表了花街上守正的力量。气味到了初家,到了花街,又到了易家,易家是酒味和霉湿味。

色彩浓烈的易家父子出场了。

可以把易长安看作小说的男二号,也可以说,保持"零余"姿态的易长安是《耶路撒冷》对当代文学最有贡献的一个人物形象。易长安是计划经济向市场经济转型时期父权文化高压下的另类代表:在父亲易培卿嗜酒好嫖暴力的阴影下,易长安的人格中潜伏着叛逆、任侠好义和孤独感,他在对抗父亲意愿的前提下,上了一所师范大学,毕业后选择了一所边远的农村中学作为职业的起点,在工资发不出后辞职进京谋生。这样一个内心十分敏感并充满斗志的易长安,进京后完全可以从事一些被社会接受的正当职业,但他选择了造假证这个风险系数很大的行当。这是他内心的"不安全"导致的"不安澹"和冒险意识——父亲的影响再次隐性地出现。

父是子的前身,小说的第三章,易长安即以父亲的面目出现了。此处,再次开始了气味描写,并照应到小说开头初平阳对酒味的敏感。他戴上老花镜伸着脖子往外看,抽两下鼻子,说:"一准是平阳来了,我闻到牛栏山二锅头的味儿了!"后面还有一段气味描写。这个院子半荒废,只有堂屋里有点人气,易培卿住着,兼做书房。其他房间更潮,没人进,霉斑和苔藓慢慢地往墙上爬,门一打开,霉湿味儿简直成了半流质,让人窒息。易培卿的霉味来自哪里?易培卿是个什么样的人?有点儿文化,本性却无常性和恒心,怀才不遇化为牢骚和下流,把生活包括职业过成一团揉皱溃黄的纸团。"狗日的真流氓!"这是少年易长安评价易培卿的话。成年后的易长安一心要摆脱父亲的任何影响,不结婚,不从事"正常"职业,选择独身和自由,追逐女性并被女性追逐。表象上,这是对传统秩序的颠覆和对父权的反叛,其实这种对边缘角色或者非主流生活的主动选择,恰是父亲不安分和下滑的人生表现对易长安内心社会感的覆盖,与父亲的被动选择不同,易长安主动进行社会身份和社会角色的自我放逐,保持"零余"姿态。造假证这一显然"非法、地下、不能见光"的职业,生活方式的"漂泊、不安定",情感状态的"不确定",等等,这些都是对"零余"生活的主动选择,对社会现有价值标准的放弃和背叛。从花街到乡下再到北京,在地理上,易长安的这种自我放逐的行走路线,是以故乡甚至是以父亲为原点向外移动,然而,有意思的是,在易长安逃跑的路上,他不断地化装,不断地隐蔽,最终却是故乡这个原点把他拽回了返乡的火车,掉进了追捕的牢笼。可以说,是乡愁最终把易长安送进了没有自由的牢房,可见,易长安的自我放逐是有"线"放逐,这条线上结着一个小镇青年男性的生活理想和生命理想。

有文章把70后称为最后一代理想主义者,这个说法的公信力与否不论,但它的出发点至少是想对70后成长中的精神负重进行探讨。相对于后来的80后、90后而言,70后的成长恰逢整个中国社会的经济转型和文化转型时期,因此,在这一代人的集体潜意识里,对变革的大时代和个体人的命运的休戚关系多少还存有记忆,大时代和小悲欢不曾断裂,因此,他们的身上也多多少少还保持着精神的高蹈特征,还最终会抬起头看看天。70后有没有住房的问题?有!有没有户口问题?有!有没有父母赡养问题?有!其他如升官发财等问题也都有。这些问题,在80后、90后可能是困扰的核心,但是在70后,这些不是核心困扰,核心困扰是精神的自在感和满足感。

小说里,作为商人的杨杰做水晶生意发财后,不是朝资本"做大做强"的惯性轨道走下去,而是开始研究水晶挂件,从佛像艺术的精雕细刻中获得意趣;初平阳读完研究生,为了一个特殊的语词"耶路撒冷"将离乡背井;秦福小这样一个开电梯的女工,面对公司副总这样的"绩优股"的追求,拒绝的理由是不能勉强自己和孩子,这种不太现实的择偶观,也是抬头看天的习惯所致。逆世俗价值标准而行,便是一种所谓的理想主义在作祟。造假证的易长安原本是一个疾恶如仇、责任感强的乡村中学教师,因为工资发不出,辞职进京,选择造假证作为职业,一是谋生,二是享受冒险的快乐——当然这个快乐使易长安付出了自由和安稳的代价。看似玩世不恭的他,内心怀着故乡,怀着故人。

这个故乡有着不一样的"味道"。

气味的描写,第三章后从文字的层面断了,直到第九章《易长安》中易长安作为主角再度出现并在家乡淮海的火车站被公安抓捕,再一次在书中出现。而整部作品从第九章之后,故事的主要情节已经大致讲完,剩下的最后两部分《舒袖》和《初平阳》,不过是从叙事结构呼应一下开头,对于人物命运的完整性有个交代而已。

好吧,来看看第九章是怎么交代"气味",又为什么要交代这个"气味"。易长安从逃跑的路上踏上了回乡的火车。与初平阳一样,也是在临时停车后的"喧嚣起来的抱怨声和桶装方便面的香味里突然醒来",易长安发现被跟踪,从卫生间窗户爬下火车,他打开窗户,一股混合着泥土、青草与河流清香的清冽的风吹进来,熟悉的故乡的味道。气味,这根线头,在此合拢了。写舒袖的出场,也写了味道,不过这里写的是"前调"——如同舒袖是初平阳的前女友这一关系。以《舒袖》为人物本纪的第二章,一上来就写网吧和网吧的气味。黏稠的汗味、脚臭味、荷尔蒙味、烟味、酒味、口臭味、酸腐的打嗝味、劣质化妆品味、屁味,以及众多初平阳找不到来路的气味,这就是"地球村"。"地球村",这个宏大的词,被毫不羞涩地用在一个小集镇的网吧身上,极具反讽意味,是对转型时期整个社会好大喜功的文化心态的反讽,同时,也是这个城乡接合带不甘一隅的一种表达。故乡最让他怀念的人和事里,好空气是其一⋯⋯

夜晚十一点刚过的故乡空气潮湿,他点上一根烟,天上没有星星,烟雾带出了他肺里的浊气。他开始往回走⋯⋯往回走的路上,初平阳在镜子里看到了自己的耳朵,想起了最喜欢自己耳朵的舒袖。锣鼓点敲得这么密,重要人物舒袖要出场了。在这部还乡的作品中,如果没有爱情等感情,男主人公会不够传奇,是缺乏感性魅力的。舒袖对初平阳而言,是言情剧里真正的女一号。舒袖是一个富有性格色彩的女主,她活在现实和内心感受中,能为爱抛弃既有,能为爱吃苦,能投身并享受两性关系,也能从两性关系中抽身。在舒袖和初平阳的关系中,舒袖是主动者,初平阳则是被动者。初平阳作为一个知识分子的精神漂移和不羁,舒袖无法始终同步并追随始终。也是在初家的老屋,初平阳见到嫁作他人妇的昔日恋人舒袖和她的一岁多的儿子。两个人毫无悬念地做爱,又最终渐行渐远。渐行渐远,是这一场感情的必然结局。

写一段忧伤的爱情,显然也不是徐则臣的本来目的,虽然在《耶路撒冷》里也曾写到未名湖畔的爱情,写到电梯里的爱情,写到运河边的爱情,但是,那句话怎么说的——"爱情都是传奇的,生活都是现实的"。舒袖跟着初平阳从家乡到了北京,又从北京独自回了家乡,嫁了人,生了孩子,这里面当然有忧伤,是那种难忘初心的忧伤,但有没有大悲伤?没有。《耶路撒冷》里老老少少,凡是用墨详细地拎出来的过去和今天的感情、婚姻,总数十几对,几乎没有一对获得"并行"的快乐,除了几处不太明确的描写,比如初平阳的父母。这是什么原因?是因为作家爱情悲观论的潜意识吗?和谐不等于并行,A 和 B 可以和谐,A 和 A 才会并行。正如同秦福小和吕冬的关系。秦福小和吕冬相约出走,吕冬最终错过约定,秦福小独自远行,两条线无法相交,也是必然结局。吕冬和秦福小由于成长环境不同,性格反差深入骨髓,如果说反差在情感的初期是一种魅力,那么在深入期则会成为裹足不前的阻力。两人最终成为两股道上的人,即便吕冬依旧在怀念秦福小,但他怀念的只是初恋,而不是真实的个体,因此他一直在躲避与秦福小的见面。这就意味着,秦福小即便回到淮海,吕冬即便离了婚,他们还是不会走到一起。显然,在作家笔下,孤独是常在的,不仅仅是感情生活。

对于初平阳这样的小知识分子,对于易长安,甚至杨杰、吕冬、秦福小,无不如是,出走是常态,或思想,或行为,所以要去耶路撒冷。

以气味为线索或者符号的这几场,针脚细密有致,去冗笔赘言,见机心,甚为难得。

出场和不出场的安排

在三个寻找秦福小的男性中,秦福小的初恋吕冬缺席。着墨不少的吕冬在小说中没有人物"本纪",表层原因,吕冬是作为出走的男人的反衬存在。他的性格表征是成长顺利、家世较好的乖孩子,在强势母亲的照拂下,既没有离开家的动力——连秦福小相约私奔也被他放弃了,也没有出走的勇气——想到母亲的恼怒他就不安。如果我们简单套用"缺钙""未断奶"来判断吕冬的人格,这个形象似乎没有什么特殊价值,但吕冬这个小知识分子的形象,在小说中显然比中产阶级的杨杰有质感。想,而没有行动力,因此痛苦,恰恰是众多知识分子的特征,作家对这类人物的把握更真实从容。

吕冬进精神病院,与其说是作家对平庸人生的惩罚,不如说是对痛苦人生的关切。关于吕冬的文章,小说其实做得很充分。吕冬的出场也是唱足前戏。老婆齐苏红和青梅竹马的秦福小都已经提前登场,甩下了很多线头。齐苏红临出院门之前说:"忘了跟你说,吕冬他,进三院了。听说你们家的房子要卖?"吕冬进精神病院和初家卖房子,齐苏红把这两个信息放在一起,看似无意,其实是潜在的关联。交代完这句话,文章没有顺势引出吕冬,而是欲说还休。因为火候不够。

说吕冬,绕开吕冬,写他的"心结":秦福小。秦福小在

第四章《秦福小　夜归》出场。当然,如果从篇幅和用墨多少来讲,这本书的女主人公似乎应是秦福小,"找寻秦福小、帮秦福小还乡"被认为是这本书的线索。从小说的结构看,也是这样。但在作家的本意里,也许淮海镇的秦福小和舒袖在角色的审美定位上是"互补",是一人两面,最后结局也相似。秦福小的出走、游历、还乡,与舒袖的出走、还乡,虽然表现为一个带着养子回来,而一个是回来后结婚生子,但是,她们其实都选择了"回归":地理的回归和母性角色的回归。

　　还是来看看秦福小。秦福小的出走是纯粹意义上的出逃。傻弟弟景天赐在自己的眼前用刀子割断动脉死了,父亲的济宁老家断了这支香火,深刻的内疚和父母的忧郁压迫她逃出了家门。逃出家门的秦福小在无数个地方比如南京、杭州、九江、长沙、昆明、潮州、深圳、郑州、西安、石家庄、银川、成都、北京"跳来跳去"。她在数独的小格子里看见了一个个城市,她正在从一个城市奔赴另一个城市的路上。助跑,起跳,腾空,落地;助跑,起跳,腾空,落地。每一个动作都很艰难,每一次都仿佛连根拔起,每一次也都成功地助跑、起跳、腾空、落地。吃了多少苦,忘了,时光流逝就到了今天。秦福小具体的打工经历,作家是大写意。这就好比传统说书里经常用"话说时间不知不觉已经过去十余年"或者"弹指一挥间,十年过去了"这种句式来虚写。

在这弹指十余年里,除了秦福小以外,初平阳从淮海到南京到北京,易长安从淮海乡下中学教师到北京办假证,杨杰当兵到了北京并在北京当了老板。为什么作家把大家出走路线的终点都放在北京?这显然是一个有现实指向的表达。

大家都知道,从笼统的价值观来讲,近二十年中国社会虽然经济水平快速发展,但是价值的空间变小了,人们可选择的目标不是多了,而是单一了:物质的层面,无非是买房买车买奢侈品,人们对于生活的物质指标更加明确;精神的层面,升官发财成为显性的集中的价值诉求。与这种价值取向相对应的是中国社会的现实,资源分布越来越集中,区域发展越来越不平衡,从沿海发达地区这种带状发展集中到"北上广"这种点状超大发展。这些年,行政资源的高度集中,导致社会发展机遇高度集中,"上广"的许多优势也被首都北京大大遮蔽,北京成为全国条条大道杀将而来的罗马,人们蜂拥而至。考学的初平阳,打工的秦福小,当老板的杨杰,造假证的易长安,等等,都来了。十六年后,到了人生的中期,初平阳回淮海卖房,秦福小回淮海定居,杨杰回淮海谈生意并载送秦福小母子回淮海,易长安在隐姓埋名逃窜之际回到淮海并被抓,尽管出于不同的理由,但结果是他们又陆续回到淮海。

出走和回归,在这里形成了所谓的轨迹,而对于人生来说,某种角度上,轨迹即意义。

小说还写了两个特殊的人物:铜钱和景天赐。这两个人们眼中的傻子,在审美定位上也是互补的。不同的是,一个正面出场了——比初平阳大六岁的铜钱是正面出场,一个没有出场或者没有正面出场——童年小伙伴天赐是在大家的转述和记忆中出场,但天赐有人物"本纪",为什么这么安排,后面的话题会谈到。脑子被猪踢坏了的铜钱表现得像一个意味深长的巫师。初平阳刚回到家,东大街的傻子铜钱就出场了。他能迅速地认出并招呼初平阳:"平阳,你从北京回来啦?"这些年,"我"从小学校回来,从初中回来,从高中回来,从大学回来,从教书的大学回来,从北京回来,他见着"我"都会说:平阳,回来啦?他从来不问"我"是从哪里回来的,但他显然知道,他什么都知道……重要的是，他知道"我"去了外面的世界。"去外面的世界"，在一个傻子的身上赋予如此哲学意味，未免过于传奇。抑或是作家的"陌生化表达"？哪怕是一个傻子，也想"去外面的世界"，他想表达的是这层寓意吧？我是不太相信传奇的存在。许多作家喜欢在虚构生活的时候赋予人物一些过于传奇的色彩，如果不是性格逻辑发展的必然结果，这种传奇会妖魔化，会损伤可信度。当然，传奇有时候能改变故事的走向或者审美的情调，但须合乎"或然率"，否则缺乏说服力，降低写作的格调。淮海城里，有两个傻子的存在也许是合理的。这种合理，却产生了一种忧伤，一种在逼仄的环境里扭曲成长的忧伤。至于景天赐，在《景天赐》这一章只在末尾出场，开头说的却全是初平阳的"耶路撒冷"，跟塞缪尔教授的交往，对耶路撒冷向往的由来，"自从你知道《圣经》和耶路撒冷都是从这种神奇的语言中来，十几年里你就对这种语言满怀好奇。你想知道《圣经》和耶路撒冷用希伯来语精确地念出来时是何等奇妙的声音"。那么，为什么在景天赐这一章用五分之四的篇幅写初平阳怎么产生去耶路撒冷求学的念头？仅仅是因为语词的神秘吗？从初平阳的导师顾念章嘴里说出的那句"语言让我们得以自我确证",让我们想起了大江健三郎。大江健三郎在《小说的方法》一书里,第一句话就是"我经常以语言为中心来思考人的问题,基于这样的思考方式,我意识到自己对于人持有一个基本值得信赖的观点。那就是暗夜语言相隔不同的历史时期,或者在世界不同的地方对于语言有着深刻思考的人终将达成一个共识,我为此而受到鼓舞"。是语言直接勾起了意义的向往吗?不完全是这样,大江健三郎的意思是语言建构的陌生化意象,产生了关联和意义。景天赐和敬奉耶稣和十字架的秦奶奶出现了。耶路撒冷由秦奶奶嘴里吐出来,传到少年初平阳的耳朵并驻扎下来。忏悔没有及时挽救景天赐的生命,长久背负的十字架让初平阳对耶路撒冷产生渴望。耶路撒冷不是理想主义者眼里求而不得的圣地,而是伤感主义者的救赎和安心之所。

写长篇要懂得节制和裁剪。许多长篇小说原料很好,但料理不得法,结果虎头蛇尾,最后出来的作品缺盐少糖,关键原因是取舍不对:该用老抽着色红烧,结果只勾了芡,形象不入味;该大火煸炒,结果文火长炖,整个品柴了。写长篇也不能完全是外科医生,只有剪裁,没有生长。生长这个关节,充分体现小说家的想象力和创造力,高明的作家善于把素材生长成汁水丰饶的细节,生长成密密麻麻的线索,最终生长成枝繁叶茂的形象。

写作是冒犯和偏执,主张解放创造力,进行多声部写作、多样式写作。多声部是一团线索,一团线索很难驾驭,条条线索要有落脚,功力弱者往往有始无终。徐则臣年纪尚轻,但老成、厚道又机智,懂得取舍。写中短篇时不觉得,写长篇,作家这种取舍的才秉就显得格外重要。

说四十五万四千字的《耶路撒冷》结构谨严细致,一个突出的证据是,整部小说可以从各个角度拎出一条完整线索,比如:从人物的角度,围绕初平阳展开各个有关系的人物及命运;从事件的角度,围绕初平阳为去耶路撒冷留学回乡卖房;从故事的角度,有人把它提炼为三个男人寻找一个女人还乡的故事。这三条线索,条条线索贯穿始终,股股相连,触类旁通,枝繁叶茂。对于中心线索的交代,作家布置、埋伏了很多的意象,这些意象的建构和讲述,就是作品线索延伸的节奏和节点。《耶路撒冷》的这种叙事智慧和讲究,是对近年来长篇写作越写越杂乱的一个极有力的反驳——篇幅不是问题,长不代表芜杂、无序、无度,一条线索也不代表浅薄、单一。

专栏和专栏的寓意

在《易长安》这章后面的专栏文章,题为《时间简史》,其中这段关于一个叫黄青州的人的描写,我理解为理想主义的"活化":"跑一项不喜欢的业务,腿都跑细了,总挨人白眼,那感觉就是热脸贴到了冷屁股上。参加了反对美国轰炸中国驻南斯拉夫大使馆的游行;不过就走了不到两个街区,遇到一个老乡,他刚到北京,饿得头晕眼花,我想还是救人要紧,就请他吃了驴肉火烧。不能让人饿死在队伍里,是不是?回了一趟老家,家里遭洪水了,波浪滔天,百年不遇的大水,修大堤时差点被淹死。"明白了,所谓理想主义者,最明显的一个特征是责任感,是能意识到责任并能积极承担这个责任,这个责任与个体有关,但通常大于个体的利益,为了这项责任可能牺牲掉自己。这么说来,理想主义者,是一个活在精神和远方的人,耶路撒冷就是远方,因此,有评论认为《耶路撒冷》是为70后一代理想主义书写心灵史。没错。但不仅仅如此。

也是在初家的老屋,初平阳写了一篇专栏《到世界去》。铜钱,一个六岁被猪踢坏脑子的傻子,追着火车跑,

"也想到世界去"。这个形象的描写具有特别的寓意。透过他的眼睛,给出了有别于恒常普通的世界。有没有想到《尘埃落定》里土司的傻儿子?在淮海,从前是一条运河的长度决定人们的世界有多大,"四条街上的年轻人如今散布各处。中国的年轻人如今像中子一样,在全世界无规则地快速运动"。写味道,是写记忆。写记忆,是为了写乡愁。写乡愁,是为了写回归。写回归,是为了写出走,写耶路撒冷。是这个逻辑吧。怎么写出走,是这本书的强项。如果仅仅是为了一般意义上的"乡愁"写出走和回归,即便有了文化反思,也落了陈词滥调。

也有人说这本书的核心是三个男孩寻找并带回一个女孩。媒介宣传可以这么简单地去介绍,但作家的本意复杂得多。这个女孩可以是一个具体的对象,比如秦福小。但秦福小只是他们一个少时朋友的姐姐,因为弟弟横死,离家出走。对于这个朋友也即女孩弟弟的死,大家各自有愧,但情感的厚度和伤感程度、内疚程度,并不足以让他们长时间地花费时间寻找死者的姐姐,秦福小甚至也不承担异性审美对象的责任。三个男性寻找和出走,其实是形而上的追寻,是审美化的追寻。

翻开目录,一共十一个章节,每个章节都以一个人物命名,同时这个章节也是以这个人物为核心展开叙事。先看前五个章节的标题,《初平阳 到世界去》《舒袖 一半是海水,一半是火焰》《易长安 这么早就开始回忆了》《秦福小 夜归》《杨杰 第三十九个平安夜》,每个章节的前半部分是一个人物本纪,后半部分是"我"写的发表在京城某报的一篇专栏文章,这篇文章看似与前面这个人物无关,是一篇文化随笔,但我们现在看完整部小说就明白了,专栏文章的题目是对这个人物的一个注释、补白,如:初平阳的理想是"到世界去";舒袖的性格是"一半是海水,一半是火焰",人生经历也如此;易长安这一章是从他父亲易培卿写回忆文章写起,正如易长安自己所悟,自己的一生在竭力逃脱父亲的影响,却在遗传学上无意识地暗合、互文,故曰"这么早就开始回忆了";秦福小的"夜归",是这个表层寻找主题的结局;"第三十九个平安夜"关于生和死的彻悟,杨杰人生事业的转型情同此理。再看后五个章节的标题,除了最后一章,每个章节的结构依然如故——前半部分是一个人物,后半部分是专栏文章,只是人物本纪出场的顺序与前五章正好相反,依次是《杨杰凤凰男》《秦福小恐惧》

《易长安时间简史》《舒袖你不是你》《初平阳》。"凤凰男"最终涅槃成凤凰,是杨杰的人生;秦福小的恐惧是她离家十六年的直接原因;易长安的时间简史到此为止,他在故乡被抓捕;你不是你,是舒袖和初平阳再次见面后的结果,所以,最后,初平阳还是要去耶路撒冷,至于杨杰所说"再别说故乡跟你没关系了","我看你就是到了毛里塔尼亚、厄瓜多尔和长城空间站,半夜里醒过来,脑子里转的可能还是这地方","只要她在,甚至她不在,同样成立;忘不掉的爱情是你的第二故乡",那只是精神的怀恋。

这部小说总共十一章,在前后五章正中间,还有第六章《景天赐 我看见的脸》,这一章很特殊,这么安排也很特殊,似乎是一个交通枢纽。前后十章涉及的五个人物,都是正在进行时的活人。景天赐或是这五个人的朋友,或是兄弟,他傻了,并在十二岁的时候用刀片割破动脉死了。因为他的死,每个人都有了负罪感:他割破自己的手术刀是杨杰送的礼物,他在秦福小眼前挥舞着刀子并倒地,他让初平阳和易长安对死别产生切肤之痛,他的死让秦福小拉着吕冬想逃离故乡。从精神书写的层面讲,景天赐是每个人潜在的一个情感的心结,是大家逃离故乡的内驱力——除吕冬没走成外,其他人都走了。从结构层面,这一章是一个中点。前五章里,除了易长安由他的前世父亲易培卿代替出场,其他人相继出场,叙事的重点落在铺陈时间和事件的逻辑:外出的游子,开始明里暗里向故乡进行地理和空间的回归。第六章景天赐在转述中出场后,所有外出的人开始站在故乡的土地上。第七章,杨杰和秦福小开车回到了淮海,老婆崔晓萱带着孩子已悄悄地提前"潜回"婆婆家。关于杨杰父母,有一段寓意深刻的描写,是精彩桥段。写杨杰的母亲李老师,这位李老师是北京知青落户当地,充满着神秘感或者未知信息:一则,来到这个叫棉花庄的乡村后,她常年往北京寄信,却没见一封北京回信,后来人们发现她写给北京的信也只有四张白纸;二则,她所谓的休假探亲只是到别的地方转一转,根本没往北京去;三则,她的北京口音,被从北京回来的儿子、儿媳怀疑。因为这么一个"北京情结"的母亲,所以杨杰成为北京的凤凰男,最终娶了一个正宗的北京媳妇,因此,第七章后面的专栏题目就叫《凤凰男》。第八章,吕冬的老婆齐苏红再次提到吕冬和大和堂,她请求初平阳"看在吕冬的分儿上,若有可能,考虑一下"。这里开始说到吕冬、初平阳和吕冬的初恋女友秦福小。住进精神病院的吕冬出场了。秦福小抱着养子天送也出现在大和堂。这章的精彩人物是秦福小的奶奶秦环,她依然深有寓意。在整个作品里,或者整个花街,与宗教关系最密切的应该是秦奶奶。也是秦奶奶,让"耶路撒冷"这个词在初平阳的内心产生响动。妓女出身的秦奶奶背负着沉重的道德十字架,最终在宗教里获得精神自救,因此得以抗拒生活的各种不幸,最终也因为抢救和背负一个一百六十磅重的槐木十字架淹死在暴雨中。为什么把秦奶奶处理成这样的殉道者的结局?这是作家本人对于生命和理想的悲观。

　　这个理想,是个宽泛的概念,代表对生活的要求和追求。在强大的现实机器面前,理想主义者除了殉道,还有别的出路吗?作为理想主义形象的书写也好,作为作家的理想主义的表达也好,我们看到的是理想主义的现实悲剧。话说回来,信仰本身意味着献祭,向死而生,明知不可为而为之,乡村的堂吉诃德如此,淮海的秦环如此,初平阳、易长安、杨杰、秦福小包括吕冬,都是如此。这正是作家高级的地方。没有一种生活是天衣无缝的圆圈,总会合不拢,好吧,这就是生活的魅力、生活的滋味,所以上帝说人在这一世是通过身体受苦来忏悔和解救灵魂,灵魂因为远方和来世而有了不竭的力量。在我们这样一个大多数人没有宗教感的国家，通常只经历坎坷、对生活有深刻体察者才能有这样一个通透的思想。这种宗教感，在秦福小的奶奶身上表现为显性特征。徐则臣令人惊讶地超越了年龄段的具体经验，从哲学的层面达到了这个认知，使他在处理现实生活的经验时，使具体的死板的素材拥有了思想的价值。至此，这是不是一篇充满象征符码的现代小说？

有人说，徐则臣让70后的作家紧张起来。我觉得远非如此。在写作不再讲究终极意义和叙事策略之际，一个有能力又有坚持的作家，一定会站在高处。

重建写作的高度

——致敬李修文和《山河袈裟》

有人也许会问是不是在"写作"前面加个定语"散文",不,应该就是"为写作重建高度"。

它是散文吗？是！上架建议:散文。但许多人说它像小说。没错,它对人物细节的抓取描绘,它的曲折跌宕的故事讲述,都有小说的日常特征。简单地说,它是跨界。不简单地说,它建构了一个超级文本,产生了强烈的异质性、陌生感,让我们陷入了纯粹的文学鉴赏状态。什么是纯粹的文学鉴赏状态？被鞭挞,被同情,被刺激,感同身受,口舌生津,以至神游万仞、身心舒泰。纯粹的文学鉴赏状态,首先是文字层面的感官愉悦,其次才是意义层面的认知共鸣。

它,就是小说家李修文在文坛沉默十年后新近出版的这本《山河袈裟》。

清晰的面目和鲜明的蝉蜕

李修文十年磨剑,用三十三个篇章二十万字记录的这些阅历、经验和体悟,其用力之猛、用情之深、用语之新,极如望帝啼血产生的鲜明极致的美学成果。作为阅读者的我们,仿若久陷雾霾之后突然看到湛蓝透彻的晴天,内心除了惊喜、恍惚、感动,还有不解、不信:这一个晴天从何而来?这个超级文本的面目实际上十分清晰,我们的不解和不信基本来自惯性和偏见。

《山河袈裟》面目清晰,主要表现为审美取向的明确。审美取向的模糊和暧昧是现代艺术的特征,《山河袈裟》是逆反。对于文学作品,审美取向包括社会学维度、伦理维度以及纯粹意义上的美学维度的取向,审美取向的具象表现是对人物形象的选择性塑造、对事件是非的价值臧否。

"是的,人民,我一边写作,一边在寻找和赞美这个久违的词。就是这个词,让我重新做人,长出了新的筋骨和关节。……此刻的车窗外,稻田绵延,稻浪起伏,但是,自有劳作者埋首其中,风吹草动绝不能令他们抬头。刹那之间,我便感慨莫名,只得再一次感激写作,感激写作必将贯穿我的一生,只因为,眼前的稻浪,还有稻浪里的劳苦,正是我想要在余生里继续膜拜的两座神祇:人民与美。"①

开宗明义,李修文在《自序》里如此坦陈。我认识另外两类写作者:一类是即便内心深刻认同"人民与美",也会写"人民与美",但他们通常不会承认,会自我调侃,降低调子,以示没有超拔于现实生活中平庸的大多数,这是对审美取向的不坚定和不自信;另一类就更多见了,出于各种各样的现实利益考量,他们把自己装扮成"人民与美"的代言人、书写者,一边说着大话,写着大词,把人民和家国挂在嘴边,一边整天行着蝇营狗苟的营生,"人民与美"在他们的内心毫无价值,不过是他们奔走名利场的捎带脚的工具,这种人把写作的生态严重破坏了,看到他们的作为,人们开始耻于谈"人民与美"。

崇拜"人民与美"并能够坦率写出来者有没有?有,李修文就是一个。但李修文的这种坦陈因为罕见和直率,许多人选择忽略,不肯正视,不去谈论。是呀,一个如此富有写作能力的曾经的"纯文学作家",他为什么要去赞美"人

---

① 李修文:《山河袈裟·自序》,湖南文艺出版社2017年版,第3页。

民与美"？是投机吗？还是随便说说？

人民,是对关注和表现对象的圈定。美也是,不过,更宏泛,更开阔。没错,写爱情小说、以技巧见长的李修文,他的同辈或者他的上下辈,似乎还没有一个人像他这样高声而不是遮遮掩掩、真挚而不是矫揉造作地赞美"人民与美"。他让我们对被概念化和模式化了的"人民与美"另眼相看。

李修文这十年到底经历了些什么,以至于实现如此鲜明的蝉蜕？

"写下它们既是本能,也是近在眼前的自我拯救。"[1]具体的生活经历包括精神经历无从得知,但我可以肯定的是,这沉默的十年不是平静的十年,写作的取向以及写作的去向,对于写作的理想主义者李修文来说,恐怕是最主要的困扰之一。其他的困扰,比如生与死、存在与虚无,也会让他苦恼,甚至绝望,但这些困扰的起点应该都是"写作"。对于一个作家来说,"为什么写"意味着写作的终极意义。一个人的生命,要靠自己去完成。一个作家的写作方式,也要

---

[1] 李修文:《山河袈裟·自序》,湖南文艺出版社2017年版,第1页。

靠他自己去悟解。《山河袈裟》的完成,意味着李修文的文学观的修正和清晰化。

文学观包括写什么、怎么写和为什么写。写什么和为什么写,李修文在《自序》里说得很清楚。我们的另一重关注是,《山河袈裟》能把"人民与美"写得很清楚吗?李修文眼里和笔下的"人民与美"是什么样的?

有人说《山河袈裟》写的"人民",不是我们的"人民"。也有人说《山河袈裟》主要不是写人,而是写一种神秘主义和浪漫主义情绪。这些话都对,也都不对。

为什么说都对?《山河袈裟》写的是清晰的人民,而不是泛泛而指的人民,这个人民不是模糊的被道德化的代词,而是一个可以亲近的芸芸众生的集合体,他们实实在在地生活在我们的周边,我们每个人都是这个集合体里的一分子。《山河袈裟》写这些常常被忽视的具象的个体的情感,写他们行走天涯的命途,写他们畸零岁月的常情,甚至写他们被甩出生活常轨后的坚持。对,写他们在生活的各种弯道里的行走。辩证唯物主义认为,生命是注定丰富和不完整的,是饱含各种意外的。《山河袈裟》就写不完整的现实生命里的真情,把人从具体的职业和身份外套里还原出来,还原成一个个赤子,锦缎也好,袈裟也好,跳动着的心是同样赤诚的真和善,真和善让我们的感官受到触动,这就是李修文对"人民与美"的认定。他的表达方式,看起来是诗性的、浪漫的,甚至是传奇的、戏剧的,但我们又怎能随随便便就否定它的真实性和可靠性?我们对我们周边的人民又有多少认真的观察?躺在医院天台上的水塔边苦熬了一个通宵后的李修文,决定从此不仅要继续写作,还要用尽笔墨"去写下我的同伴和他们的亲人"[①],经验是他的炼狱,也是天堂。

三个关键词:"山河岁月""人民"和"美"

读李修文的《山河袈裟》,有三个关键词:"山河岁月""人民"和"美"。

先说"美"。

> 大概在十几年前,一个大雪天,我坐火车,从东京去北海道,黄昏里,越是接近札幌,雪就下得越大,就好

---

① 李修文:《山河袈裟·自序》,湖南文艺出版社2017年版,第2页。

像,我们的火车在驶向一个独立的国家,这国家不在大地上,不在我们容身的星球上,它仅仅只存在于雪中;稍后,月亮升起来了,照在雪地里,发出幽蓝之光,给这无边无际的白又增添了无边无际的蓝,当此之时,如果我们不是在驶向一个传说中的太虚国度,那么,连我自己都不相信。

有一对年老的夫妇,就坐在我的对面,跟我一样,也深深被窗外所见震惊了,老妇人的脸紧紧贴着窗玻璃朝外看,看着看着,眼睛里便涌出了泪来,良久之后,她对自己的丈夫,甚至也在对我说:"这景色真是让人害羞,觉得自己是多余的,多余得连话都不好意思说出来了。"[1]

这是《山河袈裟》第一篇《羞于说话之时》开头。这种"羞于说话"的情境,此后随时跃然纸上。

半年前,看完《山河袈裟》,我也写下一句话:"有的人多年只出一本书,却让我看完,什么都不敢写了。"这是一种难以名状的绝望,所有自以为是的置喙可能都成废话。

---

[1] 李修文:《山河袈裟》,湖南文艺出版社 2017 年版,第 1 页。

我也羞于说话,我若是聪明,便会"不要在沉默中爆发,而要在沉默中继续沉默"[①]。天地有大美而不言,原因或有二,一是不能言,一是不愿言。于我,是不能言,害怕转述将原义减分、打折。

《山河袈裟》是李修文在写完《滴泪泪》《捆绑上天空》后,积攒了十年的文字,散发出浓烈醉人、情真意切的大美。

这是怎样的一种浓烈的美?仅仅因为写到天地,写到生死,写到人心吗?

司马迁在《报任安书》里说"究天人之际,通古今之变,成一家之言",不错,写到天地,容易有浩荡之气。但是,在《山河袈裟》里单独写天地的篇目,只有一篇《青见甘见》。

自兰州租车,沿河西走廊前行,过了乌鞘岭和胭脂山,再越漫无边际的沙漠与戈壁,直抵敦煌;之后,经大柴旦和小柴旦,进了德令哈,再翻橡皮山和日月山,遥望着青海湖继续往前;最终,过了西宁城和塔尔寺,历时一月之后,我重新回到了兰州。……这是应当从我注定庸常的生涯里抽离的时光,见了甘肃,再见青海,

---

① 李修文:《山河袈裟》,湖南文艺出版社2017年版,第1页。

见了戈壁,再见羔羊,这青见甘见不是别的,就是刻在我魂魄里的迷乱"花见"——①

风暴肆虐,荒漠广大,生灵畏惧,闪电、流沙、庇护,这种抽离出日常的"天地"之美,是李修文的"神迹",是珍藏,是稀罕,是不能常见也不能常言的敬畏。因为发自肺腑地敬畏,天地在《山河袈裟》里,是"羞于直接言说"的内容和对象。天地也即山河,在李修文的文字里被隐藏起来,成为混沌和无处不在的底色、背景和屏风。李修文不是站立在那儿,平视着山河,审美式地指手画脚——这是平常书写的姿势。李修文是拜万物为神,山河即一神,是情感主体,是复活的生命。

李修文不仅拜山河为神,还拜人民为"神"。山河混沌,面目清晰的是人,是人民。人在天地间生活、行走、爱恨,山河的岁月是人的岁月。发现人的传奇,发自内心地去体谅他们、热爱他们,眼前不只是苟且,眼前就有诗意。写到生死,是通达之情。写到人心,写读书人已丧失,只在屠狗辈留存的"深情""厚义"。

---

① 李修文:《山河袈裟》,湖南文艺出版社2017年版,第71页。

李修文为什么会这样写人和自然？庄子在《齐物论》里提出"天地与我并生，而万物与我为一"的主观精神境界，安时处顺，提出万物平等观，提出与万物的差别相比，万物的一致性更明显，包括人。人民与"我"本来就同高，而不是"我"蹲下来，与人民取同高。

他们是谁？他们是门卫和小贩，是修伞的和补锅的，是快递员和清洁工，是房产经纪和销售代表。在许多时候，他们也是失败，是穷愁病苦，我曾经以为我不是他们，但实际上，我从来就是他们。[①]

在《每次醒来，你都不在》里，电信局临时工老路对于父子亲情的表达方式犹如爱情一样煽情。在《阿哥们是孽障的人》里，穷途末路的庄稼汉和穷途末路的文人一样，瞬间可以过命，结下千里万里的情义。李修文的"齐物论"、众生平等论是这样纯粹、强烈，以至于他能从这些已经从日常生活轨道脱轨的人身上发现生命的力量和倔强，发现深

[①] 李修文:《山河袈裟·自序》，湖南文艺出版社2017年版，第2页。

刻动人的美好,比如,《长安陌上无穷树》里病房里的岳老师那压抑的激情,《郎对花,姐对花》里沦落风尘的烈女子,《鞑靼荒漠》里在荒岛上种植乌托邦的莲生,等等。众生平等,使李修文看清楚了周遭。能发现这些人,才是李修文能写出这些传奇和惊喜的关键。

但显然,李修文不仅受庄子的影响,也深受儒家文化积极入世、侠义恩仇的影响。这成就了他的"深情"和"厚义"。

>……真实的谋生成为近在眼前的遭遇,感谢它们,正是因为它们,我没有成为一个更糟糕的人,它们提醒着我:人生绝不应该向此时此地举手投降。[①]

我们可以先看《苦水菩萨》《看苹果的下午》,再看《夜路十五里》《扫墓春秋》《在人间赶路》,看到这个童年被寄养的男孩,怎么对生死有了过早的超然,怎么与佛结下缘,怎么学会抑制悲伤、学会忍耐、学会认命、学会反抗。李修

---

① 李修文:《山河袈裟·自序》,湖南文艺出版社2017年版,第3页。

文写山河岁月,吸引我的不是关于山河的抒情、对于山河的敬畏,而是与日常人生须臾不分、不假苟且的浩荡岁月。

怎么解读"山河袈裟"这四个字?其实只要看《未亡人》这一篇就可以了。

> 我实在是喜欢这个人,苏曼殊……但那笑容是慈悲吗?那难道不是绝望吗?多少人都看见过:笑着笑着,他便哭了。①

李修文为什么喜欢苏曼殊?他是"同病相怜"和"才子自况"。一个生下来便为弃儿,一个从小被寄养。"破禅好,不破禅也好","如果说他心里的确存在一种宗教,我宁愿相信,他信的是虚无,以及在虚无里跳动的一颗心","我愿见一场盛宴,别人奔走举杯,他兀自坐着,兀自对着酒杯发呆。南宋的杨万里早就写下了他的定数:未着袈裟愁多事,着了袈裟事更多。酒杯里盛着他的一颗心,那是上下浮沉的一颗心,好像红炉上的一点雪:生也生它不得,死也死

---

① 李修文:《山河袈裟》,湖南文艺出版社 2017 年版,第 189 页。

它不得"。①

这里的每一句话,都是李修文的自诉。所以,《山河袈裟》这本文集写了许多人、许多事,最重要的是它写出了这个时代的李修文。文字的力量最终来自真诚。

关键是跳跃的高度

说实话,虽然主观情感上李修文更倾向于苏曼殊,"曼殊要的并不是糖果,他要的,是和人的相亲,是不让别人将自己当成旁人"②。但语词结构上,李修文可真的像纳兰性德,古典文化包括古典诗词、传统戏曲的影响十分明显。这些影响,让李修文的思想有了景深,也让他的文字生发出香气。对于写作,文字本身就是内容。有的文字天生有色彩和香气。有的文字无论怎样加茴香大料,都不吸引人。李修文的文字意象繁复密度大,句式跳宕,善于远取譬,风格风流婉转又率性直陈,但文字不是吸引我的主要原因。

"姿势不重要,重要的是跳出高度、打破纪录,"散文家

---

① 李修文:《山河袈裟》,湖南文艺出版社 2017 年版,第 191—192 页。
② 李修文:《山河袈裟》,湖南文艺出版社 2017 年版,第 193 页。

穆涛说,"跳高时谁管你是背跃式还是跨越式,关键高度是升到了 2 米 18 还是 2 米 36。"

李修文跳出了怎样的高度?

(一)认知高度

以"散文"为文体的写作,每年有大量的文字产生,洋洋洒洒者有,喊喊喳喳者也大量存在,主观抒情者有,描摹山水者也有,但是在大量的文字中,能够把人性和人情写得好的作家不多。有人说,这是个时代悲剧,我们的文字缺乏把握现实生活的能力。其实,这可能是任何一个时代的悲剧,文字是后知后觉的,永远无法完整地记录它的时代。今天,留存在经典里的作品,理论家从理论范式研究的角度,努力找出文本形式的价值,但是,当我们退还到纯粹的阅读角度,谁会在乎它的"范式"?我们只会在意它发现了什么,在意这种发现有没有打动我们。谁都知道,打动我们的一定不是泛泛的认知,一定是细微、细致、细密的发现,是能够沟通个体心灵的异常中的日常和恒常。这有点拗口,其实说的就是各种常情常态。常情常态,一是人的本性的内生和自带,一是后天的文化传统使然。它们的存在被发现,会让我们震惊、释然,修改对生活和生命的认识。

人性和人情当然有常态,但我们认知的人性常常被各种外在的因素篡改,不复存在,我们叫"异化"。如果在各种复杂的篡改下,还能拥有这种人性和人情的本来,发现这个本来的人是多么幸运!他必须首先有心力、有识见,能够拨庸见奇,发现并能写出来分享,让不同的个体获得人性和人情的本来的慰藉和支持。这就是文学产生和存在的本来。写出人性和人情的作家,一定代入了自己的性和情,以性逆性,以情逆情,文字才能生发说服力、感染力。

在《山河袈裟》里,李修文表达了怎样的情与义?他的依仗或者是文化依据是什么?从《山河袈裟》里,我读到的字字句句,都是"共情同命"。《羞于说话之时》是对自然界美的共情,《枪挑紫金冠》是对"爱、戒律和怕"的共情,《每次醒来,你都不在》是对热烈的亲情的共情,《阿哥们是孽障的人》是对沦落之人的侠义的共情,《郎对花,姐对花》是对沦落之人的烈性和深情的共情,《鞑靼荒漠》是对沦落之人的坚韧的共情,许多人都喜欢的这篇《长安陌上无穷树》是对反抗和尊严的共情,《认命的夜晚》是对悲伤的命运感的共情,《青见甘见》写自然物象之威严宝相就不说了,《惊恐与哀恸之歌》显然是对惊恐与哀恸的共情。《夜路十五里》其实是典型的自传,是自己的故事、自己的体验、自己的悲伤、自己的反思,这种彻底的解剖式文字也贯穿了全书,只有把自己的真性情打开,把皮袍下真的"小"放出来,才能实现与生活中的关注对象的共情,才能让读者信任文字,实现与读者的共振。

从《夜路十五里》开始,作家的"本我"越来越多。《苦水菩萨》一定要认真读一读,它写一个被寄养的孩子怎么获得与自然、与人、与佛的相处,是李修文的成长笔记。经历的痛苦和迷惘,对于成长中的孩子是凄风苦雨,但最终是滋养,当这些经历自然而然地融入一个人的生命底色,由此获得的命运感知,会让那成长了的心智具有理解和同情的能力,这就是"同命"之后的"共情"。《看苹果的下午》就很典型,一个弱小的孩子对一个成年人的同情和宽宥,是令人耳热心跳的。《扫墓春秋》写到墓园里的疯子和迷狂,说:"我们每个人活在尘世里,剥去地位、名声和财产的迷障,到了最后,所求的,无非是一丁点安慰,即使疯了,也还在下意识地寻找同类,唯有看见同类,他才觉得自己是安全的,不必为自己的存在而焦虑,而羞愧。"①这段话有实指,也有泛指,李修文在此是对人活一世的孤独和不易的普遍同情。或许正是看到了普遍存在的"焦虑"和"羞愧",十年之后的李修文已经可以放下自己的"焦虑"和"羞愧",认真地拿起了笔,进入纯粹写作状态中。

还有这段话:"只要时间还在继续,时间的折磨还在继续,寻找同类的本能就会继续,黑暗里,仍然希望有相逢,唯有与同类相逢,他们才能在对方的存在之中确认自己的存在;找不到同类,就去找异类,找不到人间,就去找墓地,找不到活人,就去找坟墓里的人,因为你们和我一样,都是被人间抛弃在了居住之外,聚散之外,乃至时间之外。"②这种飘零和寻找,这种离散感,简直就是莎士比亚戏剧里的《李尔王》和《哈姆雷特》。

《把信写给艾米莉》是对精神偶像的一次表达,这类直接抒情在《山河袈裟》里不多见。《她爱天安门》讲述具有传奇性的人物和故事。《火烧海棠树》写一个女人命运多舛:孩子截肢,丈夫被撞死,她把恨撒在了一棵海棠树上,自

---

① 李修文:《山河袈裟》,湖南文艺出版社2017年版,第137—138页。
② 李修文:《山河袈裟》,湖南文艺出版社2017年版,第138页。

己又被烧伤。这是一个弱者的反抗,怒气冲冲,却让人把眼泪流干。《失败之诗》更是写了各种各样失败的人、情境、因由。

"他们是不洁、活该和自作自受的。"[①]这是冷酷的现世对畸零人以及困境的人不约而同的歧视。成王败寇,是现世实用主义信奉的美学。中国老百姓普遍不信宗教,生命对于他们只有一次,抓住现世的成败得失便显得特别重要。生活中的没有终极感,体现在我们许多作家的文字中,苦难便真的是无涯苦海。

(二) 写作高度

同样是写失败甚至苦难,为什么我们不会把《山河袈裟》说成底层叙事或苦难叙事?这依然是价值取向和美学取向的问题。

《山河袈裟》为什么不觉得写得苦,而觉得写得美?这个美不是文字的虚饰煽情而致,而与文字提供的经验和惊奇有关。它让我们惊奇于现实中存在这些真人。这是李修文的写实和记录,是他的取景框和编辑机。所谓真人,即经历各种煎熬之后还拥有珍贵的情义。这是一方面。另一方

---

① 李修文:《山河袈裟》,湖南文艺出版社 2017 年版,第 138 页。

面,《山河袈裟》对于终极感的表达,说服了我们。"谁的一场尘世,不都是自己误了自己?"①

我们通过这些文字看到了什么？李修文曾说,他写作是发现、重温和回忆这三句话:一是"无为在歧路,儿女共沾巾",一是"同是天涯沦落人",一是"白茫茫一片真干净"。或许有人说这三句话都在表达一种虚无感,见仁见智,我看到的则是天涯羁旅。这与李修文成长的文化背景有关,如前所说,他的确受庄子的"齐物论"影响,但也受儒家的"民本论"的影响,儒家积极入世的观点对李修文的影响非常明显,这才有他对人世的眷恋、不舍、不弃、不甘,这才有各种歧路彷徨以及仗剑天涯。我们也可以把这种取向看作古典主义的情怀的表达——对生命本来意义的坚持和执念。

为什么会这样？很显然,与他李修文接受的中国传统戏曲的教养有深刻关联。李修文生在楚汉的中心——荆门,祖上曾搭班唱戏谋生,对戏文的熟悉以及对舞台的迷恋,影响了他的成长,包括写作。作为一个人,李修文的身上有着明显的害羞的色彩,这与他的敏感多情有关。试想,

---

① 李修文:《山河袈裟》,湖南文艺出版社 2017 年版,第 169 页。

如果不是因为害羞,李修文也没准会成为一个文武小生,那是一个必须无羞无臊极度打开自己的职业,一种天生的害羞让他选择了以写作为理想职业。恰恰好,他在文字里把戏曲的背景包括舞台艺术的结构艺术用上,把山河岁月讲得真真幻幻,把散章讲成故事,我们听得如痴如醉。当下作家能写出这样的高度者,还会有几个呢?

先锋的一种转型及我的挑剔

——对北村的《安慰书》的挑剔

"这样的场面已经很陌生,这十年我基本当逃兵。"在"先锋的旧爱新欢"研讨会上,代表"新欢"的先锋派作家北村如是说。另一被研讨的先锋派作家吕新代表"旧爱",表示《下弦月》写的是其一直非常喜欢的题材。

整整一"大"代的先锋作家,无论是做了"逃兵"的还是"留守者",最终还是要聚拢在文学这块草场地,比如余华与《第七日》、苏童与《黄雀记》、格非与《望春风》、东西与《篡改的命》、吕新与《下弦月》、北村与《安慰书》。为他们保持不竭之创造力祝贺,同时,一定会发现,曾经在一面招军大旗下的先锋骑士们道路或写法已泾渭分明,先锋的转型或分道既成事实。作为一种形态的先锋文学显然是瓦解了,作为一种精神的先锋文学还存在吗?研讨会现场也是口味自助、各说各话,如果被如实地记录下来,其实在多声部里表现出许多判断维度或标准,表现了文学观念的分道,而不仅仅是美学口味的差异化。比如,是"旧爱"好还是"新欢"好?或换个提法,是"旧爱"受欢迎还是"新欢"更受欢迎?在这个问题上,现场诸位出自文学观念和美学口味,已经分成几垒:一垒是激赏《安慰书》,理由是北村"从语言技术到现实回落"这一转型本身极有意义;一垒是激赏《下弦月》,理由是吕新保持写作的内在性和纯粹性,依然坚持先锋的美学追求。旧爱和新欢之间,较少有口味兼容调和者。

过多巧合导致的平滑

小说写得"非常"跌宕起伏,以致设计的痕迹过于明显,而不是事件发生或人物命运的必然指向,让我这个阅读者无法代入,也就无法感同身受。这样的平滑不是优秀作品应该具备的品质。

搁下"旧爱"——其实我个人更喜欢这类文本,"旧爱"不容易令人失望,因为大家对他们的期待也局限在这种习惯了的书写口味,比如苏童、格非、吕新。而"新欢",因为失望和不能满足,失望和不能满足不是因为先锋作家对于"现实的回落",而是在他们的"现实的回落"中,我看到了笨拙、生疏和不自然,看到了匠气和过度理性。当然,也有个别回落姿态漂亮者,比如东西和《篡改的命》,这一点容后再叙。

失望通常始自希望。对于北村十年后的新作,许多人充满期待,包括我。书异常好读,书名也好,充满着诱惑。可惜,这种没有停留、通俗小说般的平滑让我隐隐失望——这也是面对北村这样优秀的作家而言。如果它只是一本普通的网络小说,那么小说的完成度很高,人物形象和细节可圈可点。如果这部小说的作者是一位处在上升期的年轻作家,我愿意说,写得相当不错,有情怀,有关怀。而作为《施洗的河》《周渔的喊叫》的作者,北村的这部《安慰书》表现出的平滑和匠气让我吃惊。

所谓平滑,不是说这部小说缺乏跌宕起伏,恰恰相反,"非常"跌宕起伏,以致设计的痕迹过于明显,而不是事件发生或人物命运的必然指向,让我这个阅读者无法代入,也就无法感同身受。这样的平滑不是优秀作品应该具备的品质。忘了是谁说的,大意是,对于一切平滑的东西,文学都应保持警惕。平滑与语言和节奏的流畅是两码事,恰恰相反,文学写作鼓励用流畅平易的语言讲述丰富的人生和不平凡的人心、人性。这个平滑,对应的是"庸常""无意外",也即匠气,这是一种可以预料和拷贝的熟悉,缺乏让人停留的"陌生感"。譬如吃了一碗口味适中的蛋炒饭,也能吃饱,但吃完后仍有速食快餐之感。这是审美的不满足,与饥饿无关。匠心要提倡,匠气恐怕要警惕。

《安慰书》为什么会让我产生这种感觉

首先,人物关系的设计巧合过多。《安慰书》里,北村精心设计了一个圆形人物关系链条:"我",一个当过记者,后因报道强拆新闻被迫转岗的律师,接手为一件街头激情杀人嫌疑犯辩护,犯罪嫌疑人陈瞳是副市长陈先汉的独生子,陈先汉许多年前下令强拆导致一起重大事故,事故现场直接受害人刘青山、刘种田兄弟,执行强拆命令的李义,包括"我"这个当时的记者,命运从此发生不可逆转的剧变。其中,以失去父亲刘青山、母亲成了植物人的刘智慧为最,家庭生活从此颠沛流离的李义的儿子李江次之。李江是这起案件的公诉人,刘智慧是陈瞳的同学、"我"儿子的幼儿园老师。刘智慧蓄意接近陈瞳,又在公共场合公开拒绝并羞辱陈瞳,导致后者精神崩溃,以致激情杀死碰瓷的孕妇。陈瞳母亲重酬之下的"我",虽然接下案件,但本能不愿意解救"仇人"和他的孩子。陈瞳最终被判处死刑,各种打击下的陈先汉跳楼自杀。这起杀人案的背后又隐藏着一个复仇的阴谋,从伦理的层面,陈瞳是被刘智慧和李江共同谋害,包袱不断、悬念迭起,小说很好看。作家将人物命运设计得很曲折或非常悲惨,尤其是刘智慧。她亲眼看着父亲被推土机碾压成半截人,母亲绝望之下纵火自杀并被烧成植物人,亲叔叔负有杀死父亲之嫌疑,自己竟然爱上仇人之一李义的儿子李江,对于最大的仇人陈先汉的儿子陈瞳,又不能产生真正的仇恨,最终虽然复了仇,却不能真正释怀,后放弃财产,当修女、做慈善、染上疾病……《安慰书》更接近一部通俗小说,极像《福尔摩斯探案集》里的一个章节,"我"就是那个带有情绪的福尔摩斯,人们会惊叹它的结局,也会被精心编织的节奏吸引。结局表明,作家的道德审判指向清晰:没有一个赢家,没有一个真正的罪人。但是,刘智慧也好,李江也好,"我"也好,陈先汉也好,性格的复杂性是强加的,不能说服人、打动人,这样的形象无法"审美"地存在并沉淀为文学意义上的典型形象。

文学如何写新闻

选择何种题材,对于文学创作,某种角度上是没有禁忌的,关键是怎么写。就《安慰书》涉及的"强拆"这一热点题材怎么写,涉及两个问题:一个是新闻事件和小说的关系,另一个是小说文本和影视文本的区别。

小说怎么完成对新闻素材的美学重构？新闻事件因为突兀、新鲜和传奇,特别容易进入小说家的视野。事件的传奇性是"已然",小说除了记录"已然",通常要做的是探究"已然"到来之前的路途以及"已然"的"未知然",揭示这条路途上被忽视和遮蔽的幽微、复杂、温暖、丑陋和无奈,也就是要写出"使然",然后才有"必然"和"信然",也即神秘的命运感。在小说家的笔下,这些"幽微、复杂、温暖、丑陋和无奈"应该通过"逻辑性"来托举——哪怕这个逻辑本身也沾染上了"神秘意味"——才有"真实感"和"说服力"。《安慰书》的问题出在,从"已然"到"信然"这条应该仔细蹚的路,如今蹚得浮皮潦草,人物情感和行为动机都是外在的设计和偶然性的加持,而不是逻辑必然和性格使然,人物的命运因此不能打动人，人物形象也就不具有真正内化的色彩。新闻报道叙述完事件过程和结果就算完成任务，至于事件发生的人心走向、真实关联，记者不需证明。但小说不行，小说家是全息讲述，是先知，他要通过合理的讲述，填补新闻没有和无法叙述的罅隙，给世道人心一个合乎逻辑的阐释。

余华也好，北村也好，都在写他们认为的现实，都在努力接近现实，这一点特别值得赞扬。但《安慰书》写的人物和生活，显然不是北村所擅长的。作家对新闻事件敏感，但对具体而微的人性没有探究、体察。比如，杀人案发生后，刘智慧主动并强烈要求为陈瞳出庭做证，这符合人物一贯性格逻辑：温柔、贤淑、善良。但后来她又坚决残忍地拒绝做证，眼睁睁看着陈瞳被推上刑场，这有悖之前的行为逻辑不说，也有悖之后的行为逻辑——散尽家财做慈善。这种结局可以写，但要把转型的动机写得严严实实才具有合理性，而不是付诸忧郁症、情绪化这样的表达。这个浮皮潦草，在《安慰书》里是大错误。余华在《第七日》里也犯了同样的错误。让一个死者的灵魂反观刚刚离去的世界，折射现实世界的倒影，这是作家的良好愿望。但是，余华这一

"距离现实世界最近的一次写作"没有获得预期体认,不是公众对余华的苛刻,而是文本这种所谓"荒诞"的刻意设计没有演绎出应该有的"荒诞",而显得平淡、无趣,没有冲击力。因此,无论我们如何喜欢《在细雨中呼喊》《许三观卖血记》,《第七日》的平庸和苍白都是显而易见的。

东西的《篡改的命》表现相对出色。小说写两代人命运的"传奇",父亲汪长尺为了改变命运努力读书,高考达线后却被冒名顶替,在艰难坎坷的生活压力下,为了改变儿子的命运,他把儿子送到孤儿院,没想到,儿子汪大志竟然被当年冒名顶替自己的仇人收养,命运是彻底改变了,亲父子却咫尺天涯:无论是名分,还是精神,都彻底地切断了。这部作品的高明,不在于写现实中的荒诞和匪夷所思,而在于作家借这个故事外壳写生活的艰难、人性的坚韧和巨大荒凉。

小说是一块完整的晶体

文学艺术是对庸常人生的一种反抗。在直接经验不足的前提下,善于使用间接经验和体验,对于小说家来说,是华山秘诀。因此,聪明的小说家善于收集间接经验,比如新闻素材,补充生活经验。被称为"民国闺秀"的张爱玲,日常生活之简单和其小说中的"世故""老到"完全是两码事。小说创作的经验来自哪里?天赋或有,但一个事实也不应忽视:张爱玲特别喜欢看街头小报和上面的凶杀艳情,经常要订阅几十份小报。我们读张爱玲的小说,能看出市井小报的蛛丝马迹吗?这些痕迹已经被作家的消化液彻底重构了。现实生活如此丰富、复杂,充满戏剧性,新闻事件或新闻素材进入小说文本的合法性完全没问题,有问题的是,新闻事件不能不加变形,原生态地跃上纸面。这样做,无论事件曾经多么传奇,用词多么粗暴,场面多么血腥,作为文学作品,阅读效果恐怕不会非常理想。你想,如果这样就可以的话,还要小说这种文本干吗?新闻通讯就可以了,再深入一点,非虚构或报告文学也不错,后者不但有现场感,还有真实性做后盾。小说拼的是种种素材消化后熔炼成另一块整体性的晶体,拼的是创作主体的主观介入和经验重塑。

最后再说说《安慰书》。我一直在想,除了生活经验有隔膜之外,北村的文风为什么会朝这个方向转型?应该还有另外的原因。北村不写小说的这十年,一直在做跟影视有关的事。影视文本和小说文本最大的区别是"讲述重点"。影视文本的讲述重点是情节的完整性和节奏感,比如起承转合、戏剧高潮的设置等等,所以影视文本注重强情节性和人物的动作性。而文学文本强调心理描述、精神书写等等,这样才能写出"形象"。如今,我们觉得《安慰书》好读,就因为其强情节性和重口味。一体两面,过强的情节性削弱了小说的文学性。因此,大概可以说,《安慰书》更接近影视文本的写法,比比皆是的场景描写,不用拆解,就是若干个分镜头。这种冲着影视改编而去的写法,可能是北村刻意为之。

陌上芳村

——关于付秀莹和《陌上》

百感交集地看完《陌上》,面对的文字,看似恬静、轻巧、随和,但步步是陷阱,比宫斗还让我惊心。它诱惑着我,迟迟不能下笔,我怕这颗洋葱剥不干净,可惜了材料。

岁末年初,"付秀莹"和《陌上》出现在各类榜单。在出版数量繁多的背景下,一部似乎没有什么"重大"和"非常"背景的乡土题材长篇小说获得关注,无论如何,都值得好好研究。

"日常""非常"之辨

从最外层起剥:从中看到了什么?最当下中国北方乡村分集记录。这么表述,分明冒险。最当下,意味着对于我们肉身寄存的外部世界的无缝直观。当下则已,何以就

"最"？怎么判断它的无时差、无间距？

过去的两年，许多人都重提"现实主义"。我的理解是，透过大量的隔岸观火和隔靴搔痒、大量敷衍的抒情和穿越，大家希望从文学书写中获取关于当代社会的可靠信息，看到生活细节的质感重现——它或能最终填补历史叙述的罅隙。《陌上》里，人物活动的舞台芳村只有百十来户人家，比普通自然村大，比标准行政村小，这个尺寸，是作家付秀莹的匠心：再小，人物和故事缺乏丰富和层次；再大，阡陌交通鸡犬之声可闻的精确没有了。从《楔子》开始，特别是《楔子》，是一幅徐徐展开的北方乡村四时风俗画卷，因此有评论认为《陌上》"风俗画"般的文风承继了《红楼梦》以来中国文学书写的古典传统。这没错，这使《陌上》脱颖而出，拥有"陌生"的气质和格调，这一点放在后面讲。但是，使《陌上》与"最当下"相连的，不是"日常"的风俗，而是风俗的"非常"和"变迁"。

生活在现实的穹顶下，许多风俗是长期养成的，不知不觉变化。只有在剧变或激变的社会环境中，风俗才会被放弃或彻变。《陌上》用淡定从容到慢条斯理的语气，讲述剧变或激变的大小社会环境对风俗的改变，写人面对改变的无奈、犹疑或欣喜,忧伤和无力渗透芳村的草木。

《楔子》写道:"芳村这地方,最讲究节气。过年就不用说了。在乡下,过年是最隆重的节气。"节气与土地、种植休戚相关,但随着皮革业发展,耕种退出芳村人的生产日程,人们和土地致密的关系慢慢解体,这个风俗"贯"不下去了。从第一章《翠台打了个寒噤》开始,旧风俗遭遇新"挑战",薄霜覆盖的芳村,内部燃烧着"烈火"。第一章只写了一顿早饭一个时辰,要言不烦,繁而不琐屑,从翠台起早扫地写起,写与丈夫、与儿子媳妇、与妹妹、与昔日朋友的铿锵"交往",一直写到翠台委屈流泪,用冷水擦脸,打了个寒噤。窥一斑而见全豹,从农妇翠台家到芳村,精神气象一览无余。

这是什么样的精神气象?

"我们今天生活的方式中有某种根本性的谬误。三十年来,我们把追求物质上的自我利益变成了一种美德:确实,恰恰是这种追求,如今构成了我们所唯一幸存的集体目的意识。"这是当代著名欧洲问题研究专家托尼·朱特在《沉疴遍地》一书中对于欧洲社会弊病的洞悉,他呼吁重新激活政治对话,想象和建立一种新的生活方式。他不曾叙述的是,虽然起因不同,但在"把追求物质上的自我利益变成了一种美德""构成了我们所唯一幸存的集体目的意识"这一社会表现上,中国当下社会毫不逊色。小到芳村,不曾例外。

翠台这个贤惠、敏感、保守的农妇视角是精挑细选的。虽然整部作品是舒缓的蓝调,一叹三咏,"昨日难再"的忧伤背后却是撕裂,是矛盾和对抗。这个全书第一个出场的翠台,独占第一章《翠台打了个寒噤》和第三章《翠台的饺子撒了一地》,不可小觑,她是芳村风俗不变的背景,是稳定的遵循者和旧式做派。第一章,上来第一句就是"腊月二十三这天,是小年。在芳村,家家户户都要祭灶",起来准备祭灶的只有翠台,男人、新婚儿子和儿媳妇都还在赖床。这个"贪睡",与日出而作的庄户人习惯极不相符。作为妻子的翠台对于丈夫是"气得发怔","径直走进屋子,一把把根来的被子掀了";作为母亲的翠台对于贪睡的新婚小夫妇却欲喊还休,怕落得媳妇和儿子的埋怨。在夫为尊、父母为大的中国传统家庭关系中,这两种行为显然都不符合伦理规范。不循风俗,从不合伦理开始,这是翠台面对的现实芳村。由面对新婚儿媳妇的矛盾心态延伸到儿媳妇进门前买汽车的要求——这是物质生活水平有所提高后的乡村婚嫁新现象——由翠台厚着脸皮向妹妹素台借钱,牵扯出经营皮革业先富起来的一小部分芳村人的生活。随着经济地位改变,姐妹关系开始变形——这倒是农耕社会和工业社会的共性。由新婚儿子大坡年后务工去向,牵出主动代为说情的香罗——香罗是第二章《香罗是小蜜果的闺女》的主角,也是这部作品的一个重要人物——由翠台和香罗这对曾经要好的小姐妹"后人生"经历的迥异,写到芳村的"变"和"不变"的现实分别。一顿早饭的叙事曲折有致,似乎不动声色,却压抑着极大的火气。什么火气?"如今的人们,看粮食不是那么亲了——只要有钱,有什么买不到的?"这么严重的牢骚,在"自然"这一轻声、体贴的语调下,清晰地说了出来。"钱不会说话,可是人们生生被钱叫着,谁还听得见叹气?"挣钱和物质追求成为美德,曾经特别保守的农民脱离了土地后,不惮从事五花八门的职业:经营了二三十年的皮革生意,使村子里"到处都臭烘烘的,流着花花绿绿的污水";香罗在县城里开的名声不好但挣钱很多的发廊,让乡人"心服口服";等等。市场化和对金钱的追求,使一切都可以放在交换的天平上,包括乡村固守的伦理和道德底线。《陌上》文字的调性虽然不是高亢的 C 大调,对现实的直陈和揭露却很凶狠:"怎么说呢,这世道,向来是笑贫不笑别的。"这恰是我喜欢付秀莹的地方:不剑拔弩张,但很坚持,柔而不弱。

芳村是付秀莹在《陌上》的虚构空间。这个空间有多大?在《楔子》里,把过去时光里的芳村的空间和人文风景交代清楚。"算起来,芳村也只有百十户人家。倒有三大姓。刘家,是第一大姓,然后是翟家,然后是符家。其他的小姓也有。"对几个姓氏的历史因缘的描写,既写出芳村的人物谱系,又是对以血缘为纽带的乡村聚居的一种文化交代。然后是物理空间的功能布局:政治性的大队部,经济性的供销社、磨坊,社会性的药铺,等等。空间的功能布局画出一幅速写。然后是各个节气和农事活动,这是乡村最大的政治,乡村的风貌也与此密切相关。

在城市化或城镇化当代进程中,中国社会经历了一次用工和组织结构的巨大调整。从人类学角度,这是人的生存形态的一次大迁徙、大变革。从历史的角度,人永远在路上。对于具体的中国人,这一生就是一世,他们没有法子从彼岸获得力量,只有紧紧地抓住现世。因此,现世的恩怨得失左右了他们的情感和价值,成为一切痛苦的根源。现世经验决定写作面貌,从写作面貌也能看出现世的面貌。文学写作中的认知度,表现为文学处理现实经验的能力。时至今日,在先锋写作将乡土叙事寓言化改道之后,我们终于再一次意识到,对复杂现实的忠实表现更加考验写作的能力。从乡土书写获得突破这个角度,我要对几位70后作家近年来的表现致敬,无论是"认知"还是"技术",她们都很出色,比如梁鸿、付秀莹、李凤群等等。这几位都属于风格突出的女性作家。具体到付秀莹,我最看重的是她温暖表象后面的狠劲儿——我说的是对生活出路和人物命运的处理。生活里,哪有多少诗意?饶是这样,我们还热爱生活。这就是当下。

"饮食""男女"之变

在一个繁衍发展的社会,人类活动的基本指向都是"饮食"和"男女","饮食男女,人之大欲存焉"。芳村也不例外,或更加直接、更无遮拦。芳村社会伦理的变化,是经济结构变化后重塑社会关系的表现。

除了《楔子》是四时风俗和风情的概览,其他二十五章都按照不同人物分章节描写,整个结构是向日葵形,圆心是"饮食男女",一个个人物是一粒粒种子,一行行镶嵌在圆形的芳村地图上。每一颗单独镶嵌的种子都发育成熟,当然,有几颗格外硕大饱满。作家的笔像一台清晰的摄像机,记录着升斗小民的日常乾坤。全书共二十五章,除翠台独占两章,其余按人名一人一章——乱耕和大全媳妇那两章没用人名,而用《尴尬人遇见了尴尬事》和《大全有个胖媳妇》,此外,就是《全村的狗》占了一章。一人一章,每个人都活色生香。《陌上》是群芳谱,芳村是付秀莹的"大观园"和"西门宅院"。

大全和大全媳妇占两章,需单独拎出来。到了第七章《大全大全》的时候,大全已经在其他几集里跑了好几次龙套。说大全,先说香罗。第二章《香罗是小蜜果的闺女》的第二段,"香罗把车停在村口,掏出手机打电话。香罗说,我到村口了。大全说,噢,马上。香罗扑哧一声笑了,说,看你,急个啥",大全的声音先出场,进而成为全书的男主角之一。付秀莹的狠在于大全一出场,就将两人的关系不动声色地定了调:"大全一只手拎着一箱酒,另一只手拎着一个大大的塑料袋子。香罗赶紧打开后备厢。放好东西,大全开门坐在副驾驶座上,呼哧呼哧地喘粗气。"摇近的镜头里,"饮食"格外突出——一箱酒和大大的塑料袋子,"饮食"调整着"男女"。利益和交换,这就是芳村被物质和资本篡改后的"现代性"和"当下性"。它们让芳村人情感面目不清。

说大全前,还是要再说说香罗。对于香罗这个人物,作家的感情是复杂的。小说中甚至为香罗的行径找到一个宿命的出口——母亲小蜜果的基因遗传。香罗自带风情,成为破坏芳村家庭稳定的危险因素,比如翠台对香罗起初源自嫉妒的鄙夷。女人之间的矛盾只分两类:鄙夷和嫉妒。翠台对香罗,是先有嫉妒,后生鄙夷。香罗这个人物甚至让我想起了潘金莲。但香罗的性格包括情感结构、价值取向比潘金莲复杂,而这正是付秀莹观察生活后的独创。香罗这么一个相貌出挑的人儿,也是婚嫁不如意,嫁给一个类似于武大郎般无能的丈夫:"根生的性子,实在是太软了一些。胆子又小,脑子呢,又钝。"这样一个丈夫,在人类社会的"丛林法则"中通常被吃掉或抛弃,霸气、霸道特别是拥有经济能力的大全自然占了上风。香罗的复杂在于,她的所有作为表现为以物质和金钱为"标的",实质都缘于虚荣和所谓的"心气","香罗是个好面子的,宁可叫人家骂十句,也不肯叫人家笑一声"。在金钱成为"标的"的路上,香罗不择手段,投入"芳村新富"行列,但这个人物本性中还有善良、侠义的一面,比如她对丈夫怜惜、内疚的心理。小说其实是把香罗当作悲剧人物写。她越奔命,在挣钱的路上走得越远,也就在伦理和道德场中越孤独。香罗情感所托的大全是西门庆式人物,可悲的是,在大全的身上,连西门庆的风流倜傥也没有,有的只是潦草的欲望。

说到香罗,应该说说望日莲。这也是作家刻意栽培的芳村人物。她是香罗这个类型的一种补充。她们原本都是"好人家"的女儿,在熟悉的农耕经济被陌生的工业经济替代后,父母无能力,丈夫不争气,女儿家成了女汉子,要养家糊口。改善"饮食"环境的方式有种种,她们偏偏选择了最原始有效的"男女"方式。小说中写出了她们对生存的抗争,也写出了人的强大的自然性,当然更写出了文明的无力感。

回到大全。金钱不仅改变了社会关系,也改变了家庭关系,有挣钱能力的男性在家庭里具有绝对优势,比如大全,没有挣钱能力的男性在家庭中和社会上都没有地位,比如根生。第七章《大全大全》和第九章《大全有个胖媳妇》，写得最生动的不是大全，反倒是他的胖媳妇。在粗鲁强势的丈夫眼里，心事重重、赔着小心的媳妇是百般不顺眼。大全媳妇做家务的麻利和自信，与伺候丈夫时的小心翼翼也简直判若两人。妻子对丈夫的殷勤，与丈夫对妻子的粗枝大叶也形成对比。"怎么说呢？芳村人谁不知道，大全的心头肉有两个。一个是钱，一个是娘儿们。"有钱人大全，对芳村的改变不仅是"道德层面"，还有"政治层面"。他成为芳村的实质老大，插手村委会主任改选等政治活动。政治和经济的联姻，是当下中国基层农村的一个真实侧影。

除了大全，芳村的头面人物还有增志和建信。增志在第一章就作为翠台的妹夫隐形出场："妹夫吧，人倒还厚道，本事又大，人样儿又好，就是有一样儿，怕媳妇。"第二十章《增志手机响个不停》是增志本传。增志是小富，与写大全和媳妇绝对的主从关系不同，增志对媳妇素台是又骗又怕，素台对增志又闹又哄。与大全肆意妄为相比，增志的小业主处境比较典型，既想放狂，又没有安全感，因此行为虽有不经，但还有遮掩。大全、增志、村支书建信、耿秘书这些不同类型和层次的男性，构成了芳村的一个利益链条。这才有第二十二章《建信站在了楼顶上》村委会主任改选中的风波和动荡。"在台上这么几年了,他还从来没有到过小白楼的顶上。在这楼顶上看芳村,竟然这么不堪。"这句话是明显的隐喻。单纯从村民物质生活水平看,芳村属于温饱不愁,略有富余。但人们并没有感到满足,或者说幸福感不强。一方面,在老派人心里,芳村的诗意已经被五颜六色的污水玷污;另一方面,在新派人心里,孤独感是越来越强,在既得利益者这里,利益还不够稳定……这真是发展的矛盾,人们在享受速度和发展的同时,也在为稳定和理性付出代价。

《陌上》语言典雅,大量铺陈的白描手法,将陌上中国风俗风情工整细致地勾画出来,又因为写活了一个层次各异的女性形象群体,颇有"《红楼梦》气质",甚至连一些具体的心理活动,作家的遣词造句也深受曹雪芹的影响。但是,《陌上》虽然语言风格接近《红楼梦》,它对社会现实的表现和理解,却更接近兰陵笑笑生写《金瓶梅》式的犀利和悲观。悲观和乐观的区别在于是否有正面价值寄托。宝玉虽然生活在姐姐妹妹堆里,但不招读者嫌,因为有真性情。宝姐姐纵是千娇百媚,宝哥哥也只惦着多愁多病身的林妹妹。若无这一爱情表达,贾宝玉这个人物势必就没有那么光彩迷人了。由芳村里没有产生一个有价值魅力的男性比如贾宝玉,可知作家不是在写青春的"大观园",而是在写物欲横流的"西门宅院"。男性如此,女性也如此。芳村的女性虽然水灵、可爱、有血有肉,但已被五颜六色的污水污染了。对美好的伤害本身就是悲剧。自甘堕落则是绝望。小说里,作家并没有让理想女性的形象出现在芳村,她对于她们也是又爱又恨。当然,最后一章从外地回来的小梨似乎是例外,她大概会成为改变芳村现状的一个力量。从这个角度,《陌上》似乎还要有续篇。

陌上花开,少年不再,这是付秀莹的深刻或狠心。

写到这里,似乎不需要为这部作品作什么画蛇添足的结论。现实主义也好,批判现实主义也好,抑或表现主义也好,都不重要,重要的是,2016年小说创作研究,谁能够绕过《陌上》? 一个作家要为他生活的时代负责。或许今后很长一段时间,我们都不会忘记付秀莹和《陌上》。

《多湾》,"郐父"之作

——关于周瑄璞的《多湾》

关于周瑄璞的长篇小说《多湾》,有许多议论,有说它是"女版《白鹿原》",有说它表达"欲望与情感",等等。好作品一定具有多义项阐释维度,因为它的丰富性。无论是对于女性作家写作,还是对于70后创作,《多湾》应该都是一部具有"异数"气质的作品,它完全超过了预期。因此,如果我们足够谨慎的话,就不会轻率地把一些标签贴在这部作品的身上,更不会轻易地放过它。

重新接续现实主义创作传统

现实主义创作是五四以来中国现当代文学创作大户,它以介入和记录历史现场著称。关于现实主义创作,虽然有各种各样的阐释和议论,但对客观现实和历史的观照是基本共识。以20世纪90年代中期为节点,现实主义创作明显遭遇寒流。首先,整个创作生态变化,80后、90后陆续进入文坛,在市场和资本的诱导下,现实生活和历史经验不足的年轻一代以书写主体内部世界为旗号迅速掀起文学创作"向内转"潮流。其次,在诸多创作方法中,现实主义创作易学难工,一些仍在现实主义创作大旗下的作家比如50后,大多功成名就,距离生活现场越来越远,他们这个时段的作品往往观念在先,文学焦点不够具体,现场不够鲜活,呈现"伪现实"或"心理现实主义"趋势。现实主义创作缺席,一个重要特征是文学对现实的干预性减弱。文学创作提倡多样化,不能唯一招鲜,不能唯现实主义,但现实主义创作严重缺席或不力,显然不是文学的繁荣。激荡复杂的社会现实,渴求文学或作家的笔墨关怀。在这种背景下,以直击现实和主观干预现实为特征的非虚构写作勃兴,成为近些年现实主义创作的一支重要力量,并取得丰硕成果。在小说创作领域,2015年比较典型,一批从先锋派起家的60后以及受其影响的70后成为中坚力量,开始面向现实写作,《装台》和《篡改的命》这两部60后作品引起关注,现实主义写作的魅力和知识分子情怀一览无余。在这两位男性作家作品的边上就是这部70后女性作家的《多湾》——《多湾》的出版提振了70后写作的士气。

《多湾》写七十年的中国社会，一小部分是周瑄璞熟悉的生活，一大部分是周瑄璞不熟悉的生活。不熟悉的生活要靠想象和虚构，作家想象和虚构的依据是间接经验。对于间接经验，比如《多湾》里写到的土改等历史事件，基本常识容易获取，之前的一些文学作品如《白鹿原》《圣天门口》等对此已有精彩书写。在已知的常识面前，特别是经典名作在前，怎么写出个性化经验或新鲜经验？怎么构筑文学形象？怎么对历史和重大事件进行独特表达？《多湾》怎么能区别于《白鹿原》和《圣天门口》？

或许真是年龄的缘故，陈忠实和刘醒龙这两位40后、50后作家的笔墨重点落在新民主主义革命以及新中国成立初期以及"文革"这一长段历史时期，当然，这是跌宕传奇的历史时段，中国人的人性、命运在此间有精彩细致的展现。陈忠实和刘醒龙是主体意识强、世界观稳定的作家，因此在这两位小说大家宏阔有致的文字里，对国家、民族、人群和个体命运的思考非常自觉，他们也通过文字和形象表达了个体的判断。《多湾》应该是借鉴了这两部经典作品的编年史和家族史写法,也是通过一个或几个家族的历史变迁写历史风云和人物命运。《多湾》里前后七十年的历史是中国社会历史巨变期:政权形式巨变,社会制度巨变,文化形态巨变。每一种巨变都充满了事件和现象,比如国共关系、土改、"文革"、高考等等。回想一下,20世纪初以来,能够并乐意正面书写宏大历史的女性大概除了萧红、丁玲,余者少见,这与女性思维细致片面的惯性有关。像封面一样,《多湾》色彩明艳,色调稳定,像唐三彩,历史在日常里绽放。周瑄璞温婉秀气的外表下一定隐藏着理智坚定的性格,否则在历史叙述中很难从容裕如。

这个从容裕如,一是表现为历史和现实线索的主次、详略的平衡感,这是格局的处理,没有这个大局,长篇小说写着写着就成了汤汤水水一锅粥,拎不出干货。许多作家都在这个方面翻船,比如苏童,那么优秀的一位作家,中篇几乎篇篇好,但长篇的确出色的不多,这就与苏童的性格气质有关,像苏童这样的"中篇王"也不一定非要写什么长篇——当然这是题外话了。《多湾》里的"政治"大事件的数量其实远远超过了《白鹿原》和《圣天门口》,涉及新民主主义革命,涉及城乡社会,涉及改革开放,涉及当下生活。

写"重大"而不觉其"沉重",作家举重若轻。说到这里,宕开一笔。这跟70后作家的成长轨迹有关。70后的基本轨迹是由文学期刊养成的,从中短篇起步,最后进攻长篇。这种稳步成长的轨迹,在写作上也派生出共性,即对叙事技巧和结构谋篇的锤炼讲究。这一特点,导致他们中的一些人不自觉地用中篇或短篇的节奏和密度进行长篇叙事,比如徐则臣的《耶路撒冷》就被誉为一部用力如中篇的长篇。与同代人相比,周瑄璞在长篇上更加用力,包括《多湾》在内已经出版了五部成形的长篇。大家头疼的长篇的结构问题,对于她应该不是问题。

从容裕如的另一表现是价值表达的日常性和淡定感。《多湾》对于七十年历史经验的叙述的独特性在于,对任何一个重大时期的叙述,其破题之处不是重大事件和重大人物,而是日常生活、日常事件和日常人物,在"日常性"的映衬下,写历史的变迁。日常中的变化是具体的,也是典型的、有血肉的。因此,《多湾》写出了每个历史时段的质感和特殊性。比如,罗掌柜的两个儿子参加共产党后一死一生,写出了大的历史关头个体命运的偶然性和必然性,写出了命运感。这两个人物都不是书写重点,都只是线索和背景,重点是罗掌柜这个乡村世界的有点势力的人物。这个复杂的人物,与小说中的大青衣季瓷同时出场,同时在局,牵出了章家的许多来龙去脉。像罗掌柜这样,《多湾》里每个人物基本上都有头有尾,这些人物在历史性的典型事件中都有扎实的活动,比如办户口、大学生分配、转编制、买房。写这些事件,还是为了写人,写人的局限性、特殊性和恒定性。个体的完整形成了整体的丰富。

《多湾》其实是一部"郭父"之作。

第一,它与50后作品对于"政治"和"革命"本身的兴致勃勃不同,它的兴趣显然是"政治"和"革命"中的人。小说从一个类似于白嘉轩的老太太季瓷第二次出嫁开笔,到季瓷的孙女儿章西芳收笔,宏大的历史线索伴随着一份日常而持久的生活。这才是周瑄璞的写作重点:历史中的日常也是历史,日常中的历史也是日常。它关注人的持续性和日常性,人是主题,重大事件是生活客观进程的背景,这应该是对重大历史叙事的一种颠覆。

第二,这部四十万字的长篇小说书写一个章姓人家的历史变迁,以章家和章家的婆姨季瓷、章家的女儿章西芳为基本视角,面对七十年纵深历史和近百个人物,作家显示出很强的平衡和掌控能力。但是，《多湾》写家族史，并不设定家族文化的整体性，而是观察现实变迁中的生命个体的文化演变，用这些个体集合成整体，这也是对前辈作家写家族文化善于预设概念的一种打破。

第三，也是最明显的变化，是至少用一半的笔墨写"文革"以后的社会生活，包括当下的诸多呈现，显现对当下发言的能力，这是现实主义创作可贵的品质。

文化出身和笃定的文化倾向

《多湾》具有笃定的文化倾向。说到倾向，往往有主观色彩。文学写作不必回避这种主观倾向。文学写作和文学阅读都是主观活动，所以才会一百个人有一百个哈姆雷特。文学写作的魅力恰恰也在于这个"主观"——它产生创造性，产生神秘性，也才有"文如其人"。文化倾向与文化基因有关，即便作者刻意掩饰，沉淀其中的文化基因还是无法逃避检测。这不是坏事。它表明了有果必有因，溯果可以求因。具体到周瑄璞这部四十万字的《多湾》，文化的果在哪里？文化的因是什么？

对于一个作家，最大的尊重就是认真阅读其作品。对于《多湾》,认真阅读后会发现它的叙事笔致曲曲弯弯——如其书名,就会知道它既不是《白鹿原》的关中高腔,也不是《情感与理智》的世俗智慧。这种独特的笔法和表达源自何处?源自作家自身的文化出身。先说小说中的章家。这个章姓人家,虽然它的后代因为各种原因移民西安、北京……但它的根在多湾。"颍河水从少室山走出,来到大平原上,没有了山谷的冲击力,漫漫漶漶犹豫着不知往哪里走,就在平原上曲曲弯弯地流着,像一首悠长回环的歌谣……在南北长几十里的地界就拐了一百多个弯,于是这里从西汉末年设县时就叫颍多湾县。……在颍河的一个又一个湾处,撒落着一姓又一姓的村庄。"对颍多湾县的这样具象的写法,很自然地让我们联想到周瑄璞的出身。作家出生在河南临颍县,临颍位于河南中部,处中原腹地,儒释道三教文化都在这里扎根传播。为人物安放这样一个生存环境,凝结着作家自己的经验。

写身边以及熟悉的人和事,是作家写作的一个特点,但不是都能写出"文化",这不仅需要作家有典型的文化出身和文化结构,还要有写作的文化自觉。什么是文化,具体的概念官司不去扯。文化有大小内涵之别,大到国家制度,小到族群的日常生活起居,都可以是"文化"。在无所不包的文化中,文化的异质性、特殊性在哪里?

《多湾》作为一部家族史,更多的是写河南颍多湾县乡村学堂季先生的女儿季瓷这位活了 81 岁的女人的一生,因此,在这部兼及农村和城市两种生活场域的小说里,季瓷是名副其实的大青衣。从季瓷 21 岁开始写,写到季瓷 81 岁去世后的十多年,生生死死,都以"中土"文化为底色。河南是典型的"中土"、中原、中国,这样一个文化起源早、人类生存活动比较活跃的地方,儒释道三教影响很早,它的特点是重学重文。这个重学,凝结着人物的价值取向和行动动力,比如季瓷这个大青衣,她的两次出嫁为什么那么顺利?她遇到苦难为什么获得帮助?因为她是受人尊重的季先生的二闺女。好吧,她为什么受到尊重?因为她知书达理,勤勉节俭。对乡贤文化的敬仰是儒家传统。乡贤的一个共性是"正能量"。虽然贫穷不等于粗鲁,不等于罪恶和下流,但小说重点是奋斗上进、造福他人的乡贤文化。核心叙写的章(河西章)家,季瓷也好,章棣也好,章西芳也好,章津平也好,章柿的妻子胡爱花也好,章棣的妻子罗北京也好,都是"正面人物",他们性格中的共性是勤勉上进。与他们相比,章家的大伯和三叔是败家子,章西滢好吃懒做,章西平随遇而安,是作家价值判断中隐在的"负面人物"。此外,还有历史传统中的乡贤阶层,比如新中国成立前的常掌柜、新中国成立后的罗掌柜、在山东当县太爷的大舅、有钱的老爷章四海,把他们还原成一个个有具体身份的人,写他们在文化主导下的一些行为,有没有批判?有,但不是政治批判,而是人性的批判。

因此,我们可能会发现,周瑄璞笔下的文化表现为一种分寸。这个分寸是诱人的。有相处的分寸,也有做事的分寸。比如相处的分寸,四十万字的小说,开篇写到罗掌柜对季瓷的觊觎、意淫甚至言语撩拨,但没有挟强势和武力而进的举止,遭到拒绝后,罗掌柜虽然恼怒,他的言谈举止也还是委婉有节制。这是礼教的约束,人性跟兽性搏斗后保留了人的分寸,没有形成断裂,这种分寸为日后他们再次相见甚至结为亲家预设了可能——故事也才能继续讲下去。比如章四海和桃花的关系,可能会让我们想到《白鹿原》里的鹿子霖和田小娥,但还是不一样。章四海和桃花由同情到欲望到相濡以沫,其间挨批斗后章四海一度因为不能再接济桃花打算终止往来而桃花不同意,写出了人性中的复杂性和暧昧性。比如常掌柜在章家欠债后接受了季瓷的求情,"缓期执行",并在特别困难时期给章家送了一点粮食,等等。包括写到当下,写到男女关系时,也写到"交易"和怜悯的分寸。

这个分寸也是我们说的中庸文化。写苦难,但不是为了写苦难而写苦难,而是写苦难中的懂得和成长,更多的是写做人的快乐。写人性,不是极恶和至恶,而是写人性善恶的层次和转化,甚至连恶也被宽容和谅解,比如,在季瓷的葬礼上,同族的章节高讹钱、偷东西,季瓷的儿子章柿最终选择容忍,这是孔孟中庸思想的一种变体。这种文化,显然有别于睚眦必报和黑白分明,让我想起蒋勋谈红楼人物时说,"我们性格里都有林黛玉和薛宝钗,我们永远都会在两种性格之间矛盾。林黛玉带着不妥协的坚持死去,薛宝钗因懂得圆融,跟现世妥协而活下来。我们在内有自我的坚持,在外又能与人随和相处,能在这两者间平衡,真是大智慧"。这种文化倾向已经沉淀在作家的血液里,并在写作中经由人物的命运进行文学地呈现出来。我还相信,作家也并不是想要说服或教导他人,她只是表达自己的一种取向。

笃定的文化气质,使《多湾》与众不同。

作为女性作家的古典化写作

我们通常认为,由于生理特点,女性更适合干精细活。就写作来说,女性是不是更适合写看上去很精细的中短篇以及散文诗歌?显然不是这样,萧红的《生死场》有"越轨的笔致",并"力透纸背",要比萧军的《八月的乡村》在文本上更具有文学性。可见,虽然长篇写作需要体力,但是男性或女性,不能必然决定写作的体量和风格。特别典型的案例是,当代有建树的诗人中,男性的比例远远超过女性,这是为什么?诗歌不是精巧的细活吗?再看看当代的王安忆、迟子建、严歌苓,她们都是写长篇的好手。假使一定要去判断,一个人的阅历、感受力、判断力和表达力的综合素质,才决定了他或她更适合选择哪一种写作类型,当然,还有一个关键问题是兴趣和志向。

无论出行的花车多么诡异,人类写作的宗旨终究是朴素的。写作无非是对人的情感奥妙的探索,是对这个世界变化动机的探索。在中国这样一个历史悠久、文化多样的社会环境里,长篇小说因其相对庞大的体量,可以盛放丰富细致的社会人生,常常被当作历史和现实观察的一个横切面,也由此被视为文学创作重镇。在这个重镇里,女性作家毫不示弱,她们中的杰出者既有逝去的身影,也有正在奋力的 50 后,生理年龄正当盛年的 70 后作家在长篇小说的创作上已经表现出实力。周瑄璞已经完成的五部长篇各有好处,但显然,《多湾》是持续加速后的冲刺。《多湾》清楚地昭示了她的文化优势。

性别没有高低等差,但写作中一定会留下性别的痕迹。爱情是全部,这是女性的政治,也是女性写作的玄机。阿列克谢耶维奇在她获诺贝尔文学奖的作品《回忆:核灾难口述史》封面上写了一句话:"我不知道该说什么,关于死亡还是爱情。"即便是书写核辐射这样极端恐怖的意外事件,作家依然把爱情与生存并列。曹雪芹笔下古典社会里的林黛玉和薛宝钗,纵然才高八斗,也是百般纠葛于婚姻和爱情。无论章四海和桃花,还是章西芳和转朱阁,女人通过驾驭男人而驾驭世界,这种欧洲 16 世纪骑士文化以来的一种古典式生存形态,在《多湾》里浓墨重彩地出演了。我还想说,这一点,作家本人或许并没有"自觉"。这本书写出了一种客观的深刻性。这个客观是当下中国社会的投射:从

20世纪初提出妇女解放以来,对于男女平等,我们的基本认识还停留在同工同酬层面。真正的问题是,直到今天,女性个体的独立性自觉以及女性价值评价体系的独立性并没有真正形成,这就产生了一些因为依附性和性别特色而有的社会现象。更大的问题是,越来越多的人向这种依附性投降。由此可见,中国社会的一些观念还停留在古典式阶段,还不具有真正的现代性。

《多湾》写出了什么?写出了"食色,性也",写出了一种承认和悲观。爱情或者是婚姻,"这便是爱情:大概是一千万人之中,才有一双梁祝,才可以化蝶。其他的只化为蛾、蟑螂、蚊、苍蝇、金龟子……就是化不成蝶,并无想象中的美丽"。这是关于男女之情的一段精彩的比喻。蝴蝶固然美丽,但难求难得,是虚妄的想象,日常化的形态还是蛾、蟑螂、蚊、苍蝇、金龟子。因此,《多湾》里的爱情大多建立在物质的基础上:物质的身体,物质的地位、权力,物质的食物,物质的环境,等等。这说明作家对当下生活体察深刻,但她这样写,依然令人绝望。这大概也是作家不曾预料的吧。而且,坦白地说,我不喜欢小说里个别地方对性的直白描写。文学写作中,不是直白就更加真实。《多湾》中这种直白的描写，对整部小说的古典文质其实是有伤害的。《红楼梦》写贾宝玉和花袭人、贾珍和秦可卿的"苟且"，不及《金瓶梅》直白，但《红楼梦》这种"犹抱琵琶半遮面"的叙事技巧余味长。

　　写到这里，突然意识到，现实主义观照也好，文化倾向也好，古典化写作也好，都是文学写作的既有元素。那为什么还叫"异数"？可能因为这种"既有元素"如今也不常见。

后　　记

　　作为一本以文学现场为批评对象的评论集,这本书前前后后涉及十六个作家和他们的作品,最初想叫《现当代十六家论》,后来考虑到这些作家基本以当代为主,直接称"家",或多或少会有争议,故最终以其中一篇文章题目命名全书,叫《偏见与趣味》。

　　这些理论或批评文字,是一孔之见,也可以叫偏见。或正因此,它们提供了一种认知的角度或视野。而趣味,是文学批评活动无法回避的要素。趣味尤其重要,它鲜明、独立,往往决定一个批评从业者最终能走多远。以《偏见与趣味》作为书名,看似有偷懒之嫌,倒是与整本书的内容和气质比较贴近,主旨也似乎更加鲜明了。

　　再说说结构。全书大致分成"理论""评论"两个部分。

第一个部分由《偏见与趣味》《重建文学写作的有效性》《文艺创作与历史现场》《从非虚构写作勃发看文学的漫溢》四篇文章组成。这四篇文章的完成时间差不多是 2013 年到 2020 年。这正是我对文学文本怎么建立与现实的关系这一问题最感兴趣的时期。这四篇文章或谈论文学创作的逻辑动力，或探讨写作的功能以及实现途径，或研究非虚构写作的艺术特质，虽各有侧重，但总体逻辑是一致的。某种角度上，这些论述也是我的文学观的一些表达。

第二个部分由十四篇作家作品评论组成，占全书四分之三篇幅。这些文章基本都是近六七年完成的。有一篇文章比较特殊。2015 年，我曾应约在《名作欣赏》杂志上开设专栏，取名《一个人的"五四"》，原本是想对自己关于现代文学的研究做一次整理。后来出于种种原因半途"烂尾"，只写了两篇文章，一篇叫《首先想到鲁迅》，另一篇叫《〈两只蝴蝶〉及新诗》，对中国现代文学史上小说和诗歌创作"元篇""缘起"进行探讨。现恢复成一篇文章，依旧取名《一个人的"五四"》。由于这些年一直在文学现场，对当代作家和他们的创作比较关注，写了不少评论文章。虽然随着认识的深入，"常悔少作"，但一些文章尚有可读之处。

编选这本评论集的时候，经过认真比较，选择其中十二篇，再加一篇《关于近五年长篇小说的一点看法》，组成了作家作品评论部分。

  选择什么样的批评对象，以什么样的方式进行批评，当然很重要。做文学现场批评，我有两个体会。一是重视文本细读。我不喜欢"理论空转"。我一直认为，建立在文本细读基础之上的作家批评也好，作品评论也好，回到"本本"批评，才是合法有力的批评路径，才是负责任的批评。二是选择批评对象。批评行为本身就是一个价值阐释和判断行为。因此，我对批评对象的选择可能比较苛刻。重要的、活跃的、有特点的等等，一句话，批评对象要有"批评价值"。这个标准看起来有点"势利"，当然，也可以理解为我的文学现场批评的一种趣味。

2023 年 5 月